古典文獻研究輯刊

十一編

曾永義 主編

第 1 冊

〈十一編〉總目

編 輯 部 編

西方漢學家的中國文學觀研究
——一次後殖民理論分析實踐（上）

胡淼森 著

國家圖書館出版品預行編目資料

西方漢學家的中國文學觀研究——一次後殖民理論分析實踐（上）／胡淼森 著 -- 初版 -- 新北市：花木蘭文化出版社，2015〔民 104〕
序 4+ 目 4+168 面；19×26 公分
（古典文學研究輯刊 十一編：第 1 冊）
ISBN 978-986-404-107-7（精裝）
1. 中國文學 2. 文學評論
820.8　　　　　　　　　　　　　　　　103027539

ISBN-978-986-404-107-7

9 789864 041077

古典文學研究輯刊
十一編　第一冊　　　　　　　ISBN：978-986-404-107-7

西方漢學家的中國文學觀研究
——一次後殖民理論分析實踐（上）

作　　　者　胡淼森
主　　　編　曾永義
總　編　輯　杜潔祥
副總編輯　楊嘉樂
編　　　輯　許郁翎
出　　　版　花木蘭文化出版社
社　　　長　高小娟
聯絡地址　235 新北市中和區中安街七二號十三樓
　　　　　　電話：02-2923-1455／傳真：02-2923-1452
網　　　址　http://www.huamulan.tw 信箱 hml810518@gmail.com
印　　　刷　普羅文化出版廣告事業
初　　　版　2015 年 3 月
定　　　價　十一編 29 冊（精裝）台幣 52,000 元　　　　
版權所有・請勿翻印

〈十一編〉總 目

編輯部　編

《古典文學研究輯刊》十一編　書目

《古典文學研究輯刊》十一編　各書
作者簡介‧提要‧目次

第一、二冊　西方漢學家的中國文學觀研究──
##　　　　　　一次後殖民理論分析實踐

作者簡介

　　胡淼森，1983 年生，河南孟州人，文學博士。2010 年北京大學中國語言文學系畢業，獲博士學位，曾任《北京大學研究生學志》主編，被評爲 2010 年「北京大學學術十傑」。個人著作 3 部：《文化戰略》（復旦大學出版社 2010 年版，合著）《中國建築地圖》（光明日報出版社 2005 年版）《圖說中國舞蹈》（華文出版社 2009 年版）；譯著 1 部：《美國文理學院的興衰：凱尼恩學院紀實》（北京大學出版社 2013 年版），在《文學評論》《社會科學戰線》《人大複印資料》等學術刊物發表論文 20 多篇。現任職於中央國家機關，主要從事文藝美學、中西文化交流以及比較政治、腐敗治理研究。

提　要

　　漢學家的中國文學觀是中國文學被西方學術語境呈現的「鏡象」，漢學家對中國文學的總體態度、言說策略與分析話語驚人一致，具體表現爲以我觀物──以西解中、地理學和人種學視角、西方理論對應中國材料、厚古薄今等套話，隱含文化隔膜和西方中心主義。新一代漢學家呈現出以中國爲窗口進行文明間對話可能的自我突破。全球化時代應重視批評與美學的空間差異，擺脫對西方漢學的依賴，回歸中國文化自身的價值訴求，實現中國形象

自我建構與輸出。

　　本書以「西方漢學家的中國文學觀」為中心，採用後殖民批評理論、文化地理學和文學形象學方法，將中國文學的形象問題置於中西文化交流史背景下，考察中國文學形象西傳的中介——西方漢學家對於中國文學的認知與描述，審視中國文學形象在西方語境下被介紹、翻譯、批評和建構的過程，反思中國文學整體形象症候以及中國文化的自我定位與形象輸出問題。

　　本書將後殖民批評方法引入漢學研究，採用史論結合、層層追問的方式，深入18世紀以降的西方漢學史，多角度討論漢學家中國文學觀的生成譜系、學科範式及其現實影響，分析漢學轉型及其對中國文學形象的介紹描述，概括總結若干桎梏理解中國文學的套話和偏見，呼籲還原中國文學真實面貌及其對世界文化的貢獻。

目　次

上　冊

第三冊　《文心雕龍》「文體通變觀」研究

作者簡介

　　陳秀美（1962 年 1 月 8 日～）台灣新北市人，台灣淡江大學中國文學學系博士。現任德霖技術學院通識教育中心專任副教授、淡江大學中文系兼任副教授。目前擔任碩英文教基金會顧問、淡大中文系女性研究室顧問、淡大中文系系友會第 2 屆理事長、淡江大學系所友會聯合總會理事、淡江時報委員會委員。曾獲「2010 年全國大專院校創意教學競賽」優等獎。學術研究領域：《文心雕龍》研究、郭璞詩賦研究、魏晉六朝文論研究、李商隱詩研究。

提　要

　　《文心雕龍》是一門「顯學」，晚清至今已累積豐富「龍學」研究成果。

本論文旨在重回《文心雕龍》文本語境中，找尋劉勰個人對傳統、時代、文學等面向的問題視域，探問其反思六朝文學問題，以及建構文學理論體系的核心觀念。因此本論文提出「文體通變觀」做為開展的基本預設，希望藉由此一「文體通變觀」的後設性「宏觀」視野，為當前的「龍學」研究，提供一個反思的新視域與方法，期能為劉勰理論體系找尋一個「新答案」。因此本論文將透過「基礎觀念研究」與「理論內容研究」兩部分，進行《文心雕龍》文學理論體系的反思與建構。本論文共分七章：

首先，「第一章緒論」包含「『文體通變觀』關鍵性詞義界定」，「問題導出與論題界定」，「史料運用與研究方法」，「章節安排與論述步驟」等，其中尤其是關鍵性用語的界定與前行研究的分析，都是本論題導出的重要依據。

其次，在「基礎觀念研究」上，本論文藉由「文體通變觀」之哲學基礎與理論體系架構的研究，重新界定「通變」所隱含之「主觀心知」與「客觀事物」之「辯證性」，如何成為劉勰「辯證性」文學觀點的哲學基礎，並且做為劉勰建構「通變性」理論體系架構的核心觀念。

再則，在「理論內容研究」上，本論文藉由文體構成要素、源流規律、創作法則、批評判準之「通變性」，以及劉勰「文體通變史觀」之詮釋視域等五個重要的「理論內容研究」，進行「文本」的分析性詮釋，證成「通變觀」確實是貫串全書之文體理論核心觀念的基礎。

準此，本論文提出「文體通變觀」，致力為劉勰文學理論體系本身，做出一個符合實際的「全面性」論述。希望能以宏觀的學術視野，為《文心雕龍》這部「知識型」專書做縝密的「綜合性」論證。

目　次

第四冊 「審美」與「人間」——王國維文藝美學現代性研究

作者簡介

何金俐，山東人，2004 年獲北京大學中文系文藝美學專業博士學位。2004年至 2007 年於清華大學美術學院從事審美文化與當代視覺藝術博士後課題研究。2005 年至 2006 年美國夏威夷大學暨東西方研究中心訪問學者，普林斯頓大學訪問學者。2006 年 9 月至 2007 年 3 月韓國全北國立大學簽約教授。現任教於美國三立大學（Trinity University, Texas）現代語言文學系。主要研究方向：文藝美學、中國當代藝術批評、比較哲學與文化。

提　要

　　1990 年代以來，學術界關於「國學熱」與「現代性」兩個熱點問題的討論，對王國維學術思想研究有著積極推動作用。本書以中國審美現代性的發生爲基點，運用文藝解釋學的意義闡釋方法，重新闡釋和評價王國維學術思想的「現代性」。

　　第一章：審美現代性與西方思想，本章論述王國維審美現代性的發生語境及其與西方思想的關係。王國維審美現代性是在向西方審美主義訴求的過程中逐漸形成的，但實際上潛在的支配卻是要復返中國文化精神。

　　第二章：人間情懷與悲劇精神，本章將「人間情懷」作爲探討王國維文藝美學精神的一條主線，通過對《人間詞》、《紅樓夢評論》和《人間詞話》中相關範疇的分析討論，揭示王國維通過引入悲劇精神爲中國「人間」文化精神賦予新的創造意義的過程，

　　第三章：「民間」與「自然」，本章通過分析《宋元戲曲史》中對「民間」與「自然」精神價值的推崇，發掘王國維深沉的歷史眼光找尋的爲時代與民族文化成長和堅強所需的原動力。

　　第四章：處於政治與審美之間的王國維　本章通過探討王國維對中國道德政治哲學的理解和對「純粹之文學」的分析，意在糾正對王國維個體生命及政治身份的一些負面理解，並闡釋王國維審美主義的眞正基礎——「美善統一」觀。

　　結語部分：總結王國維文藝美學思想的當代意義。

目　次

第五冊　論石崇及「金谷園意象」的形成與衍化

作者簡介

　　陳婉玲，1982 年生，台中豐原人。國立成功大學中國文學研究所碩士，本文為碩士學位論文。現職台南一中國文科教師，發表過〈在紅海與藍海之間──論石崇「仕」與「隱」的矛盾與衝突〉（南市哲學學會第五屆學術研討會：記憶藍海──事件、社群與現代性）。

提　要

　　在西晉殊奇的時代背景中，石崇人格與行事隨宦途波折而轉變，觀其一生，遊走於「雅」與「俗」之間，二元對立的矛盾與衝突，使其生命既超越又沉淪。在石崇身名俱歿後，詩人為其留下詩篇，記載金谷盛事，結合著豪奢、多情與惋惜的「金谷園意象」在歷經各朝各代型塑後，最終收結在富貴繁華、侈靡豪奢的單一形貌中，成為現今我們所熟知的「金谷園意象」。

　　本文旨在探討「金谷園意象之形成與衍化」，為通透「金谷園意象」，需重返歷史真實，在史學基礎下，綰合地理場域與當代人事，循線探察文學的豐厚意涵。故本論文前半以「石崇」為核心，論其時代背景、考其家世淵源，透過《晉書》及各地宗譜，溯其先世、追其後代，進而追索抄家滅族後是否仍有石氏遺族？其次，繫其年譜，分析石崇人格與行事的裂變與轉折。另藉由傳世文學，了解其交友狀況與應世心態；後半以「金谷園」為核心，從當代金谷園之地理環境、人物活動、宴飲唱答等起筆，延伸討論南北朝、唐、宋、元、明、清等歷代詩歌對於「金谷園」的關注重心與評議。

目　次

第六冊　空間・神話・行旅──漢晉辭賦中的「山水書寫」研究

作者簡介

　　吳翊良，國立臺南成功大學中國文學研究所碩士、博士。碩士班師學於江建俊教授、陳怡良教授，主要研究魏晉南北朝辭賦；博士班就讀期間，師學於廖美玉教授，博士論文以南明遺民詩為研究議題。曾任職於南臺科技大學通識中心、臺南應用科技大學通識中心兼任助理教授。相關論文有〈殘山剩水話南朝──南明遺民詩中的「南朝想像」（1644-1662）〉、〈歸園田居──明初「歸田詩」研究（1368-1402）〉、〈鍾惺、譚元春《唐詩歸》選評杜甫詩研究──以杜詩各體為觀察核心〉、〈地景書寫與文本詮釋──以錢謙益的〈黃山組詩〉二十四首為析論對象〉、〈空間・欲望・園林──論李漁的小說《十二樓》中「樓」的象徵與意涵〉、〈權力中心，版圖越界──漢代京都賦中的「山水書寫」研究〉、〈從「詠嘆山水」到「歷史隱喻」──魏至西晉辭賦中的「山水書寫」研究〉、〈終罷斯結廬，慕陶真可庶──論韋應物對陶淵明之繼承與轉化〉、〈放逐與反放逐──柳宗元作品中的「望鄉」論述〉、〈漢代女賦家「女性書寫」探討──以〈自悼賦〉、〈東征賦〉為析論對象〉。

提　要

　　綜觀學界有關六朝山水詩的研究，已有一定的成果展現，然則對於「山水賦」或是「辭賦中的山水書寫」之關注，則顯得寥寥無幾；如果我們承認中國古典「山水」文學，不僅止於「山水詩」之板塊，而是涵容其他文體（辭賦）、滲透其他文類（京都賦、畋獵賦、行旅賦），從而成為一龐大的、繁複的、有機的「山水」系統；那麼，將視角轉移至其他文體、文類，進行深入

的探討、綜合的分析，勢必是一項無可迴避的問題，也唯有如此，始能更清楚地了解到中國古典「山水」文學的深厚底蘊，進而確立其文學價值，闡發其藝術美感。

是而，本論文總題為「漢晉辭賦中的山水書寫研究」，就是欲以「漢晉」為時程，「辭賦」為文體，「山水」為視角，觀察此時的「山水」與各種主題相互結合、滲透、影響的文學現象，如何在歷史流程中，呈示出具有不容輕覷的文學史意義。

本論文凡分五章，扣除第一章〈緒論〉與第五章〈結語〉，內文計有三章，分別是第二章「空間與權力」、第三章「神話與永恆」、第四章「行旅與審美」，這三章不但是組構本論文之有機主體，同時，也是本文所欲切入的三個探照視野——空間、神話、行旅——藉由這三個向度的拼湊、整合、綴連與交鋒，可以釐整漢晉時期辭賦中的「山水書寫」之現象。

整體言之，本論文的撰寫，便是以「時代」（漢代、魏至西晉、東晉）為經，以「主題」（空間、神話、行旅）為緯，透過經緯交織的方式，去進行縫合拼湊的工作，讓前中古時期——漢晉——的山水書寫，能得到一較為清晰完整的景貌。

目　次

第七、八冊 南朝門第維持與文體變遷之關係研究—— 以詩爲主要觀察範圍

作者簡介

林童照 1964 年生於台灣新竹市，1987 年畢業於中國文化大學中文系取得學士學位，隨即進入同校碩士班進修，並於 1991 年取得中文碩士學位。2012年於成功大學取得中文博士學位。目前爲高苑科技大學通識教育中心副教授。其研究領域爲魏晉南北朝文學、文學社會學、古典文化應用設計等。

提 要

南朝帝王不肯假權於大臣，使士族的實權大削，但士族仍能透過博學而來的議禮論政能力參政，終於發展成士族以「朝章大典方參議焉」爲維持門第不墜的途徑。由於重禮，因而禮所具有的「分」、「和而不同」的精神受到

張揚，區分類別及類優先性的「區分的世界觀」，也就具有了重大作用，輔之以本根末葉、連類思維方式，便成為南朝建構萬物意義、價值的根本方法。擴及至南朝詩的發展亦如此。元嘉三大家代表諸種文化資本在文學場域中的競爭，此競爭在「區分的世界觀」下形成平衡，而這過程也推動了南朝文體的變遷。與「區分的世界觀」相應，促成了外在世界客觀性強化、場合自具客觀意義等觀念的發展，反映在南朝的文體觀念中，也使得文體之各種構成因素，得以自具相對獨立的意義，與情志因素俱為可操作的項目，形成南朝詩「性情漸隱」的現象，而詩之美也不在自抒真情實志，轉而在「所有因素恰如其份」。同時，隨著皇權與士族在文化上的同化，藉助外在客觀性以建立論述權威的現象，逐漸為菁英的集體主觀性所替代，菁英共識成為論述、感受之正當性的來源，而這也就隱含著事物意義依人的主觀性而確立的意涵。此雖甚具重建秩序的力量，但由於「區分的世界觀」已成固著的心態，因此即便主觀感受得以推動「新變」，但也只是在既成秩序之中，另外區分一領域以容納「新變」成果，此使「新變」的批判可能性被剝奪，「新變」因而只能是孤立地佔據一社會位置、無關於整體秩序變革的一項事物。於是世界雖不斷變化，但實際上是以同質的結構，穩定地再生產，南朝詩的發展，也因此始終表現為「色新」而非「質變」。與其時之世界觀同構，南朝士族以其建構世界的能力／權力，佔有著社會秩序中頂層的位置，在社會秩序穩定地再生產之下，也就維持著士族之門第於不衰。

目　次

上　冊

第九、十冊　唐代御史與文學

作者簡介

　　霍志軍，男，（1969～），甘肅天水人，文學博士。現在陝西師範大學歷史學博士後流動站從事研究，主要研究方向為唐代文學、隴右地方文獻。2001年考入江蘇師範大學師從孫映逵先生攻讀碩士學位，2004 年獲文學碩士學位。2007 年考入陝西師範大學師從傅紹良先生攻讀博士學位，2010 年獲博士學位（應聘為甘肅天水師範學院副教授），代表性論文有《陶藝與文藝——陶器制作與古代文論關係初探》、《唐代彈劾文的文體及源流研究》等。主要著作有《盛唐士人求仕活動與文學》、《唐代御史制度與文人》等多種。

提　要

　　唐代御史與文學，是唐代文學史上一個值得關注、又久被忽視的文學現象。本文以文、史結合的方法，立足文學文本與史實資料，從一個新的角度審視唐代文學，在制度文化與文學演進的交織中考察唐代御史制度與文學的關係。

　　首先，論述了唐代御史群體以「剛正」為人格標識的精神譜係和以求實、批判、療救為特徵的思維譜系。其次，綜合考察了唐代御史活動對唐代文學的影響及御史活動與詩歌創作之間的關係。唐代不少御史同時也是著名文學家，監察主體與文學主體的一身二任，勢必對其職事活動、文學活動都產生直接影響。御史諫政詩主要表現為文學教化功用的極端凸顯、強烈的批判性、語言的通俗性等特點。唐代御史紀行詩拓展了唐代文學的地理空間，真實地反映了唐代御史台文士生活的不同側面，具有一定認識價值。再次，論述了唐代御史活動與散文創作之間的關係及唐代御史公文的歷史作用、影響、當代借鑒意義。唐代御史公文體現出的執法如山、鐵面無私的政治節操；犯言直諫、敢說真話

的政治膽略；已經融鑄爲中華民族精神的組成部分，對當代公文寫作仍具有較大借鑒意義。最後，論述了唐代御史活動與筆記小說創作之間的關係。唐代御史的監察、斷案活動爲公案傳奇創作提供了豐富而便捷的素材。御史斷案中的「精察」正有助於公案傳奇的變故敘事，形成富有「突轉」性、驚奇美的敘事張力，御史活動的倫理內涵促成公案傳奇獨特的價值取向。

全書材料詳實豐富、結構嚴謹、分析細致、論證有力，爲國人理解唐代御史制度的歷史作用、構建和諧、法治社會提供了不少有益啓示。

目　次

第十一冊　李商隱駢文研究

作者簡介

　　尹博，女，1982 年生，祖籍遼寧海城，南開大學古代文學博士，遼寧大學圖書館古籍特藏部館員。主要研究方向爲隋唐五代文學、東北古代文學。發表《李商隱〈祭小姪女寄寄文〉考論》等學術論文十餘篇。著有《唐宋八大家故事叢書──柳宗元故事》一書，獲 2014 年「中國優秀科普讀物」之譽。

提　要

　　李商隱駢文在中國駢文發展史上佔有重要地位。唐宋之際「文官化」傾向、中唐時期古文、駢文創作趨勢及中唐時期科舉考試對駢文引領作用，均對李商隱駢文創作影響頗多。

　　被普遍理解爲李商隱、溫庭筠及段成式三人及其作品合稱的「三十六體」，學界對此關注頗多，衍生一系列論斷。

　　考索影響李商隱駢文創作的兩件大事，一是開成二年中舉前後的表現，涉獵李商隱對令狐家族「背恩說」的重新認識；二是大中元年隨鄭亞入桂幕的原因。前者是李商隱駢文創作步入代作階段的起點，後者是李商隱駢文創作走向成熟、得以昇華的原因。

　　從文體發展角度對李商隱各類駢文條分縷析，分表、狀、啓、牒、序、書、箋、賦、祭文、祝文、碑銘與黃籙齋文等十二類。釐清各類文體的淵源、流變，與前人的文本進行比較，確立李商隱在各體駢文發展中的地位和作用。

　　從典故和法式兩方面探討李商隱駢文與詩的關係，在對錢鍾書先生「樊南四六與玉溪詩消息相通」命題認識的基礎上，以典故爲媒介，討論李商隱詩典與文典的關係，並以運用司馬相如典故爲例考察李商隱對前人的超越，最終從李商隱的「私人類書」《雜纂》的歸類思維入手闡釋李商隱用典高超的原因。

　　結語部分考察李商隱駢文在後世的傳播。

目　次

第十二冊　李夢陽研究

作者簡介

　　郭平安，男，1956 年 9 月 16 出生，陝西省周至縣人，中國古代文學博士，人文藝術學院教授。主要研究方向爲元明清文學，先後發表論文三十餘篇，主要有《美麗的使者，時代的歌手》、《也談香菱學詩》、《〈文賦〉論文的積極

意義及缺憾》、《天籟之音永遠迷人──讀〈元雜劇的文化精神闡說〉》、《李夢陽文學復古的時代意義》、《論明代前七子李何之爭》。專著有《李夢陽文藝思想研究》、《編輯批評學概論》。

提　要

　　本書爲二大部分，第一部分對李夢陽的家世、生平、個性、志向以及仕途經歷等進行考察。李夢陽生性正直剛強，不畏權貴，曾五次被害入獄，五次頑強地堅持鬥爭毫不妥協，這充分表現了李夢陽憤世嫉俗的詩人品格。李夢陽在明代弘治時期與在京的前七子同僚交往密切，於弘治十一年至十八年之間，寫下了大量的詩歌、序文和書信等，在文學復古運動中發揮了重要作用。第二部分爲本書重點，探討李夢陽的學術思想、美學思想、文藝思想以及在明代前七子復古運動中的影響；分析李夢陽詩歌創作實踐及成就；對歷史上的「李何之爭」進行是非評判。結論指出，李夢陽是個天才詩人，儘管他的創作成就平平。歷史上認爲李夢陽是個主張模擬的人，事實上他和我們每一個人一樣，不願意做一個步履蹣跚的人，相反，他是一個反對模擬的勇者。李夢陽崇尚和諧美，認爲詩歌應主要表現和諧美，李夢陽還崇尚民歌，認爲民歌是表現自然美的眞正詩歌。李夢陽文學復古及美學思想的重要意義在於，它改變了中國古代文學批評以言情、載道爲中心的傳統文學本體論批評模式，使明清文人把文學批評的注意力重點投向了文學審美方面，自前七子文學復古運動以後，中國文學批評進入了新時期。

目　次

第十三、十四、十五冊　近代文學與學術史觀

作者簡介

　　左鵬軍，1962 年生，吉林梅河口市人。1999 年畢業於中山大學，獲文學

博士學位，2002 年復旦大學博士後出站。廣東省高等學校珠江學者特聘教授，華南師範大學教授。主要學術領域爲中國近代文學、中國戲曲史、嶺南文學與文化。已出版《近代傳奇雜劇史論》（2001）、《近代傳奇雜劇研究》（2001，2011）、《黃遵憲與嶺南近代文學叢論》（2007）、《晚清民國傳奇雜劇史稿》（2009）、《近代曲家與曲史考論》（2013）等專著，發表論文多篇。《晚清民國傳奇雜劇文獻與史實研究》入選《國家哲學社會科學成果文庫》。曾獲廣東省哲學社會科學優秀成果獎及其他獎勵。

提　要

　　本書爲作者二十五六年來有關中國近代文學及嶺南近代文學研究、中國近代文學學術史回顧與反思、文學史觀念與研究方法等領域部分論文的結集，兼及人文學術研究的其他方面，反映了作者對於中國近代文學及其學術史經驗、人文學術觀念及研究方法與觀念的探尋思考和基本認識。

　　本書分爲觀念與方法、文學與文體、考證與商榷三輯。上輯《觀念與方法》從思維方式、研究方法與學術觀念、學理探究的意義上認識、反思和評價既往和當下中國近代文學及相關學術領域的重要現象、主導趨勢及存在的問題，以期引發更加深入的思考。中輯《文學與文體》從文學史與文體學角度論述近代文學的若干重要問題，考察處於中西古今嬗變交替之際的中國近代文學發生的深刻變革，認識其文學史和文體史價值。下輯《考證與商榷》從文獻學理論與實踐、文學史事實和學術史事實出發，對一些著作、文章的觀點和結論進行學術商榷，彌補其不足，修正和完善相關問題的研究，並根據充分的學術事實對個別著作中存在的學術不端問題提出批評，以期起到澄清事實眞相、端正學風的作用。

　　本書內容豐富，特色鮮明，比較充分地反映了作者在中國近代文學與學術史及相關領域作出的探索和努力，也反映了中國近代文學研究及相關人文學術領域研究進展的某些重要側面，具有突出的學術意義和參考價值。

目　次

第十六冊　中國古典小說意境論

作者簡介

　　康建強（1976.5～），男，山東單縣人，山東大學文藝美學研究中心在站博士後，白城師範學院副教授、文學院副院長，北華大學碩士生導師，主要科研方向爲中國古代小說美學，主持、參與省部級科研項目 5 項，在《甘肅社會科學》、《青海社會科學》、《文藝評論》等 CSSCI 期刊上公開發表學術論文 16 篇。

提　要

　　本書內容由六個部分組成。《緒論》介紹中國古典小說意境研究的歷史與現狀以及本書研究內容確立的要義。第一章《意境與中國古典小說意境》，從意境的語義界定、意的源起與意境的本質、意境的生成過程與觸發形式、意境的特徵與判定標準、中國古典小說意境界說五個方面對意境理論與中國古典小說意境進行基本界定與深度闡釋。第二章《中國古典小說意境成因論》，從小說形成方式演進與作者之意的濃鬱、小說意蘊的日益豐厚、詩性質素的融入與日益完善三個方面對中國古典小說意境的發生動因進行深度闡釋。第三章《中國古典小說意境發生發展論》，闡述了中國古典小說意境的發生發展過程及其在不同時期的表現與特徵。第四章《中國古典小說意境創設生成論》，從創生方式、創生理念與終極追求三個方面，對中國古典小說意境的創設生成進行深度闡釋。第五章《中國古典小說意境表現型態論》，對中國古典小說意境的層級、形式與類型作了客觀分析。

　　本書立足傳統文化原點，結合中國古典小說的實際表現，以文學、哲學、美學多維融合視角，對中國古典小說意境的成因、發生發展、創設生成與表現型態進行了整體與深度闡釋。客觀而言，不但實現了多處局部創新，而且有益於中國古典小說意境研究的深入發展。

目　次

序　杜貴晨

第十七、十八冊　隋唐演義系列小說研究──以發展演變爲論述核心

作者簡介

　　張清發，臺灣省高雄市人。國立高雄師範大學國文博士、國立成功大學中文碩士。現任國立高雄海洋科技大學基礎教育中心專任教授。曾任國立臺南護理專科學校專任助理教授、國民小學專任教師。主要研究方向爲明清小說、俗文學。著有《古典小說中的帝王書寫研究──以創業、宗教、宮闈爲主的考察》、《明清家將小說研究》、《岳飛故事研究》等專書，以及〈奇史奇女──木蘭從軍的敘事發展與典範建構〉、〈從產銷看明代書坊對通俗小說的經營策略──以商品形態爲主要觀察〉、〈秦檜冥報故事的演變發展與文化意涵〉、〈從「悲劇英雄」看《史記》與講史小說的關係〉、〈從敦煌齋願文到通俗小說看天王信仰的演變〉、〈由白蛇故事的結構發展看其主題流變〉等相關論文多篇。

提　要

　　本書以「隋唐演義系列小說」爲研究對象，從文學活動的過程中建構出「整體發展、階段演變、文化意涵」等層次性的論述核心。在整體發展方面，揭舉出「嚮往隋唐盛世的民族情緒、期待英雄人物的社會心理、追隨商品經濟的發展潮流」爲造成系列小說興盛的因素。在階段演變方面，以《隋史遺文》、《隋唐演義》、《說唐》、「說唐續書」爲系列小說發展階段的代表作，並各自以「草澤英雄傳、歷史小帳簿、亂世英雄譜、英雄家族史」爲敘事焦點，從而確立其階段價值與地位。在文化意涵方面，小說將「歷史、英雄、天命」三者巧妙結構爲一組圓形的思維：歷史是英雄的大舞台、英雄是天命的執行者、天命是歷史的支配力。而在此圓形思維中，小說又從中反映或增強了民

間式的英雄史觀、道德史觀和天命史觀。

目 次

上 冊

第十九冊　和邦額《夜譚隨錄》研究

作者簡介

　　黃佳穎，1984 年生於高雄市，成長於臺北，目前爲國中國文科教師。自

幼對神話、志怪、鄉野奇談有濃厚興趣，2006年畢業於國立嘉義大學中文系，隨即考取國立中正大學中文所。在尋找研究題目時，偶然發現《夜譚隨錄》，其性質與體裁近似《聊齋》，與《新齊諧》、《續子不語》有著顯著的借鑑關係，又作者爲滿清皇室，身分特殊，內容也曾提及台灣、澎湖，故以此書作爲研究，期能具體展現所蘊含之時代意義及滿漢文化相融現象之獨創價值。

提　要

　　《夜譚隨錄》爲滿人和邦額所撰之小說，和邦額，字愉園、齋，號蛾術齋主人、霽園主人，隸屬滿州鑲黃旗，眞實姓氏無考，世系可能爲葉赫人。目前多數學者認爲生於乾隆元年（1736），但實際可能推前至康熙末年，卒年不可考。人生分爲隨宦南北、在京學習、入仕爲官、晚年閑居四個階段，在京學習時完成傳奇《湘山月一江風》，演鄭梓和高靜女之事。和邦額是清朝北京滿族作家群之一，有較密切交游的是永忠、恭泰（蘭岩）、雨窗（阿林保）三位，後兩位均曾替《夜譚隨錄》進行評點。當代的政治、學術風氣等都間接促成滿族文人創作小說原因。《夜譚隨錄》的素材來源有「前代文學作品」、「模擬及改寫前人小說」、「改編或抄錄同代作品」及「親友」提供四種。

　　本論文採用了新發現的乾隆五十六年（1791）辛亥年鐫刻的本衙藏板，藏於日本早稻田大學文學部，目前並無學者對此版本進行探究，本論文中比較了己亥、己酉、辛亥本兩種，發現辛亥衙藏板刻本最接近《霽園雜記》，並囊括了各種版本的特點。而《夜譚隨錄》的版本又可分足本與非足本兩種，差異在篇數、眉批、與潤飾內容與否這三個方面。關於原版本問題，筆者頗爲贊同薛洪勣先生對於「自序署年並不等同初刊年」之觀點，故傾向於認同《夜譚隨錄》最接近原版本者應爲乾隆己酉（1789）本。

　　《夜譚隨錄》全書有篇名者計 141 則，若不論篇名之有無，則多達 160 則，題材略顯龐雜，但若以故事最主要的敘述爲分類基準，可分爲：狐鬼精怪之屬、仙道術士之屬、異聞軼事之屬、勸善懲惡之屬、朔方市井紀實之屬五大類。異類角色大部分帶有人類的思維、性格及情感，富有和邦額用來伸張正義、寄託理想與馳騁想像的色彩；幻術符本爲中性，善念者可助人，惡念者若假借宗教名義爲非作歹，最後將會慘遭果報的反噬；時以現實事件爲創作基礎，帶有批判當代世風意味，符合「當求其理而不必求其怪」的創作態度；時以營造事物奇異氛圍爲主，恰巧印證喜談鬼說狐的興趣；因果報應觀的呈現賦予社會教化功能，並具有宣洩、警策等功用。本書明顯帶有滿族

特色、異域風情,具有民俗、歷史、地理等方面的參考價值,其中最值得注意的是「載有台灣、澎湖的地理景觀、風土人情」,並且在記錄的同時也能注意到文學性,替當代各地民情與滿漢文化交融的過程留下極為珍貴的史料。

《夜譚隨錄》的敘事時序以正敘為主,以超現實題材為大宗,敘述人稱多樣化,屢屢使用全知敘事為主,限制敘事為輔的技巧,來營造各類奇幻事物的神秘感。形象塑造特色分別是「具有鮮明特色的概括性角色」與「人性、物性兼具的異類形象」, 塑造技巧使用動、靜態的正筆描寫兼視點轉移及背景襯托的側筆,間接豐富角色內涵。情節特色秉持「以奇為美」的審美觀;章法結構以三分法運用最為廣泛,多依循「開端」、「發展」、「結尾」的模式,比較特殊的是包孕式結構,極盡情節曲折之能事。和邦額個人特質與所運用的創作語言相互滲透,以文言文進行小說創作外,其中又夾雜各種文體,可見「史傳」筆法,雜以對句或駢散相間,另有清詞麗句、古奧駢儷文字營造蕭條幽遂的景致;人物語言以「語言風格地域化」為特色,並常藉人物語言顯其才識,詩詞、戲曲、小說、典故各種文體出現於故事中,達到貫串情節,收言簡意賅之效,不過也有徒增堆砌、逞才之缺點。

《夜譚隨錄》的評點有著古典小說評點中少見的作者、評者及評者之間相互對話交流的情形,可以從這樣的評點類型更加貼近的瞭解故事意涵,使得評點不只是一個評者自我獨立的闡釋系統。本書評點類型有作者自評及親友恭泰、恩茂先、李伯瑟、李齋魚、福霽堂等人評,文人性強。各家評點從不同的角度提出自己所詮釋的意涵,並寄託自己的情感及心志,而後世讀者也從這些評語中看見當代文人對《夜譚隨錄》的看法,頗富時代價值。

目 次

第二十冊　《鼓掌絕塵》研究

作者簡介

　　林宜青，台中人，先後就讀淡江中文系、東海中研所、台中教育大學語文教育博士班，現任中臺科技大學副教授。

大學與研究所期間專攻古典小說，博士班後則潛心研究青少年小說。著有〈由秦可卿之喪看王熙鳳的管理能力〉、〈王熙鳳管理榮國府的探討〉、〈論賈探春之協理榮國府〉、〈由抄檢大觀園事件論賈探春的性格特質〉、〈生命的驚嘆號——論紅樓夢中的自殺事件〉、〈由意動需要談劉姥姥進榮國府〉、〈論陳義芝詩中的人子情懷〉、〈論〈紅玫瑰與白玫瑰〉中的性別書寫〉等短篇論文；博士論文為《李潼「臺灣的兒女」系列作品中的兩性書寫研究》。

提　要

《鼓掌絕塵》為明末作品，分風、花、雪、月四集，每集十回，演一個故事，共四十回四個故事。其中風集與雪集描述兩對青年男女的愛情經歷，故事中包含才子與佳人一見鍾情、以詩詞唱和為媒介等才子佳人小說模式的重要情節，居於才子佳人小說先驅地位。花集與月集描述兩組不同身分地位的主人公們，其奇特的遭遇與命運的變化，文中描繪人物眾多，涉及社會層面廣闊，展現明清人情小說之特點。

《鼓掌絕塵》的作者不可考，僅能依書中訊息得知其為生活於明萬曆到崇禎年間的江南中年人士，當是一嚮往功名，而又仕途偃蹇的未遇書生。因其熟悉市民階層，對當時的通俗文藝與民間習俗有一定的熟捻度，因此取材現實、描摹事態人情，並將其觀察、感受與想像一併寫入書中，而創作出屬於人情小說發軔期的作品。

《鼓掌絕塵》在題材上屬於人情小說的開創期，在體制上居於短、中篇小說的過渡期，內容上則是普遍的反映出明末社會的種種情況，然由於藝術價值不高，向來為研究者所忽略。本研究依據有限之資料，梳理有關本書的作者、版本、藝術成就與傳承影響等問題，期能予《鼓掌絕塵》一較中肯的文學地位。

目　次

晚清婦女問題小說《黃繡球》研究

作者簡介

　　劉怡廷，東海大學中文系、東海大學中國文學研究所碩士班畢業。曾任東海大學自然科學與信仰課程兼任助教、高雄工學院共同科講師，現任義守大學通識教育中心講師。教授課程包括華語文學與思想、小說與社會、古典小說中的女性議題、中高級華語……等。目前致力於以學生為主體之討論教學法，以及性別、家庭與文學之研究。

提　要

　　晚清小說是古典小說過渡到五四小說的橋樑，在文學史上有著重要的地位。八〇年代的台灣在晚清小說的研究上，除了小說理論之外，還包括政治、思想、教育、社會問題等外緣的探討，及主題、專著等內部的研究，但研究範圍大部分僅限於四大譴責小說及《文明小史》，其他小說的研究則較為忽略。本論文以《黃繡球》為研究對象，不僅因為希望能深入地研究一本晚清小說，更因為《黃繡球》是晚清婦女問題小說的代表作，我們可以從婦女運動的角度來看晚清的社會及文人的思想，這是具有特別意義的。本論文共分四章。第一章緒論部分，除了說明晚清小說發展的概況，更針對當時婦女運動產生的背景、進行的過程，以及在小說中反映出來的情形做一說明，以使《黃繡球》的時代意義更加明確。第二章探討《黃繡球》的主題思想，在作品中發表作者的意見是晚清小說的常態，本章分別討論了作者在婦女、教育、政治及其他社會問題各方面的改革意見。第三章人物刻劃，主要是透過人物來看作者如何呈現其主題，至於人物的刻劃技巧及作品的結構、形式等問題，屬於第四章寫作技巧的討論範圍。《黃繡球》寫作於中國婦女運動的初期，雖

然在藝術成就上不高，但卻反映出婦女運動處於新舊潮流中，一股混亂、不安定的現象，然而，它也為後世婦女小說的主題－反映時代婦女生活、提倡男女平等思想，提供了一個新的方向。因此，作為晚清婦女小說的代表作，《黃繡球》在社會、歷史、以及文學上，都具有承先啟後的意義。

目　次

《輪迴醒世》之研究

作者簡介

　　張凱特，一九六九年生於雲林，現就讀於國立中興大學中文系博士班。研究以古典小說為範疇，兼及詼諧文學與寓言，對於台灣文學亦有偏好，專長為明代公案小說研究。現任為吳鳳科技大學、亞洲大學兼任講師。曾發表〈錢鍾書寓言「上帝的夢」析論〉、〈歷史的再演述——龔鵬程教授解構唐代傳奇的文體演述及史觀運用〉、〈智叟的啟悟 《西遊記》中智慧老人對啟悟旅程之意義和作用〉學術論文等五篇。

提　要

　　本書對明代變相公案小說集《輪迴醒世》第一次全面性的研究。《輪迴醒世》為晚明公案小說集，亡佚於中土，後經學者發現，翻印留存，程毅中點校後出版。故事共一百八十三則，故事標明時間最晚至萬曆。小說內容為晚明社會的寫照，具有文獻參考的價值。除此之外，本書具備的公案小說變相文體的特質，與晚明的「箭垛式」清官公案小說集互相輝映，形成了公案小說流行晚明的景況，是故本文特以「輪迴醒世之研究」為題。

　　先就分析小說情節的取材來源與改寫、援引方式，後就人物形塑與特徵辨分，研議小說人物的創作技巧與特點，進而對情節營構法式比對《大明律》，得知公案的斷案法式與現實的律法關係，並小說內容反映的社會文化內容，進行分類，藉以比對故事與時聞、明代筆記等的虛構與真實的差異，從而理解文化的發展趨向及晚明庶民集體意識。

目　次

第二一冊　李伯元《游戲報》、《世界繁華報》研究

作者簡介

　　楊詞萍，國立中央大學中國文學系博士生。碩士論文主要關注晚清上海的文藝小報，以李伯元所創辦的《游戲報》爲主要的研究對象，即探討李伯元如何務實地認識到當時的文化狀況及娛樂市場需求，將通俗文藝、娛樂與新式媒體結合起來，創辦兼具商業與娛樂特質的一份報紙。亦曾撰寫〈海上歐洲風情——《昕夕閒談》中「西學東漸」之譯介〉一文於 2012 年 5 月 26 日之「第十一屆國際青年學者漢學會議：域外經驗與中國文學史的重構」上發表。

提　要

　　創刊於晚清時期的《游戲報》（1897～1910），是由李伯元首創的一份娛樂小報，它主要以上海妓女、優伶爲報導主體，在當時不僅風靡了上海讀者圈，亦在報界引起一陣開辦小報的風潮。並且，李伯元又於 1901 年將《游戲報》售給別人，自行另辦《世界繁華報》（1901～1910），將小報的版面重新編排，清楚地劃分欄目，並開始連載《庚子國變彈詞》、《官場現形記》等諷刺小說，對近代的文學與傳播活動、大眾消閒閱讀風氣，以及上海娛樂事業的推動，皆產生了一定的影響力。

　　本論文的主旨即是探討李伯元如何務實地認識到當時的文化狀況及娛樂市場需求，將通俗文藝、娛樂與新式媒體結合起來，創辦兼具商業與娛樂特質的一份報紙。本論文採取多視角的分析策略，從上海城市與文學、報務經營、花榜選舉、西洋娛樂等不同角度來詮釋李伯元辦報的創新意義，並關注他所採取的極具「現代性」的經營手法。本論文共分六章。第一章緒論，確立論題的研究價值，並論述整個論文架構。第二章主要討論小報誕生的背景因素，並介紹小報群體的產生。第三章以李伯元的兩種辦報理念爲考察線索，期能通過小報上的相關論說來分析其辦報原意，並一併討論《游戲報》、《世界繁華報》的創新意義，與兩個報館的商業經營策略。第四章討論小報上花榜運作的實質內涵，以及帶來的效益與商機，期能通過花榜選舉的過程，瞭

解一個新型態媒體的公信力建立，並探討文人筆下的上海妓女報導，試圖呈現妓女在報紙公共空間的面貌，及其隱含的權力關係。第五章雖以「娛樂」、「日常生活」為題，然而討論的是與西方事物相關的娛樂新聞在《游戲報》上的呈現。筆者認為對《游戲報》的讀者來說，這些娛樂新聞在當時的文化市場中，不只是扮演著提供消閒、娛樂信息的角色，更是認識西方世界的窗口，有著傳輸新知的功能，可視為一種另類的文化啓蒙。第六章總結上述各章節中的重要論點，並試圖將這些論點回歸到一個歷史的敘述脈絡；最後亦在此章對研究未盡之處進行說明。

目　次

第二二、二三冊　明清目連戲初探

作者簡介

　　廖藤葉，臺灣臺中人，獲國立臺灣師範大學國文學系碩士與中興大學中國文學系博士學位，現任教於臺中科技大學。

　　著有《中國傳統戲曲旦腳演化之考述》、《中國夢戲研究》等書，以及發表〈明代劇論中的當行本色論〉、〈北曲在傳奇中的應用〉、〈《鐵旗陣》「把子記載」研究〉戲劇相關論文二十多篇。近幾年結合青少年以來的興趣，投注心力解讀中國文學中所描述的天文現象，並發表相關科普文章。

提　要

　　論文探討明清兩代的目連戲，除了緒論、結論之外，共分五大章。

　　第一章為明清時期目連戲流播演出概況。分地區整理探討，內容有演出班社，聲腔特色，活動演出範圍，留存的臺本、齣目。在目連戲研究形成熱潮之後，進行挖掘、採集而得的大批資料，呈現以江西、湖南、四川、安徽、浙江等地為最豐富，見證目連戲的演出，至少延及清末民初，以華中地區最為興盛。

　　第二章論及題材內容、情節線、關目以及民間、宮廷不同的思想旨趣。目連戲的題材內容相當龐雜，原因在於容納許多與目連本傳不相關的內容，有縱向向前延伸至羅卜父祖故事，向後演至轉世之後。有橫向取材當時各種受歡迎的小戲，藉一點因緣納入演出。另一種是因應七七四十九天羅天大醮的祭祀法會，將各種神怪、歷史演義加於目連戲前後。目連戲只需具備救母的「主情節線」即能成戲，鄭之珍本另有張佑大、曹賽英兩條「次情節線」，莆仙、豫劇、宮廷本另行發展了「反面情節線」，使情節更豐富。關目指「關鍵、節目」，目連戲關目再以目連戲特有，和與明傳奇類同的關目兩項進行分析，民間目連戲所獨有與宮廷所獨有，恰好是官民對比下不同的審美趣味所

在。因此進而討論官民思想旨趣，由編纂理念，劇情內容安排等方面進行討論。

　　第三章為目連戲文學性。依曲詞、對白兩項分別進行歸納整理之後，以見目連戲含括的民間文學類型及修辭寫作特色，再探討宮廷對民間文學的刪修變化方式。不同的民間文學安插進劇本之中，有簡單隨時可插入的俗曲、俗諺，具評點效果而與劇本內容相關性比較不密切。如將民間喜歡的如歇後語、對聯等較具寫作技巧的文藝放置劇情之中，無不密切貼合。進而論述民間目連戲文學特色有四：一是鄉土庶民語言，二為想像力靈活奔放，三是質勝於文，四是內容、思想龐雜。質樸語言文字的目連戲進入宮廷之後，刪修不合宮廷思想、情境和審美價值的部分，留存大多數民間語言文字。留存的部分又稍微加以修潤，不論曲詞或對白，轉換成較具宮廷富貴、氣派的風格。

　　第四章探討民俗性和祭祀性。民俗含括範圍廣闊，祭祀性亦屬民俗一部分。首先就目連戲演出動機而論，一村鄉固定時節演出，邀演的動機，顯示目連戲在民俗中有驅邪、驅煞功能的認知，擴大至神明壽誕演出，或是個人許願還願，以及新戲臺落成演目連以除煞，進而衍生平安、祈吉目的。祭祀性論述演出前神臺、戲臺的搭建，無論擇日或擇方位落基，選用材質，以及布置等項，都是民俗信仰。演出前相關的祭祀活動有請神巡遊村莊，戲臺上下的跑馬活動，開演前戲臺上演出「鎮臺」戲齣，宣告開臺演出。演出之後，相對應送神儀式。目連戲因長期演出而衍生相關民俗活動，如演出期間因地而異的相關祭儀，有祭叉、送子、聞太師驅鬼等項。演出之後，使原本吃烏飯的古老民俗得到加強，產生不少目連相關俗諺，四川甚至出現目連故里的青堤鎮。目連戲與儺原為兩項不相關的活動，現今目連戲被視為儺戲，因此由迎請神明、演出功能、巫術三方面論目連戲的儺化。

　　第五章為目連戲藝術性。先分析各地目連戲的腳色行當種類，以及各門腳色於唱念做打上的不同要求，探討目連戲於唱唸做上的藝術要求，以及大量而精彩的「做打」技能，討論容納的雜技和劇情的密切性。宮廷戲臺與禮教規範，和民間臨時搭臺於廣場，使目連戲演出具有不同風貌，民間有時泯沒臺上、臺下界限演出，形成熱鬧澎湃氣氛的情形不可能出現於宮廷。紙、煙火等工藝，運用於裝飾舞臺或者渲染戲劇氣氛，配合舞臺調度，民間廣場演出、戲園和宮廷各有特色。

目　次

上　冊

第二四冊　蔣士銓中年書院時期劇作研究

作者簡介

　　王春曉，女，祖籍河北饒陽，1980 年出生於山東臨清。2005 年進入首都師範大學文學院中國古代文學專業學習，師從張慶民教授研讀元明清文學，2008 年獲文學碩士學位。同年轉投同校張燕瑾教授門下，重點研究中國古代戲曲，2011 年獲文學博士學位。2011 年 8 月進入外交學院，從事教研工作至今。有學術專著《乾隆時期戲曲研究——以清代中葉戲曲發展的嬗變爲核心》（2013 年），先後發表的論文有《清宮大戲〈忠義璇圖〉創編時間考述》等多篇。

提　要

　　蔣士銓（1725～1785）是清代中葉的著名文人。他不僅詩、文、詞俱佳，在當時與袁枚、趙翼一起被譽爲「乾隆三大家」，戲曲創作方面也取得了卓越

的成就。在蔣氏現存的十六種戲曲中，共有五種作於乾隆三十年至乾隆四十年（1765～1775），也就是蔣士銓四十一歲至五十一歲之間。蔣士銓中年辭官之後流徙於江浙一帶，先後主持紹興蕺山書院、杭州崇文書院和揚州安定書院。本書即以蔣士銓在此中年書院時期所創作的戲劇 《桂林霜》、《四弦秋》、《雪中人》、《香祖樓》、《臨川夢》為研究對象，對這些劇作中展現的作者思想傾向及創作心態加以探討。書中並結合乾隆時期的戲曲創作、演出狀況，試圖對蔣士銓的戲曲觀念、聲腔表現、曲辭風格等有所發凡。

　　本書主體部分計有四章。第一章從蔣士銓書院劇作所展現的「忠孝義烈」之心與「經師循吏」之志出發，探問了蔣氏的「經世」思想；第二章以《香祖樓》、《臨川夢》二傳奇作為核心，就蔣士銓的性情觀有所討論；第三章重點析讀了此期劇作中作者複雜糾結的身世之感，並對其中漸顯的逃禪歸隱傾向加以揭櫫；第四章則重點著眼於蔣士銓書院劇作的文體、曲體特色的賞讀。四章之後特置「餘論」，對蔣氏書院戲曲創作高潮形成的客觀原因加以簡括。書末另附錄了《蔣心餘先生年譜新編》、《二百餘年來蔣士銓劇作研究狀況綜述》和《蔣士銓劇作中的「南北合套」、北曲套及其套式》。

目　次

第二五冊　莊子散文「三言」研究

作者簡介

陳德福，福建省古田縣人，1962 年出生。畢業於福建師範大學中文系，1985 年獲學士學位；1993 年獲碩士學位。2008 年畢業於福建師範大學文學院，獲博士學位。曾當過中等師範學校教師；碩士畢業後到福建日報社任職，從事採訪報導，發表過許多新聞稿，被聘爲主任記者；後轉行政崗位，從事文秘、綜合協調服務工作。現任福建日報社（報業集團）辦公室主任，發表過多篇學術論文。

提　要

本文首先論述歷代、特別是新中國成立以來各個時期對《莊子》一書注釋校勘，以及對其哲學、文學和「三言」研究的情況。指出對《莊子》文體、特別是「三言」作全面系統深入的研究，迄今還是莊學研究領域的薄弱環節。本文以《莊子》整個文本爲對象，對「三言」進行分類考察，從實際出發，努力還原其在文學史上的本來面目。

本文二、三、四章分別對《莊子》「寓言」、「重言」和「卮言」展開全面研究。論述「寓言」淵源、《莊子》「寓言」概況，並在全面分析《莊子》「寓言」具象性的基礎上，歸納其形態特徵，以及與其他諸子寓言的不同。對《莊子》「重言」、「卮言」研究，都分別考辨其概念，探討其淵源，並通過全面歸類分析，總結其話語形態特徵。

本文在結論中，概述《莊子》散文「三言」形態上的共性與差異性，表達上的靈活自由特點，進而論述「三言」體制的影響和「三言」文體對創作的影響。

目　次

第二六冊 出新意於法度之中：蘇軾建物記的時空、文體與美學

作者簡介

楊柔卿（1979－），臺灣彰化市人，現為彰化縣立彰泰國中正式教師、彰化師範大學兼任講師與彰化師範大學國文學系博士生。畢業自臺灣師範大學國文學系，曾發表〈蘇軾碑記文承上啓下的關鍵地位〉。

提 要

蘇軾建物記是蘇軾「出新意於法度之中」的重要作品之一，涉及建物、記體、創作與情思等概念，試圖由「時空詮釋」、「文體意義」、「美學意涵」與「創作特色」等四個維度展開討論。研究後，在「蘇軾建物記的時空詮釋」的脈絡中，發現蘇軾在「建物本事」與「想像空間」二個方面的慧心巧思；在「蘇軾建物記的文體意義」的爬梳中，發現蘇軾建物記兼具「正體的法度價值」與「變體的作法新意」，在中國文學史中具有承上啓下的關鍵地位；在「蘇軾建物記的美學意涵」的討論中，感受到蘇軾在文本中流露出的「教化風俗」與「抒情自我」二大意涵，增進文本實際批評的美感因子；在「蘇軾建物記的創作特色」的統整中，發現蘇軾建物記展現「記敘／抒情美典，詳略得宜」與「論說／抒情美典，幽遠通透」二大特色，再再彰顯蘇軾建物記

的文學價值與境界。論述時，雖然分爲「時空詮釋」、「文體意義」、「美學意涵」與「創作特色」等四個維度。由於，四個維度間具有互文作用，若能同時掌握這四個維度的研究內容，將更能明白蘇軾創作建物記的用心。期盼透過本論文的拋磚引玉，能引發讀者對蘇軾建物記的關注，而後從不同面向進行延續性的討論，更希望成爲日後建物文學研究或創作的雛胚。

目　次

第二七冊　明前期臺閣體研究

作者簡介

何坤翁，湖北來鳳人，土家族，1969 年生。現爲《武漢大學學報》人文版編輯，專職負責文學欄目。

童年在來鳳鄉間生活，12 歲那年，來到武漢大學校園生活。由鄉間來城市，留了一級，先在武漢大學的附屬小學讀書。後來上附屬中學，再就是中學畢業，念了大專，學的是經濟學。

大專畢業後，做電腦程序設計。工作 6 年後，考入武漢大學念文學碩士學位，畢業後留校，成爲《武漢大學學報》人文版的編輯，在職獲文學博士學位。

提　要

在明代文學發展歷程中，臺閣體歷來是被批評的對象。《明前期臺閣體研究》在考察明代前期政治文化生態的基礎上，切入明代前期文學發展的具體情境，對明代前期臺閣體予以重新認識。

在以往諸家明代臺閣體研究基礎上，清理史料，會綜觀點，講述不追求賅備，而以補闕爲目的，有五點心得：

1、糾正文學史上長期流行的「三楊」說。指出臺閣體的代表是「二楊」，即楊士奇與楊榮，楊溥不是代表作家。楊榮先主文柄，楊士奇後主文柄。

2、從史部角度審視臺閣體作家的面目。長期以來，人們對臺閣體的關注停留在集部，對臺閣作家的文學行爲作了人爲的放大。本文指出，臺閣作家首先是政治家，文學是其餘事，這決定了他們的文學是收斂的。

3、臺閣體文學一直被認爲是館閣制度的物。本文糾正這一看法，指出永樂皇帝的文化壟斷政策，是臺閣體文學誕生的秘密。

4、「雍容平易」是臺閣體文學的總特徵。諸家研究對什麼是雍容平易，語焉不詳。本文追溯雍容平易的歷史來源，揭示出雍容平易的含義。

5、臺閣體爲什麼消歇？從清人以來，一直認爲是臺閣體末流形式徒具，簡單模仿所致。本文糾正這一看法。指出文化解釋權由朝廷走向山林，朝廷的文化壟斷無法繼續，山林詩浸入臺閣，於是，臺閣體倒臺。

目　次

第二八、二九冊 中國民間故事及其技巧研究

作者簡介

徐華龍，1948 年生，復旦大學研究生畢業。筆名有文彥生、曉園客、林新乃等，上海文藝出版社編審。上海非物質文化遺產保護中心評審專家、上海大學碩士生導師、上海筷箸文化促進會會長、（日本）世界鬼學會會員等。

學術著作：

《國風與民俗研究》（中國民間文藝出版社 1986 年）、《中國歌謠心理學》（新疆人民出版社 1990 年）、《中國神話文化》（遼寧人民出版社 1993 年）、《中國鬼文化》（上海文藝出版社 1991 年）、《泛民俗學》（黑龍江人民出版社 2003 年）、《鬼學》（北嶽文藝出版社 2009 年）、《上海服裝文化史》（東方出版中心 2001 年）、《非物質文化遺產與民俗》（杭州出版社 2012 年）、《中國民國服裝文化史》（臺灣花木蘭文化出版社 2013 年版）《山與山神》（與人合作）、《黃浦江畔的旅遊與民俗》（與人合作）等。

主編著作：《鬼學全書》、《中國鬼文化大辭典》、《上海風俗》等。

編選著作：《中國民間風俗傳說》、《中國鬼話》、《新民間故事》、《中國鬼故事》、《中國名將傳說》、《西方鬼話》、《水滸外傳》等。

獲獎：

《中國神話文化》獲 2001 年首屆中國民間文學山花獎學術著作二等獎。

《中國歌謠心理學》獲首屆全國通俗文藝優秀作品「皖廣絲綢杯」論著三等獎。

《泛民俗學》獲 2004 年「中國民間文藝山花獎·第二屆學術著作獎」三等獎。

《鬼學》獲 2009 年「中國民間文藝山花獎·第三屆學術著作獎」入圍獎。

提　要

民間故事是一個寬泛的概念，特別是老百姓的心目中，有頭有尾有情節就是故事，而這種故事也包括傳說、神話等教科書中所說的這些概念。

但從民間文學學科的角度來說，就會知道民間故事有嚴格的概念、定義。這種概念、定義，在不同的學校的專業教科書裏雖有不同的解釋，但都將民間故事作為民間文學中的重要門類之一，都認為這是普通民眾的口頭創作，是有虛構內容的散文形式的作品。

本書所研究的既有傳統的民間故事，也包含民間傳說。

主要有部分內容：一是民間故事、傳說本體的研究，二是民間故事技巧的研究。前者研究對象中有許多家喻戶曉的民間故事和民間傳說，如：螺女故事、蛇郎故事、灰姑娘故事、妖怪精故事、婚姻傳說、七夕傳說，乃至黃道婆傳說、白蛇傳、梁山伯與祝英臺傳說等。這些民間故事的研究是從人類學的角度來進行剖析，以發現未被破解的文化基因和文化內涵。後者是純粹

的民間故事創作技巧的分析，從而發現民間故事創作技巧的人文價值。民間故事的創作技巧是在數千年的發展過程中逐漸形成的，這種創作模型被一代一代地繼承、模仿，而慢慢演變成爲一種民間口頭創作的套路。這樣不僅是爲了便於民眾口頭創作，也是因爲口耳相傳的需要，便於記憶，同時也便於講述、流傳。民間故事的三段式，就是這種創作技巧的典型例子。

目　次

西方漢學家的中國文學觀研究
——一次後殖民理論分析實踐（上）

胡淼森　著

作者簡介

胡淼森，1983 年生，河南孟州人，文學博士。2010 年北京大學中國語言文學系畢業，獲博士學位，曾任《北京大學研究生學誌》主編，被評為 2010 年「北京大學學術十傑」。個人著作3 部：《文化戰略》（復旦大學出版社 2010 年版，合著）《中國建築地圖》（光明日報出版社 2005年版）《圖說中國舞蹈》（華文出版社 2009 年版）；譯著 1 部：《美國文理學院的興衰：凱尼恩學院紀實》（北京大學出版社 2013 年版），在《文學評論》《社會科學戰線》《人大複印資料》等學術刊物發表論文 20 多篇。現任職於中央國家機關，主要從事文藝美學、中西文化交流以及比較政治、腐敗治理研究。

提　　要

　　漢學家的中國文學觀是中國文學被西方學術語境呈現的「鏡象」，漢學家對中國文學的總體態度、言說策略與分析話語驚人一致，具體表現為以我觀物——以西解中、地理學和人種學視角、西方理論對應中國材料、厚古薄今等套話，隱含文化隔膜和西方中心主義。新一代漢學家呈現出以中國為窗口進行文明間對話可能的自我突破。全球化時代應重視批評與美學的空間差異，擺脫對西方漢學的依賴，回歸中國文化自身的價值訴求，實現中國形象自我建構與輸出。

　　本書以「西方漢學家的中國文學觀」為中心，採用後殖民批評理論、文化地理學和文學形象學方法，將中國文學的形象問題置於中西文化交流史背景下，考察中國文學形象西傳的中介——西方漢學家對於中國文學的認知與描述，審視中國文學形象在西方語境下被介紹、翻譯、批評和建構的過程，反思中國文學整體形象症候以及中國文化的自我定位與形象輸出問題。

　　本書將後殖民批評方法引入漢學研究，採用史論結合、層層追問的方式，深入 18 世紀以降的西方漢學史，多角度討論漢學家中國文學觀的生成譜系、學科範式及其現實影響，分析漢學轉型及其對中國文學形象的介紹描述，概括總結若干桎梏理解中國文學的套話和偏見，呼籲還原中國文學真實面貌及其對世界文化的貢獻。

序

北京大學中文系教授、博士生導師王岳川

　　十幾年前，我提出發現東方、文化輸出的文化理論構想。這一理論的核心關注就是中國身份、中國形象、中國立場的合法性問題：在全球化時代誰來言說中國、代表中國。由於幾百年間西方漢學在海外中國文化傳播和文化形象建構中的巨大影響，成爲探討這一學術問題時無可迴避的入思起點，反躬自省的一面鏡象。

　　近十幾年來，我在美國、英國、非洲一些國家、日本、韓國、新加坡、馬來西亞、印尼等國巡迴講演和教學，接觸過很多漢學家，感受到中國文化無所不在的影響，而東亞文明圈對古老中國典籍、制度、禮儀的鄉愁眷戀，與其對現實中國的猜忌芥蒂形成了鮮明對比。我曾在浩如煙海的國家圖書館文庫中搜尋晚清以降中國文化向外輸出的蹤迹，卻驚異於中西方文化交流的巨大赤字。我注意到，自沙勿略、利瑪竇等傳教士開啓了入華的先河以來，除辜鴻銘、錢鍾書、程抱一等少數華裔人士外，更多譯介中國文化及哲學入西方的使命，恰恰是由一代又一代西方漢學家所承擔的，以耶解儒的文化對話，路易十四的數學家穿梭行走於康熙的宮廷，耶穌會士對於伏爾泰、萊布尼茨的深刻影響，啓蒙時代前後西方的「中國熱」……中國文化的最早輸出不是主動而是被動，中西文化交流的先行者漢學家往返於東海西海，開啓了西方瞭解中國的語言、風俗、文學、思想的大門，在學術史上留下了眾說紛紜的爭議與公案。

　　當然，在 20 世紀後期興起的後現代主義、後殖民主義、新歷史主義等後學理論看來，以異域旅行者身份傳入某種文明的行爲，是一種文化學意義上的侵略與奴役。西方學者代表他們認爲無法「自我代表」的文明對象發聲的

行為，隱含了物我兩分的現代主義思維、線性歷史觀和西方優越論，知識敘事將第三世界邊緣化、野蠻化、物質化，成為安靜待在角落供西方人窺視的異域景觀。後殖民主義批評大師薩義德批判以近東阿拉伯地區為研究對象的東方學家，他們貌似客觀中立的學說著作中，隱含著濃重的西方中心主義情結，從而成為西方入侵東方的文化先遣隊。

在譯介並研究後殖民理論的過程中，一種疑問始終徘徊在我的心頭：遠東的東方學——漢學的真實歷史面目又當如何？在遊記漢學、傳教士漢學、現代漢學等階段，無論是終其一生未能如願入華的沙勿略，不遠萬里來華奔走傳教的利瑪竇，為堅持正確的天文曆法而鋃鐺入獄的湯若望，還是伯希和、戴密微、葛蘭言，經由中國重新發現西方的於連，由於中國情結而遭受迫害的費正清及其弟子，包括我近年往返歐美邂逅的西方漢學教授……我實在無法將殖民主義或文化帝國主義同這些鮮活的形象聯繫在一起。但是，後殖民主義包括新歷史主義提出的問題又分明真切橫亙在那裡，如果細讀漢學家著作中某些章句與段落，也確實會發現一些文化偏見、套話甚至文化政治學端倪。看來，「主義」與「問題」之間生成了某種斷裂，而這恰恰是入思的契機，只有解釋這種斷裂，才能真正還原出漢學作為一種歷史敘事的當代價值意義。

在我看來，對漢學的重新評價與對後殖民批評理論的再次審視，其實是一個精彩的複調故事開端。「歷史實體」與「批評方法」互為鏡象，在對方眼中看到自己，繼而自我修正。這是一種新的主體間性批評—理論互動模式，有助於擺脫為單一文化尋找神聖開端的慣性衝動和為某一理論尋求恆定真理性的陳舊邏輯。對於文學批評而言，後殖民視域下的西方漢學研究，隱含著很多有待開掘的學科史和方法論意義。

胡淼森博士的著作《西方漢學家的中國文學觀研究：一次後殖民理論分析實踐》就是這樣一種突破傳統文論研究模式的嘗試。該書在其博士學位論文基礎上修改完成。作者嘗試將中國文學的形象問題置於中西文化交流的歷史背景之下，從西方人視野下中國文學形象的譜系入手，系統考察作為中國文學形象西傳的中介——西方漢學家對於中國文學的認知與描述，審視全球化時代中國文學的自我定位與形象輸出問題。作者對西方漢學史上涉及中國文學觀的學術史材料掌握充分，對於同中國文學形象相關的哲學、美學、文藝批評和比較文學等領域的理論資源應用準確，所使用的材料、數據真實可信，具有較強的前沿意義和實踐價值，顯示出一定學術眼光和理論勇氣。

在我看來，本書最大的創新之處在於將後殖民批評方法引入漢學研究，對漢學家誤讀和悟讀中國文學的理路進行考量與思辨，釐清後殖民批評與當代中國漢學研究溝通互動的可能性問題，系統而深入地討論了中國文學走出漢學論述框架而自我表述和輸出的未來前景，從而開啓了中國文學形象與價值研究的新問題域。作者史論結合，採用層層追問的方式組織結構和邏輯論證，深入 18 世紀以降的西方漢學史，從多個角度和層面詳細討論了漢學家中國文學觀的生成譜系、學科範式及其現實影響，按照時代順序深入分析了從歐陸到美國的漢學轉型及其對中國文學形象的介紹描述，概括總結了若干桎梏漢學家眞正理解中國文學的套話和偏見，最後將落腳點放在還原中國文學眞相從而對世界文學與文化有所貢獻的問題上，顯示出較強的文化關懷意識和學理省思意識。

當然，本書也存在若干不足之處，特別是對於漢學家接觸中國文學的歷史細節還可進一步梳理，對漢學家中國文學觀的未來前景還可進一步闡釋和說明。

我十分同意作者結語提出「中西互動，走出漢學」。漢學的背後是西方現代性以來知識與權力的同謀，導致對於某種文化的價值判斷過於依賴判斷者的眼光與需求，甚至嚴重脫離文化本身的歷史與現實而成為某種封閉自足的話語體系，這是現代學科發展的共同弊端。漢學只是必須被超越的原點，研究西方漢學家的目的，不是爲了對漢學家進行道德審判，而是爲了自我言說、自我輸出中國文化。今天，人類文明早已走出中西之爭的洪荒歲月而進入古今之爭的太空時代，決定文明間競爭結果的不是器物而是思想，不是空間而是時間，不是財富而是文化。中國的文化形象不能依靠善良的西方漢學家塑造傳播，這一點我在十幾年前的《中國鏡象》《發現東方》等書中已經清楚地表達過立場。正如魯迅所說「首在審己，亦必知人，比較既周，爰生自覺」。文化比較的意義在於文化自信，對話的未來就是言說，中國文化已經開始了走出去的步伐，正在邁向浩瀚無邊的東西方大洋彼岸。中國文化的美麗精神，在經歷歐風美雨的洗練後正在煥發出新的活力，而追求和睦、和諧、和平的「二和文明」，必將成為對現代以來西方競爭、鬥爭、戰爭的「三爭文明」的超越，引導人類共同進入理性、寬容、溫情、敬意的光榮時代，讓「各美其美，美人之美，美美與共，天下大同」的理性寬容成為人類文明對話的常識，讓「萬物並育而不相害，道並行而不相悖」的太古遺音奏響新世紀樂章的序

曲。這大概就是五四以降一代代中國學人心目中「中國文藝復興之夢」的真諦罷。

我與胡淼森博士的師生情誼，可以從 2000 年他選修我的《文藝美學》課程算起，直至一路考取我的碩士生、博士生，屈指一算已有 14 個年頭。他的本科畢業論文是研究全球化時代的後殖民理論，碩士論文是以文藝美學的時空體驗視角研究西方社會學思想，博士論文是他 11 年燕園問學生涯的總結，他在同我多次討論後，選擇從後殖民視角進入學科史研究，梳理西方漢學家對中國文學和文化的認識流變，折射現代以來幾百年間中國文學與文化的海外形象。作為老北大，他善於鑽研、勤於思考、嚴謹治學，對中西文學交流史、中外文藝理論、比較文學等領域有過細緻梳理和獨立思考，在校期間有多篇科研成果發表於學術期刊，並有專著和譯著出版，包括同我合著出版的《文化戰略》一書，還擔任過《北京大學研究生學志》的主編。這些年來我提出發現東方與文化輸出，他奔波踐履，承擔了不少學術助手的任務。如今看到他博士論文書稿殺青，倍感欣慰。值得一提的是，胡淼森博士畢業後考入中央機關工作，未如眾師友所望留在高校繼續學術研究，這無論對於他本人的治學理想還是對繼續深入研究這一問題而言，都是一點小小遺憾。不過正如美國詩人弗羅斯特所說「我們永遠是站在三叉路口選一條路走，不可能走回頭路，不可能回到原點。既然不可能回到原點，那就不存在後悔的事。差別只是每條路的風景都不一樣」。新的環境使他更加成熟，對許多政治和社會問題的觀察思考更多一份冷靜與沉著，對於中國政治問題亦常有文章見諸報端。我想，世上沒有絕對的遺憾，對於未來的中國政治生態而言，多一些這樣有作為的年輕人也是好事。

衷心祝賀胡淼森博士的論文付梓出版。我非常欣賞他在書中所引用薩義德的話「批評必須把自己設想成為了提升生命，本質上反對一切形式的暴政、宰制、虐待，批評的社會目標是為了促進人類自由而產生的非強制性的知識。」希望他未來的事業人生一切順利，永遠保有北大賦予他的獨立、理性、寬容、擔當精神，讓學問成為一生的氣質。

是為序。

2014 年深秋於北京大學

目

次

序　論

沒有對批評的批評就沒有批評。

——蒂博代《六說文學批評》

問題緣起：漢學能否成爲文化批評的研究對象

　　作爲特殊的學術群體，西方漢學家關於中國文學的觀點和論述構成了近代以來中西學術交流史上的一道獨特風景，對中國文學的海外形象建構與傳播發揮過建設性作用，同時也表徵出一些問題。在全球化時代，中西方文學研究界對話的機會日益增多，「漢學家的中國文學觀」也對國內的文學研究產生了方方面面的影響。中國學術界究竟應該如何評價漢學家們對中國文學的認識？如何判斷西方漢學體制下生成的關於中國文學整體形象的學科話語的歷史、特徵及價值？

　　在尋求一種有效的文化批評維度切入漢學家的中國文學觀過程中，不可避免地要觸及薩義德（Edward Waefie Said, 1935～2003）的《東方學》（*Orientalism*）與後殖民批評問題。對文藝理論學科而言，其眞正貢獻並不限於對西方殖民主義的批判和爲東方「正名」，還包括方法論層面——解讀「東方學」這門西方學科史的譜系學視角。在《東方學》中，薩義德將「東方學」這門西方學科概括爲通過建構東方這一「他者」而構築起來的知識譜系，這對於重新認識西方關於東方的知識系統有著重要意義。〔註1〕借助福柯話語分

〔註 1〕 薩義德指出了「東方主義」（Orientalism）的三重含義：「第一，以一種前所未有的方式將他們（注：這裡的『他們』指西方人）的學術譜系呈現在他們面前；第二，對他們的著作大多依賴的、常常是未受質疑的那些假定提出批評，希望引起進一步的討論。……所有這些問題都不僅與西方關於他者的概念和對他者的處理有關，而且與西方文化在維柯所說的民族大家庭中所起的極爲

析策略和葛蘭西文化霸權理論，薩義德對「東方學」背後隱藏的西方——東方權力話語進行了精彩的剖析。〔註2〕不過，薩義德意指的「東方學」顯然指的是關於阿拉伯或近東地區知識的學科，對於遠東和中國問題涉及不多，這就留下疑問：後殖民主義的分析策略能否應用於漢學？漢學與東方學之間，在歷史背景、學科建制、譜系、觀念和歷史影響等方面有著怎樣的異同？漢學是否參與了發現、描述和建構中國形象的過程，對於今天的中國形象有著怎樣的歷史影響？漢學在多大程度上能對薩義德的《東方學》以及後殖民理論提出反駁？

後殖民批評本質上屬於西方批評理論，西方漢學亦屬於西學，兩者對於中國而言都有相關性（或「平行」或「影響」的關係），兩者各自的專業研究今天已經屢見不鮮。自《東方學》批判了「東方學」這門西方學科與殖民主義的歷史聯繫後，「東方學」與「漢學」的比較研究似應納入學術界的考察範圍，然而時至今日深涉這一領域者不多。當前中國學術界反而對於西方漢學有盲目推崇的傾向，使得海外漢學成為後殖民等文化政治理論無法觸及的「禁區」。這種「禁區」存在問題，能夠也必須進入。

我堅持：後殖民理論可以用來分析西方漢學，後殖民理論有必要進入中國學術界的應用實踐，同中國——遠東的「東方學」——漢學進行正面碰撞和對話。本書希望以「後殖民主義」為主要方法，以「西方漢學家的中國文學觀」為研究對象，以「中國文學形象」為線索，溝通「批評理論」與「漢學學術」兩端，進入「西方漢學」的學科生成譜系，通過後殖民理論分析實踐，探討「中國文學形象」的建構過程與「西方漢學家的中國文學觀」自身生成譜系之間的歷史關聯。本書認為：漢學家解釋中國文學與文化的過程往

重要的作用有關。最後，對所謂『第三世界』的讀者而言，這一研究……是理解西方文化話語力量的一個途徑，……顯示文化霸權所具有的令人生畏的結構，以及特別是對前殖民地民族而言，將這一結構運用在他們或其他民族身上的危險和誘惑。」〔美〕愛德華‧W‧薩義德《東方學》，王宇根譯，三聯書店 2007 年版，第 32～33 頁。

〔註 2〕薩義德本人在《東方學》緒論中解釋過自己的批判邏輯與福柯的相似性：「我發現，米歇爾‧福柯在其《知識考古學》和《規訓與懲罰》中所描述的話語觀念對我們確認東方學的身份很有用。我的意思是，如果不將東方學作為一種話語來考察的話，我們就不可能很好地理解這一具有龐大體系的學科，而在後啟蒙時期，歐洲文化正是通過這一學科以政治的、社會學的、軍事的、意識形態的、科學的以及想像的方式來處理——甚至創造——東方的。」《東方學》，緒論第 4～5 頁。

往是建構他者和對象的過程，從而將中國置於「被描述」「被建構」的客體地位，在全球化的今天，東方眞正被「發現」，中國文學眞正「走出去」，必須張揚自身文化主體性並自我表述，而不能一味依賴西方漢學家。

本書所涉及的「西方漢學家的中國文學觀」

　　本書關注的焦點是中國文學的域外形象，研究領域則設定爲西方漢學家的中國文學觀——即西方漢學家對於中國文學的相關印象、觀念及學術論述，視其爲中國文學域外形象的典型代表，考察其與中國形象、文學形象、文學作品之間的關係，分析漢學著作本身的文學性與想像性，論述漢學、文學與地理學之間的複雜關係，提出用後殖民主義等文化批評理論分析漢學研究的可能性。

　　「漢學」這一概念在當前國內外學術界可謂言人人殊，就字面意義而言，最通用的是兩類涵義：其一，指的是「漢代之學」或「漢代學風」，如劉師培在《近代漢學變遷論》中所言「古無漢學之名，漢學之名，始於近代。或以篤信好古，該漢學之範圍」，這種學風代表中國古代學術中（尤其是清代學術）與重視義理的「宋學」相對的重視考證之學，此部分涵義屬於「國學」範圍內，與本書關係不大；其二，是從外文翻譯過來的 Sinology（英文）或 Sinologie（法文），指的是國外對於中國歷史文化研究的總稱，是「外國人」研究中國的一門學問，包括歐美、日本、朝鮮等國家的「中國學」，根據不同的時代、區域與國家，又可以限定爲歐美漢學、海外漢學、日本漢學、近代漢學、當代漢學、傳教士漢學、專業漢學等等，二戰之後在歐美學術界也產生了以「中國學」取代「漢學」概念的提法。〔註3〕

　　從地理位置來看，中國同周邊國家如日本、朝鮮的文化交流開始較早，據韓國哲學會編《韓國哲學史》稱，中國文化至少在朝鮮三國時代（公元 1世紀～7世紀）已經正式被接納並保留下來，儒學思想更是隨著公元 372 年高句麗建立太學，開設五經等中國典籍課程而進入了朝鮮半島，從此對朝鮮產生了至深至遠的影響，湧現出崔致遠、李奎報、李齊賢、申緯等中國詩文的

〔註3〕 此外，漢學也有與「蕃學」相對的意思，代表了中國境內少數民族對漢文化的稱呼。北宋時期，党項族李元昊（1003～1048）建立西夏國後，曾致力於借學習漢文化發展西夏文化，當時西夏朝廷設立了蕃學和漢學，分別選蕃漢子弟入學，科舉取士，翻譯漢文經典。但這種說法並不通用。

實踐者和鼓吹者；經由朝鮮的中介（公元 4 世紀末到 5 世紀初，百濟博士王仁攜帶《論語》十卷等東渡日本傳播儒學），日本文化雖然受中國影響很大，但進行的主動選擇和改造更多，例如將「天人感應」與「日本神道」結合，將「忠君」置於「孝悌」之上等等。〔註4〕本書考察對象的空間範圍嚴格界定爲「西方漢學」，基本不涉及亞洲範圍內的「中國學」。

在西方漢學研究範圍內，關於漢學何時形成，何時成熟和變化等歷史分期問題懸而未決。據國內漢學研究先驅莫東寅在《漢學發達史》中的分類，可以分爲 7 階段：1～7 世紀秦漢六朝時代歐人關於中國之知識；7～12 世紀唐宋時代阿拉伯人關於中國之知識；13 世紀蒙古勃興西人關於中國之知識；14～15 世紀元代到明初西人關於中國之知識；16～17 世紀明代到清初歐西之中國研究；18 世紀即清代中葉歐西之中國研究；19～20 世紀鴉戰之後漢學的發達。〔註5〕然而這種分類法略顯煩瑣和陳舊。忻劍飛在《世界的中國觀——近二千年來世界對中國的認識史綱》中將西方對中國的認識分爲 5 時期。閻純德在《漢學和西方漢學研究》一文（載《漢學研究》第一輯）中分爲 5 大時期，突出了 20 世紀中葉以後的當代漢學。李學勤認爲「16 世紀中葉漢學真正誕生」〔註6〕，而這一時期正是利瑪竇來華帶來的傳教士漢學興盛期；吳孟雪、曾麗雅的《明代歐洲漢學史》採用了李學勤的看法，明確提出「歐洲漢學緣起於明中後期，即 16 世紀至 17 世紀中葉這百年間。當歐洲人走近中國，對大明王朝進行近距離、全方位、多層次的觀察後，歐洲漢學便在不知不覺間問世了」。〔註7〕總體上看當代學術界基本沿用的是三分法，將西方漢學分爲遊記漢學時期、傳教士漢學時期以及專業漢學時期。

同東方學類似，〔註8〕歐美不同國家內部的「漢學」其實也絕非千人一面，

〔註 4〕參見何寅、許光華主編《國外漢學史》，上海：上海外語教育出版社 2002 年版，第 3～8 頁。

〔註 5〕參見莫東寅《漢學發達史》，鄭州：大象出版社 2006 年版。

〔註 6〕李學勤：《國際漢學著作提要·序》，南昌：江西教育出版社 1996 年版。

〔註 7〕吳孟雪、曾麗雅《明代歐洲漢學史》，北京：東方出版社 2000 年版，前言第 1 頁。

〔註 8〕薩義德曾經指出：由於對東方的「政治上的控制權」不同，英國較爲偏重實證性而法國較爲偏重想像性，「也許，人們一向感覺到的現代英國東方學與現代法國東方學之間所存在的差異歸根到底是一種風格上的差異」，而在這兩大傳統中，共性在於「對東方和東方人進行歸納和概括的重要性，對長期存在於東西方之間的差異的感覺，對西方統治東方的快意認同」。二戰之後，美國取代了英法的中心地位，傳統東方學在美國也發生了一些變異，例如大眾形

對於中國的興趣亦各有側重。傳統意義上的西方漢學包括像法國、德國、英國這樣的西歐國家，多與東歐無關，儘管德國在地圖上屬於中歐，然而按照歷史學家的研究習慣（不可否認這種劃分有種族主義色彩），德國屬於文化意義上的「西歐」，而出於地緣政治因素，俄羅斯包括東歐斯拉夫國家的中國研究往往不被算作「西歐漢學」範圍；另一方面，西歐的範圍也包括葡萄牙、西班牙、意大利和荷蘭等，然而「就西歐各國對中國文化的反應，或中國文化對西歐各國的影響程度而言，最熱烈、最具典型意義的，無疑是上述的三個國家（英、法、德）」。〔註9〕

　　18 世紀西歐各國對中國關注點不同，也因為自身所處的歷史發展階段差異導致其與中國的相似性有強弱之分〔註10〕。亞當‧斯密（Adam Smith, 1723～1790）對於工程建設的研究表明：法國對中國文化的仰慕多源於「政治」和「經濟」上的相似性〔註11〕，所以最為熱衷，漢學成就也最高。英國則態度較為冷淡。范存忠先生指出過 18 世紀英國知識界對中國的態度：「英國的漢學，同歐洲其他各國比較起來，進展較慢。在 18 世紀的後期，歐洲大陸已經有幾個像樣的漢學家，但在英國，除了瓊斯還找不到第二個人。瓊斯是英國第一個研究過漢學的人」，但是瓊斯「在東方學方面的主要成就，是在阿拉

　　　象的泛濫，對社會科學方法的重視，與文化關係政策相結合，將一切罪惡歸結為伊斯蘭和東方等等。參見《東方學》，第 287 頁、第 364～413 頁。

〔註 9〕《十八世紀中國文化在西歐的傳播及其反應》，杭州：中國美術學院出版社2002 年版，第 913 頁。

〔註10〕正如嚴建強所言：走出封建時代的法國是一個政治上以專制主義中央集權為特色、經濟上以租佃農業為基礎的社會，這個社會與當時的中國具有某種相似性，但又沒有達到成熟的程度。正是這種既相似又有差別的狀況，導致了法國社會對中國文化的仰慕和熱情，也導致了法國社會對中國文化的多方面的利用；18 世紀的英國已經開始走出傳統的農業社會，所以像法國那樣在政治上學習中國的開明君主，在經濟上學習中國重視農業的現象並沒有在英國出現。處於貿易擴張時代的英國有意識地將對中國的瞭解和研究與尋求更廣大的市場聯繫起來。然而作為一個近代國家，英國在行政官員的選拔方面還保留著傳統的方式，與中國歷史悠久的文官考試制度相比顯得落後，所以在這方面它像其他歐洲國家一樣學習中國的經驗；18 世紀的德國依然處於封建分裂的狀況……市民階級與知識分子對政治表現出極度的淡漠，卻熱衷於在精神文化領域耕耘收穫，由此造成了德國……表現出一種獨特的文化價值取向。《十八世紀中國文化在西歐的傳播及其反應》，第 9～10 頁。

〔註11〕〔英〕亞當‧斯密著《國民財富的性質和原因的研究》，郭大力等譯，北京：商務印書館 1974 年版。

伯、波斯、印度等幾個方面，而不在中國。」〔註12〕英國研究中國的目的重在開拓中國市場，也借鑒文官制度。德國或普魯士與中國的相似性更弱，加上知識分子的政治軟弱和冷漠，多熱衷於精神文化、語言、哲學和文學藝術領域，從萊布尼茨身上就可見一斑。

　　1840年之後直到二戰前夕，歐洲尤其法國依然是西方漢學的中心。1840～1876年間英國人和法國人對於中國都很感興趣，英國當時關於中國問題的文章更多，但範圍太廣，且經濟貿易領域佔據了很多；相反，「由於巴黎城本身的條件及其擁有的中國典籍，它成了歐洲漢學研究的中心。加之法國與東方的商業關係很大程度上並沒有發展起來，所以法國人把他們的精力集中在了對中國文化的知識性研究上」〔註13〕；德國人的資料多樣性與英國類似，然而卻是「推進地理學知識發展方面的先鋒，在他們的地理學出版物中插入了大量的中國資料」；英國和德國更重視當代，而法國則傾向於「研究中國古代的外交關係」，研究中國自身的「地理學文獻」。〔註14〕

　　進入20世紀，二次世界大戰後美國漢學興起是漢學的又一個歷史轉折。此前的漢學都以研究中國古典文化為主，多以人文學為方法，二戰之後美國以費正清（John King Fairbank, 1907～1991）為代表的一批學者開拓了新的領域「中國研究」（Chinese Studies），重視研究「當代中國」，也使得美國漢學染上了更多社會科學和政治經濟的色彩。作為美國所謂地區研究的一部分〔註15〕，「中國研究」將考察重點由古代中國轉為現代中國，在一定程度上突破了固有漢學研究的局限性，拓展了有關中國文化研究的範圍和問題域，形成了更加規範的學術體制，並立足全球視野，成為比較文學和比較文化學的重要組成部分。〔註16〕

　　總體上看，世界漢學內部出現了「古今之爭」，空間上則是山頭林立，按照《國外漢學史》的說法是「四分天下」：西歐、美國、日本和蘇聯（俄羅斯）。

〔註12〕 范存忠《中國文化在啓蒙時期的英國》，上海：上海外語教育出版社1991年版，第201～202頁。

〔註13〕 〔美〕M.G.馬森著《西方的中國及中國人觀念：1840～1876》，楊德山譯，中華書局2006年版，第54頁。

〔註14〕 《西方的中國及中國人觀念：1840～1876》，第61～62頁。

〔註15〕 地區研究（Area Studies 或 Regional Studies）興起的背景是二戰時期的日本研究，其後則是對前蘇聯和中國的研究，在1958年美國國會通過「國防教育法案」（National Educational Defense Act）後迅速發展起來。

〔註16〕 胡偉希「全球視野與本土意識」，載《探索與爭鳴》2000年第2期。

在文化研究的視野下，漢學研究有可能被更爲寬泛意義的「海外中國學研究」
（Overseas Chinese Studies Research）所取代。〔註17〕從「漢學」到「中國學」，
越來越多的中外學者意識到：不應再將中國視爲文明的活化石進行歷史文物
的考據，而應突破狹窄的地域問題與地緣政治限制，立足全球視野，弘揚比
較意識，致力於解決人類的共同問題。〔註18〕

　　本書的看法是：遊記漢學時期只能看成是近代歐美漢學的濫觴，不能劃
歸嚴格意義的漢學之列，也不在本書的考察範圍內；傳教士漢學理應進入廣
義的「漢學」的範圍之中。

　　首先，傳教士漢學的研究方法是近代以來的歸納法、科學實證法，具備
了科學研究的雛形，產生了一大批富有科學態度的著作，例如西班牙教士門
多薩（Juan gonzalez de Mendoza, 1545～1618）《中華大帝國史》（*Historia de las
Cosasmás Notables, Ritos y Costambres del Gran Reyno de la China, Sabidas asi
por los Libros de los Mismos Chinas, como por Rela-ciones de los Religiosos, y
otros Personas que Han Estado en elDicho Reyno*）、意大利教士利瑪竇（Mattew
Ricci, 1552～1610）《天主教由耶穌會傳入中國史》（*De Christiana Expeditio Ne
Apvd Sinas Svscepta Ab Societatis Iesv*，或譯《利瑪竇中國札記》）、波蘭教士卜
彌格（Michel Boym, 1612～1659）《中國植物志》（*Flora sinensis*，《本草綱目》
節本）、法國教士杜赫德（Jean-Baptiste Du Halde, 1674～1743）《中華帝國通
志》（*Description géographique, historique, chronologique, politique et physique de
l'empire de la Chine et de la Tartarie chinoise*）等，這些著作在某些觀點和結論
上可能在今天看來有些荒誕不經，然而其秉承的卻是嚴格的科學精神，與後
世學院漢學頗爲類似。

〔註17〕例如嚴紹璗就主張順應經典人文學術走向國際化的潮流，必也正名，規範國
　　　　際學術。針對「漢學」與「中國學」的概念問題，嚴紹璗認爲內涵不同，歐
　　　　洲發源的漢學長期以來將漢文化作爲客體進行研究，將其作爲主體材料變異
　　　　到自己的主體之中，或者是與日本學、印度學、埃及學、蒙古、滿洲和西藏
　　　　研究一樣利用學術構建文化話語，今天更應使用「中國學」的概念，將其放
　　　　置於世界語境中，展示世界網絡的特徵，理解中國文化與世界文化的關係，
　　　　而不能滿足於將其定義爲「他山之石」從而失去對跨文化學科的語境把握，
　　　　停留於學術內涵而忽略了對隱秘心理的分析。參見嚴紹璗「找對國際中國學
　　　　研究的再思考」（*Overseas Chinese Studies Research*），2009 年 9 月 8 日在國家
　　　　圖書館「互知・合作・分享——首屆海外中國學文獻研究與服務學術研討會」
　　　　上的現場發言。
〔註18〕胡偉希「全球視野與本土意識」，載《探索與爭鳴》2000 年第 2 期。

其次，早期遊記漢學的荒誕不經〔註19〕被傳教士「遊記」的科學性所取代〔註20〕；專業漢學的興起並沒有中斷傳教士群體的漢學研究，兩者在長時期內是並行和互相滲透的，許多名義上的傳教士，其眞正的身份已經是專業漢學家或學者，例如法國的顧賽芬（Séraphin Couvreur, 1835～1919）和戴遂良（Léon Wieger, 1856～1933），英國的馬禮遜（Robert Morrison, 1782～1834）和理雅各（James Legge, 1815～1897）以及美國的衛三畏（Samuel W.Williams, 1812～1884）等。〔註21〕甚至到 20 世紀，依然有來自傳教士群體的專業漢學著作，如果將其剔出「漢學」範圍，則會遺漏一大批有價值的著作。

再次，傳教漢學中就已經可以看出「漢學」同「東方學」的異同。漢學同東方學的起點略有不同，東方學處理的對象是與西歐文明密切相關的「近東」，在涉及到宗教衝突時更無法避免某種歷史的「相似性」，因此，東方學家所面對的「近東」是在歐洲人看來「似我而非我」或者「似我而不如我」的熟悉之地。然而對於歐洲人而言，遠東一直是絕對陌生的國土。中國的歷史同西歐關係不大，獨立發展而又自成一體，更重要的是，這個貌似古老的世界，有著同西方相比毫不遜色的文明傳統，其社會制度、生活方式和精神世界也自給自足、和諧統一。正如托尼（R.H.Tawney）所說：「中國是一個有機體，是一個無論如何在近代西方找不到類似的特殊類型。……與其說她是政治制度的統一體，還不如說她是一個文明的統一體……她不僅是一個國家，而且是一種精神的體現——一種文化和光明的慰藉物。」〔註22〕可以說，在利瑪竇等傳教士進入中國之初，已經感覺到了這一點，並且承認和尊重了中國文化自成一體的特徵。

〔註19〕按照計翔翔的說法：前漢學時期西方關於中國的認識有三大特點：一是支離破碎，極不系統。掛一漏萬，在所不免；二是大量地得自傳聞與猜想推測；三是評價理想化。不難看出，從傳教士漢學興起直到專業漢學的誕生，漢學可以視為逐步擺脫這三大特點的過程，最終形成了嚴格符合學術體制規範的一門現代學科。參見計翔翔《十七世紀中期漢學著作研究：以曾德昭〈大中國志〉和安文思〈中國新志〉為中心》，上海：上海古籍出版社 2002 年版，第 11 頁。

〔註20〕當然，遊記漢學在傳教士大規模來華後依然存在，且演變成新的形式：1.安森（George Anson）《環球航行記》這樣的現代航海家冒險日記；2.馬嘎爾尼等外交使團日記或記錄；3.某些來華商人的記錄。這些「新形式」遊記漢學所描繪的中國形象，對於歐洲也產生了巨大而持久的影響力，例如《環球航行記》影響了孟德斯鳩對於中國的認識，為其批評中國提供了依據等。

〔註21〕《國外漢學史》，第 152～153 頁。

〔註22〕R.H.*Tawney: Land and Labor in China*, London: George Allen & Unwin, Ltd, 1932.p.164.

最後，西方漢學眞正影響「中國形象」是現代以來才開始的。傳教士來華是 16 世紀新航路開闢後的現代性事件，地理學的興起，交通條件的發達，都爲傳教士漢學提供了現代手段和工具，這使其區別於遊記漢學的傳說或想像（這也是受制於當時交通航海條件的結果），具備了現代學科的物質條件，「漢學」最終成爲現代「西學」的組成部分。

有鑒於此，本書所考察的「西方漢學家」在範圍上作如下限定：

1. 僅限於產生自歐美國家內部的漢學家，同日韓等亞洲國家的中國研究基本無涉；

2. 時間限定爲 16 世紀新航路開闢後的現代西方，包括傳教士、西方學院體制內的專業學者，而以 1814 年之後的專業漢學家爲考察重點；

3. 考察的重點爲西歐和美國的漢學家，對於東歐和北歐各國的漢學家論述不多，除非涉及到一些重要的學術論爭問題。

「西方漢學家的中國文學觀」並不等於中國文學的西傳或者翻譯，而是西方漢學家這一學術群體站在西方文化立場，採取西學方法對中國文學這一對象進行研究的結果或產品。本書考察的重點不在翻譯史，而是理論——對象交互作用的話語歷史，屬於廣義的中西文化交流史研究範圍，但更偏重於考察處於西方（理論）與中國（對象）之間的漢學家身份與立場的特殊性與複雜性。限於篇幅，本書的主要精力放在漢學家在多種場合（個人著述、講演、書信、散文、小說、回憶錄等）所發表的關於中國文學的印象、評論與分析文字，也就是直接論及中國文學作品的批評性話語。本書重點並不在對漢學家翻譯的中國作品進行逐字逐句的分析與對照，翻譯學研究在本書並不占主體，重點在於直面漢學家的意圖性問題，至於翻譯過程中字裏行間的誤讀與悟讀問題，有待於更多專業學者的深入研究。本書材料多取自英語文獻與漢語文獻，從實際操作角度來看，這些材料基本已足以透視漢學家的中國文學觀話語的基本意圖與立場。

相關學術史描述

漢學家是最早向西方介紹中國文學和中國文化的一批學者。國內學者最先並不重視西方漢學，雖經五四時期胡適、蔡元培等學者的大力呼籲，但其實也只有陳垣、張星烺、方豪、向達、馮承鈞等少數學者致力於國外漢學史

的翻譯與研究，然而許多致力於中西文化交流史研究的學界前輩如錢鍾書、范存忠、朱謙之等都已經注意到了中國文化形象流變中漢學家的中介作用，在史料方面奠定了國內漢學研究的基礎。〔註 23〕建國初期，由於國內外政治形勢的緣故，國內學術界對於海外中國學多採取了迴避的態度。國內學術界眞正大規模重視西方漢學是在 1980 年以後。隨著中國國力增強和中外文化交流機會的增多，國內學界對國外漢學的研究日益關注，如今已經進入了較快發展時期。

從 80 年代開始，國內已經出版了相關譯作和專著數量近百部，尤其是許多出版社推出的海外漢學研究系列叢書，在學界反響頗大〔註 24〕；召開的大型學術會議 10 多次，另外，像北京大學、華東師範大學、四川外語學院、北京外國語大學、清華大學、蘇州大學、北京語言文化大學、西安外國語學院、中國社會科學院情報研究所（現在的文獻信息中心）等高等院校和研究所都設立了漢學或中國學研究中心，做了向國內反映中國文化海外狀況的大量工作。國內出版了《清華漢學研究》、《世界漢學》、《法國漢學》和《國際漢學》等專業的學術期刊。國外中國學研究儼然成爲大陸學界的「顯學」。

〔註 23〕參見錢鍾書 1940～1941 年間的兩篇英國牛津大學副博士學位論文「十七世紀英國文學裏的中國」（Ch'ien Chung-shu. *China in the English Literature of the Seventeenth Century*，載北京圖書館英文館刊《圖書季刊》（Quarterly Bulletin of Chinese Bibliography）第 1 卷第 4 期 351～384 頁；「十八世紀英國文學裏的中國」（Ch'ien Chung-shu. *China in the English Literature of the Eighteenth* Century（Ｉ）（Ⅱ），分載 1941 年北京圖書館英文館刊《圖書季刊》第 2 卷的第 1～2 期第 7～48 頁和第 3～4 期第 113～152 頁）；以及范存忠著《中國文化在啓蒙時期的英國》，上海：上海外語教育出版社 1991 年版。

〔註 24〕目前已經出版和正在出版中的國外中國研究叢書（包括著述和翻譯）有「中外關係史名著譯叢」、「法國西域敦煌學名著譯叢」、「日本學者研究中國史論著選譯」（均由中華書局出版）、「海外珍藏善本叢書」、「海外漢學叢書」（均由上海古籍出版社出版）、「當代漢學家論著譯叢」（遼寧教育出版社）、「東方文化叢書」（江西人民出版社）、「海外中國研究叢書」（江蘇人民出版社）、「中國文化在世界叢書」（山西教育出版社）、「國際漢學研究書系」（大象出版社）、「中國文學在國外叢書」（花城出版社）、「瑞典東方學譯叢」（新疆人民出版社）、「西方視野裏的中國形象叢書」（時事出版社，中華書局重版）、「西方人眼中的中國名著譯叢」（光明日報出版社）、「海外漢學研究叢書」（商務印書館、「《東學西漸》叢書」（河北人民出版社）、「海外中國哲學叢書」（北京大學出版社）以及「大航海時代叢書」（東方出版社）等十數種。其中尤以商務印書館的「海外漢學研究叢書」、中華書局的「中外關係史名著譯叢」、大象出版社的「國際漢學研究書系」以及江蘇人民出版社的「海外中國研究叢書」影響最爲巨大。

　　國內有關漢學的研究卷帙浩繁，這裡不一一列舉，而是重點選擇後殖民理論引入中國之後，當代中國學術界在漢學研究方法問題上出現的接受、應用、批評與質疑聲音〔註 25〕，聯繫對「漢學家的中國文學觀」的認識問題，在學術史的空白處發掘本書的寫作意義。

一、當代漢學研究界對漢學家的中國文學觀問題的認識

　　自後殖民理論被介紹入大陸始，已有相關學者思考過東方學──漢學的相似性與相異性問題，以後殖民視角觀照西方和日本漢學，產生了若干篇較有價值的論文。

　　1995 年大陸主流刊物《瞭望》中就有專文介紹了薩義德後殖民理論與西方漢學之間可能存在的關聯，在《薩伊德的「東方主義」與西方的漢學研究》一文中，作者張寬開篇便提出後殖民思潮下重新審視西方學術史和學科史的問題：〔註26〕「西方近現代社會科學、人文科學中是否滲入了殖民主義因素？西方的現代社會科學、人文科學與西方的向外擴張殖民有著怎樣的一種相互呼應關係？今天歐美的知識分子應該怎樣來檢討自身的學術傳承？第三世界的知識界，應該怎樣面對本土文化曾經被殖民或者半殖民的事實？怎樣從西方支配性的殖民話語中走出來？」

　　2002 年，張松建發表的論文《殖民主義與西方漢學：一些有待討論的看法》正式提出了從後殖民理論的角度審視漢學的可能性問題。〔註 27〕作者認為：儘管西方的漢學研究取得了相當可觀的成就，但是人們很少考慮漢學作為興起於十九世紀殖民主義語境中的一門學科，它所提供的關於中國的「知識」是否轉化為西方列強殖民中國的一種「權力」？漢學家筆下的中國形象究竟是對於歷史的真實表述還是權力關係支配下的人為的虛構？張松建強調：西方漢學可以說是西方帝國主義的殖民擴張的產物，而它反過來又服務並強化了這種殖民擴張的需要；通過對這種「知識」與「權力」的互動分析，西方漢學中曾經存在過的一些殖民話語因素有可能會清晰地呈現出來。作者

〔註25〕　參見王岳川著《後現代後殖民主義在中國》，北京：首都師範大學出版社 2002年版。
〔註26〕　張寬「薩伊德的『東方主義』與西方的漢學研究」，載《瞭望》新聞周刊 1995年第 27 期。
〔註27〕　張松建「殖民主義與西方漢學：一些有待討論的看法」，載《浙江學刊》2002年第 4 期。

從闡述東方主義要旨開始，提出了薩義德理論的普適性問題，自然而然地聯繫到漢學能否使用與後殖民分析的問題上來；作者還從形象問題入手，希望藉此機會將東西方文明的衝突視爲「自我」與「他者」的誤解與了解的過程，其對「中國形象」的突出和對「後殖民——漢學」兩方面的反覆審視，對於本書的寫作頗有啓發意義。

來自國內海外漢學研究界的看法則是警惕後殖民理論「削足適履」的危險。當前國內漢學研究中，集中研究西方漢學家的中國文學觀的範疇、人物和思想的專著和博士論文層出不窮，近些年來國內對於漢學研究的關注在加強，這方面的專著和博士論文也漸趨增多。〔註 28〕但是專門分析漢學家的中國文學觀的身份、範式、立場及其混雜性的專著或博士論文，國內所見不多。

目前國內海外漢學研究的基本方法是張西平提出的比較文化的視角：承認西方母體文化對漢學家學術視野和方法論的影響；反對把海外漢學家的錯誤完全歸爲意識形態；漢學家區別於中國本土「國學」研究者的主要地方在於學術視野和方法論。

第一，不同意過分重視東方學與漢學的相似性和警惕所謂「東方主義」的提法，而認爲國內有不少將翻譯與研究西方漢學視爲「西方學術霸權的工具」的誤解，因此「不得不爲自己所從事的學術工作做出合法性辯護」。

第二，認爲後殖民主義的框架和理論不適於分析漢學，提出「現代的、經驗的知識立場」與「後現代的、批判的知識立場」這兩種方法的分野，認

〔註 28〕例如嚴建強《十八世紀中國文化在西歐的傳播及其反應》（2002 年）、胡志宏《西方中國古代史研究導論》（2002 年）、計翔翔《十七世紀中期漢學著作研究》（2002 年）、張國剛《從中西初識到禮儀之爭：明清傳教士與中西文化交流》、陳君靜《大洋彼岸的回聲——美國中國史研究考察》（2003 年）、王曉路《西方漢學界的中國文論研究》（2003 年）、王建平等《美國戰後中國學》2003年）、朱政慧《美國中國學史研究》（2004 年）、張西平《傳教士漢學研究》（2005）、吳莉葦《當諾亞方舟遭遇伏羲神農：啓蒙時代歐洲的中國上古史論爭》（2005）、張國剛，吳莉葦《啓蒙時代歐洲的中國觀：一個歷史的巡禮與反思》（2006）等。另外，還出現了以國外中國研究爲對象的碩士、博士論文近 20 篇，研究的焦點或者爲理雅各、孔飛力、列文森等某個專業漢學家，如岳峰的博士論文《架設東西方的橋梁：英國漢學家理雅各研究》（2003，出版於 2004 年）以及楊華博士論文《「莫扎特式的歷史學家」：論列文森的中國學研究》（2003）等；或者某個歷史期刊如王國強博士論文《〈中國評論〉（1872～1901）與西方漢學》（2007）等；或者如美國傳教士與晚清中美政治「中國通」與美國對華政策的發展歷程等專題，例如王立新博士論文《美國傳教士與晚清中國現代化》（1995，出版於 1997 年）等。

爲對漢學的否定都來源於後一種立場，而這種立場由於「完全否認知識的眞實性和知識內容在一定歷史階段的可靠性，那就走向了另一個極端」，強調「不能由此而否認整個人類以往所獲得的知識的可靠性和眞實性」〔註29〕。

張西平總體上對於《東方學》的觀點持批評態度，並且反覆申說自己長期以來的觀點：「域外漢學並非像賽義德所說的完全是一種『集體的想像』，也並非是在本國文化和意識形態的完全影響下，它成爲一種毫不可信的一種語言的技巧，一種沒有任何客觀性的知識……作爲西方知識體系一部分的東方學，它在知識的內容上肯定是推動了人類對東方的認識，從漢學來看，這是個常識。」〔註30〕從作者從事的語言文獻學專業研究方法和史學風格來看，傾向於將海外漢學研究具體化，回到具體的文本和實際的歷史進程中，而不是理念先行地將所有漢學家判定爲西方意識形態的代表，繼而否認所有漢學著作的價值。張西平認爲「就歐洲漢學史的研究來說，目前最迫切的就是展開像黃嘉略這樣的專人或專書的研究，沒有這種個案研究的積累，任何宏大敘事都是不可靠的」〔註31〕。中國對海外漢學的研究需要的是實證而非假設，需要發掘而非開拓。

閻純德在《從「傳統」到「現代」：漢學形態的歷史演進》一文中，用大歷史的比較勾勒了一幅漢學萌生、發展直至當代轉型的恢宏畫面。全文的重心在於闡明兩種漢學模式——傳統漢學（Sinology）和現代漢學（Chinese Studies）的轉變過程，強調漢學不僅受制於中國歷史，也受制於西方歷史自身的變化。作者指出：「傳統漢學從 18 世紀起以法國爲中心，崇尚於中國古代文獻和文化經典研究，側重於哲學、宗教、歷史、文學、語言等人文學科的探討；而現代漢學則興起於美國，以現實爲中心，以實用爲原則，側重於社會科學研究，包括政治、社會、經濟、科學技術、軍事、教育等一切領域，重視正在演進、發展著的信息資源。以上這兩種漢學形態既在演進中不斷豐富發展著自己，又在日趨融合中創造著能夠融通兩種模式的漢學形態，這就是 21 世紀漢學發展的前景。雖然 1830 年東方學會（American Oriental Society）

〔註29〕顧鈞著《衛三畏與美國早期漢學》，北京：外語教學與研究出版社 2009 年版，序言第 7 頁。

〔註30〕張西平著《歐洲早期漢學史——中西文化交流與西方漢學的興起》，北京：中華書局 2009 年版，第 707 頁。另見張西平「《東方學》與西方漢學」，載《讀書》2008 年第 9 期。

〔註31〕張西平著《歐洲早期漢學史——中西文化交流與西方漢學的興起》，第 667 頁。

的建立表明了 19 世紀漢學是「爲美國國家利益服務，爲美國對東方的擴張政策服務」的特點，後殖民、新歷史等批評理論興起對漢學也提出了挑戰，但作者似乎不以爲意，而是堅信「此兩種正在接近和逐漸走向融合的研究模式，它們將共同創造出一個更加燦爛的漢學天空」。〔註32〕

中國社會科學院文獻研究中心的學者崔玉君在《80 年代以來大陸的國外中國學研究：回顧與展望》〔註33〕一文中，從學術機構、出版著述和研究範式等角度回顧了 20 世紀 80 年代以來大陸學術界對於「漢學」或「中國研究」的「再研究」，提出應該將大陸學者的這種再研究稱之爲「國外中國學研究」（Studies of Chinese Studies），作者首先強調對「國外中國學的研究，並不是把國外學者的研究翻譯成中文，然後做一些評判；也不是對學術演變的發展線路做些跟蹤式的敘述，而應該深刻思考這一領域發展背後的歷史原因和內在動力，最大程度地理解其性質。在充足的資料前提下，作者最終提出了當前國外中國學研究應該注意的三大問題：國外中國學的性質有待於進一步探索；國外中國學學科理論和學科範式有待於進一步研究；國外中國學研究的滯後性和被動性有待於改善。縱觀全文，作者提出了從多種角度認識國外中國學的政治背景、學科特點和歷史譜系等問題。

對於漢學中的東方主義問題，某些漢學家反比中國學術界更多一份身份的敏感意識。當代德國漢學家傅海波（Herbert Franke, 1914～）說：「在歐洲，作爲學術研究課題的漢學基本是 19 世紀的產兒，比印度學和閃族研究要晚得多。後兩種研究的發生背景也不盡相同，希伯來以及其他東方語言在歐洲有很長的教學歷史，這樣做有時是爲了維護基督教、反對伊斯蘭教……對於印度的興趣主要源於學者們發現梵語從某種意義上是所有印歐語言的祖先，印度學一般被認爲是梵文研究，早期印度研究伴隨著尋找人類文明源頭的幻想。」〔註34〕對於中國語言的熱衷也和尋求巴別塔建成前人類原初語言的衝動有關，而這種幻想往往以失敗告終。德國漢學家傅吾康（Wolfgang Franke, 1912～2007）則認爲：漢學領域同樣存在「套話」，最明顯的體現就

〔註32〕閻純德「從『傳統』到『現代』：漢學形態的歷史演進」，載《文史哲》2004 年第 5 期。

〔註33〕崔玉君「80 年代以來大陸的國外中國學研究：回顧與展望」，載《國際關係學院學報》2006 年第 3 期。

〔註34〕Herbert Franke. "In Search of China: some General Remarks on the History of European Sinology", In Ming Wilson and John Cayley, eds., *Europe Studies China*.London: Han-Shan Tang Books, 1995, p.13.

是黑格爾（Georg Wilhelm Friedrich Hegel, 1770～1831）關於中國沒有歷史的論斷，陰魂不散且屢屢借屍還魂。黑格爾在《歷史哲學》中認爲以中國爲代表的東方文明是沒有「世界精神」的自由展現和發展的，中國的「客觀的存在和主觀運動之間仍然缺少一種對峙，所以無從發生任何變化，一種終古如此的固定的東西代替了一種眞正的歷史的東西」〔註35〕。黑格爾的這種觀念一直影響到當代歐美學界，傅吾康指出：「黑格爾對中國歷史的負面評價被後來歐洲的學者視爲權威，尤其是在德國，一直延續到 20 世紀中葉。甚至在 20 世紀的 60 年代，據筆者印象，當德國一所大學在討論是否設立中國歷史的教席時，仍因爲黑格爾的中國沒有歷史這一站不住腳的觀點而遭到否決。」〔註36〕

二、國內文學研究界對漢學家的中國文學觀問題的認識

　　薩義德在寫作《東方學》時的身份是哥倫比亞大學比較文學專業教授，

〔註35〕黑格爾著《歷史哲學》，王造時譯，上海書店出版社 1999 年版，第 122～123 頁。

〔註36〕此外不少日本學者主動拿起《東方學》的理論武器，審視近代日本對於中國的「東方主義」話語想像和殖民，以此爲線索反思日本自身的學術史和思想史，例如西原大輔的《谷崎潤一郎與東方主義——大正日本的中國幻想》就從薩義德的東方主義理論入手，系統考察了日本文豪谷崎潤一郎的「中國情趣」，並透過谷崎潤一郎審視了大正時代（1912～1926）日本的東方主義話語邏輯。作者認爲：從谷崎潤一郎《美人魚的歎息》等作品中，可以看出薩義德關於東方出自歐洲人想像的論點正好可以用來形容「中國情趣」文學中展現出來的中國，「因爲在這裡，中國正是日本人頭腦中憑空想像出來的海市蜃樓，是用來展現浪漫故事和奇人異物，或者纏綿悱惻的情緒和景致，以及各種奇談逸聞的舞臺」。這對於中國學界重新介入「東方主義」與「遠東」關係問題頗有借鑒和啓發意義。日本學者泊功發表於大陸的文章《淺論近代日本漢學與對中國的東方學話語》即描繪了隨著日本的脫亞入歐，近代日本知識分子陷入了「日本」和「非日本」的套路中，以「東方主義」的話語模式對待漢學和中國文明，從而使得日本古典漢學具有了東方主義色彩，「爲日本帝國主義或多或少起到推波助瀾的作用」。泊功關於日本漢學與東方學關係問題的進一步研究，尚有其博士論文《日本式的東方學話語：近代日本漢學與中國遊記》（東北師範大學 2007 年）。由於日本漢學與本研究關聯不大，茲不贅述。可參見〔日〕西原大輔《谷崎潤一郎與東方主義——大正日本的中國幻想》，趙怡譯，中華書局 2005 年版，第 33 頁；〔日〕泊功「淺論近代日本漢學與對中國的東方學話語」，載《深圳大學學報》2006 年第 5 期；泊功《日本式的東方學話語：近代日本漢學與中國遊記》，東北師範大學博士論文，2007 年。

也就是說後殖民理論是誕生於西方比較文學界的。反觀今日中國，文學理論界與比較文學界的漢學研究同樣成爲一大熱點。

從文藝理論與當代文化史批判角度，王岳川在《後現代後殖民主義在中國》、《中國鏡象》和《發現東方》等一系列著作中先後提出了海外漢學的作用與影響問題。例如：海外漢學家史華茲（Benjamin I. Schwartz, 1916～1999）、狄百瑞（William Theodore de Bary, 1919～）、余英時（1930～）、林毓生（1934～）、杜維明（1940～）等海外漢學家對於文化中國和儒學問題的關注，影響了「漢語學界」的形成以及國學熱的興起；〔註 37〕又如，在全球化時代的中國形象問題上，海外漢學是富有爭議性的一門學問，作者引用了劉康等人的批評「在美國的中國學領域今天仍佔據主流位置的林培瑞、夏偉、黎安友、余英時等，對中美兩國間的溝通、瞭解和交流，又扮演了什麼樣的角色呢？在當前美國刮起的一股妖魔化中國的逆流之中，這批權威、專家，不僅沒能起到學者應有的清醒和理性的批判作用，反而推波助瀾，煽風點火」，從而提出了本土化立場的「反霸權」思路問題。同時，作者也指出僅僅是批判海外漢學不夠的，「在這樣的批判中，其中被隱蔽的層面逐漸顯現出來，但是並沒有完全解決，相反有的問題反倒更加複雜」。〔註 38〕在 2003 年出版的《發現東方》一書中，作者曾花費更大筆墨書寫了沙勿略以降西方傳教士漢學家對於中國形象的書寫及其西方影響，剖析了中國熱前前後後的歷史因素，從而提出了重新「發現東方」意味著「西方中心主義走向終結與中國形象的文化重建」，並指出「發現東方」的主體只能是「我們」而非「他者」，不能依靠傳教士與海外漢學家來發現眞正的中國形象。〔註 39〕在《發現東方》修訂版中，王岳川進一步明確指出，「中國形象」的輸出絕不能依賴西方漢學家「雖然西方不少漢學家早已關注和闡釋中國，『漢學』（Sinology）研究陣容之強大和研究著作之多出乎人的意料之外，但隨之而來的一個不容忽視的問題是……漢學是以中國文化爲材料的外國化了的中國文化。……事實上，漢學研究在西方主流文化中仍然是邊緣的，漢學研究相對於『國學』而言在中國也是邊緣的，儘管也取得了不少成果，但並不能取代中國學者對國學的研究。因此，發現東方和文化輸出工作的主體仍然應該是中國學者。」〔註40〕從「中

〔註37〕 王岳川著《中國鏡象》，北京：中央編譯出版社 2001 年版，第 131 頁。
〔註38〕 王岳川著《中國鏡象》，第 195～196 頁。
〔註39〕 王岳川著《發現東方》，北京：北京圖書館出版社 2003 年版。
〔註40〕 王岳川著《發現東方》（修訂版），未刊稿。

國形象」的高度對漢學予以批判與定位，是提升國內漢學研究水準的必要路徑，應該說本書的寫作立場與其具有較大的一致性。

　　近年來，周寧從事「西方的中國形象研究」，取得了不少成果，已成爲這一領域的代表性學者。在周寧的跨文化研究中，後殖民主義的影響是有稽可查的。周寧坦言：薩義德將福柯話語理論用語後殖民主義文化批判的意義，認爲「後殖民文化批判改變了我們的研究模式」，也使得「中國形象研究中『他者』話語的知識與權力『共謀』的結構關係凸現出來」〔註41〕；但周寧的立場有時表現出不一致，會從「東方主義」的正反效果角度提出對薩義德和後殖民理論的批評，例如在爲南京大學出版社的「文本與文化／跨語際研究」叢書撰寫的總序中，周寧就對後殖民主義提出了批評，認爲存在著兩種東方主義，一種是好的，一種是壞的。〔註42〕按照周寧的說法，漢學家們大多屬於好的「東方主義」行列，這種將歷史道德化，從個人角度看待歷史影響的說法似乎不太具有說服力。不過總體上看，周寧對於「後殖民」和「漢學」關係，仍然採取了直面而非背面或側面的態度。通過考察西方中國形象的變遷，周寧在很大程度上溝通了「後殖民──形象學──文藝學──歷史學」這幾大領域，其入思路徑在《漢學或漢學主義》中可見一斑。〔註43〕如果說前述張松建的文章提出了後殖民範式分析漢學的可能性，那麼周寧就明確提出了漢學中可能存在的、與「東方主義」類似的「漢學主義」問題。縱觀全文，給人的印象是周寧對於「漢學」或「漢學主義」的論述並不僅僅是東西方的空間問題或文化對峙問題，而是在相當程度上進入到了對於西方現代性自身的批判。作者提出：漢學與其說是一門學科，不如說是一種意識形態。西方漢學向來是知識與想像並存的，在西方漢學的學科與主義背後隱含著黑格爾等西方思想家對於東方歷史的頑固偏見，漢學主義問題表明了漢學絕非純而又純的學術，背後有「知識──權力」的共生性，而反觀國內的漢學研究，反思性不足而只知一味頌揚，存在著「自我東方化」的問題：「漢學的中國譯介者們，熱情有餘，反省不足。他們假設漢學的科學性，反覆提倡借鏡自鑒或他山之石可以攻玉之類套話，卻從未認眞反省過漢學的知識合法性問

〔註41〕周寧著《天朝遙遠：西方的中國形象研究》，北京：北京大學出版社 2006 年版。

〔註42〕周寧的論述過程可以參見姜智芹著《傅滿洲與陳查理》，南京：南京大學出版社 2007 年版，序言部分。

〔註43〕周寧「漢學或漢學主義」，載《廈門大學學報》2004 年第 1 期。

題。」周寧提出「漢學主義」並將其與當代學術現狀聯繫起來，具有針砭的力量，其批判也堪稱切中肯綮。

劉耘華的博士論文《詮釋的圓環——明末清初傳教士對儒家經典的解釋及其本土回應》，從歷史學與比較文化學角度集中考察了明末清初這段歷史時期的西方傳教士（或者說傳教士漢學）對於儒學經典的詮釋，以及在中國本土引起的回應，從一些傳教士對基本儒學範疇的解釋案例折射出中西文化遭遇和碰撞早期的一些深層機制問題，顯得比較厚重可信。〔註44〕

香港學者朱耀偉是香港近年來比較突出的一位研究後現代後殖民主義的學者，其對後殖民理論保持長期關注，在《當代西方批評論述的中國圖像》一書中，作者從後殖民理論入手，花費較大篇幅論述了當代漢學中的中國形象問題，選取了馬克林（Colin Mackerras）、宇文所安（Stephen Owen）以及林培瑞（Perry Link）三位西方漢學家「呈現」出的中國圖像，從而發現了某些「理論性困境」，達到了「將漢學論述中一向被視爲理所當然的中國圖像疑問化」。作者本人對於古希臘希羅多德（Herodotus of Halicarnassus，約前484～前425）以降西方人論述中的中國形象問題的深入瞭解，保證了其勾勒的「漢學中的中國形象」具有一定代表性，並且與後殖民理論之間有著自覺關聯，從而呈現出了「中國圖像之疊影如何被迫游離於漢學論述這個表面專門卻又被過分實質化的畸畛中的困境」。〔註45〕

從形象學的譯介與運用入手，北京大學孟華教授作了不少實際推進工作。孟華曾在《從艾儒略到朱自清——遊記與「浪漫法蘭西」形象的生成》一文中，提出了「法國何以是浪漫的？」這一問題，並從形象學角度勾勒了「浪漫的法國」這一「文本化概念」（薩義德語）的形成過程，中國人對於法蘭西這個遙遠的異鄉的想像，是建立在從意大利傳教士艾儒略（Giulio Aleni，1582 年～1649）到朱自清的一系列文本之上的，這些文本構成的序列體現出「文本——歷史——話語」之間的複雜關係。從《茶花女》這部小說，到張德彝和王韜的遊記，都呈現出巴黎「嬌女」的音容笑貌；而「加非」與「茶」的類比，則延續了地理學角度以本體解釋遠方的模式；孟華將「浪漫法蘭西」

〔註44〕 劉耘華《詮釋的圓環——明末清初傳教士對儒家經典的解釋及其本土回應》，北京：北京大學出版社 2005 年版。
〔註45〕 參見朱耀偉《當代西方批評論述中的中國圖象》，北京：中國人民大學出版社 2006 年版，第 167 頁。

的描述追溯到傳教士艾儒略的《職方外記》，而在五四時期的代表例子則是朱
自清的《巴黎》一文同日本一樣稱法國爲「花都」，通過不斷地重言、重述和
互文性寫作，「浪漫法蘭西」的形象最終確立。〔註46〕孟華得出了這樣的結論：
「在長時間內，人們在遊記中不斷重言、重寫各種物、人、景，終於累計出
了『浪漫法蘭西形象』。」〔註47〕無論是地理學傾向或是文本態度，都體現了
文本參與構建他者形象的過程，從艾儒略的傳教漢學到朱自清的散文，都體
現了全人類思維認知方面的共同模式，對此無可諱言也毋庸諱言。所以，對
於引進以後殖民理論的某些範疇來分析漢學也不必談虎色變，因爲分析甚至
批判最終指向的不是漢學學科或者某個漢學家的道德操守，而是「寫作──
描述──建構」之間錯綜複雜的文化政治關係。

　　對於漢學問題，孟華從語源學角度入手，在發表於《國際漢學》第九輯
的一篇文章「漢學與比較文學」中闡明了自己對漢學的看法。其中孟華引用
了法國權威的《小羅伯爾詞典》對於「漢學」的解釋：漢學乃爲「關於中國
的研究的總合」，總合後有一括弧，注明「語言、文明、歷史」，由此孟華判
斷：「漢學」指涉的是一切非中國人而爲的關於中國的學術性研究（以語言、
文明、歷史爲主）。應該說這一定義較爲準確，尤其適合於法國和歐洲古典漢
學，而美國「中國研究」出現後，在語言、文明與歷史之外，似加上了「當
代」這一問題視角，但並未否定前三者的意義。有些漢學家使用「中國漢學」
（sinologie chinoise）以指稱中國學者在本土進行的關於中國的研究，但這一
概念並未成爲共識；華裔學者定居海外則不能算作「中國漢學」，而應從屬於
海外漢學的一部分。

　　孟華從國力對比與國際關係角度審視了 19 世紀法國專業漢學誕生時中國
文化在西方的尷尬地位，正是因爲中國文化變成了「古代文明」，失去了現實
意義，因此西方人的關注重點放在了語言、文明、歷史諸多方面，同其他東
方學研究的邏輯是一樣的。法國沒有專門的「法國學」「日耳曼學」，卻有埃
及學與漢學，這一點耐人尋味。成爲「學」本身，是否也意味著退入了博物
館（馮友蘭語），失去了現實的生命力？孟華繼而從比較文學與漢學三方面的

〔註46〕孟華「從艾儒略到朱自清──遊記與『浪漫法蘭西』形象的生成」，載孫康宜、
　　　　孟華主編《比較視野中的傳統與現代》，北京：北京大學出版社 2007 年版，
　　　　第 549～561 頁。
〔註47〕孟華「從艾儒略到朱自清──遊記與『浪漫法蘭西』形象的生成」，載《比較
　　　　視野中的傳統與現代》第 558 頁。

密切聯繫入手，指出了漢學與「比較文學媒介學」、「比較詩學」之間的關係，尤其重要的是第三點：「漢學家們與當時社會千絲萬縷的聯繫也是比較學者必須研究的。一般說來，他們既是輿論和形象的製作者、『始作俑者』，他們更是對華政策的參謀和顧問。在很大程度上，他們的中國觀影響了當局制定政策者，更影響了公眾輿論。要討論這些國家對中國的社會集體想像，研究這些國家心態史、情感史中與中國相關的部分，都無法繞開漢學家的工作和個人『象徵價值』所起到的作用。」〔註48〕最後一點恰恰沒有引起中國學界足夠的重視，這是孟華最感遺憾的地方。

作爲近年來「西方文學中的中國形象」研究者，姜智芹通過一系列著作確立了自己在這一領域的研究特色。姜智芹的研究多是從「純文學」內部入手加以考量「中國人的文學形象」，然而其論述中也包含著形象問題背後的「文本因素」和「學科因素」，也就是說中國形象並非先天存在，而是被包括漢學在內的一系列知識、學科、文學和想像行爲建構出來的。姜智芹對於中國形象的梳理以文學作品爲主，如卡夫卡（Franz Kafka, 1883～1924）、賽珍珠（Pearl Sydenstricker Buck, 1892～1973）、毛姆（William Somerset Maugham, 1874～1965）等人筆下的中國人形象，兼及羅素（Bertrand Arthur William Russell, 1872～1970）等歐美思想界和哲學家對於中國的論述，這些分析自然要觸及到薩義德所批判的「東方主義」。姜智芹認爲無論正面還是負面的形象，在美國大眾生活中的中國形象「帶有西方中心論的後殖民色彩」，「美國大眾在面對傅滿洲（Dr. Fu Manchu）和陳查理（Charlie Chan）這樣定型化的中國形象時，會採取一種薩義德所說的『文本態度』（textual attitude），將這種文本形象（包括文學作品、電影和電視中的形象）作爲參照，看待中國的眞實，而不願面對眞實的中華民族」，〔註49〕應該說這種觀點是比較公允的。

作爲海外中國學研究的一部分，美國學者華裔史書美（Shu-mei Shih）從中國現代文學中的「現代主義」入手，對於京派和海派的「現代主義文學」進行了詳盡的梳理並提出了嶄新的角度。〔註50〕在借鑒薩義德和後殖民主義

〔註48〕孟華「漢學與比較文學」，載《國際漢學》第九輯。
〔註49〕姜智芹著《當東方與西方相遇》，第295頁。
〔註50〕〔美〕史書美《現代的誘惑：書寫半殖民地中國的現代主義（1917～1937）》，何恬譯，南京：江蘇人民出版社2007年版。

的「理論旅行」分析策略後，作者又通過獨特的研究對象「中國現代主義文學」提出對於後殖民主義的「理論旅行」四種模式進行反駁和修正，認爲中國現代主義文學並非絕對的西方舶來品，而是有著自我主動引進的特徵，並且同西方現代主義批判現代性不同，中國現代文學的興起本身就是爲了追求「更爲現代」的生活。該著述雖屬於狹義的「現代文學研究」專業，卻提出了一種可能性，即：從後殖民理論入手觀照中國獨特的對象，繼而借助於對象本身對理論進行某些修正，這一點具有啓發意義。

國內文學研究界和翻譯學界也有一批學者意識到研究中國古典文學海外傳播的重要意義，目前這方面的著作大體分爲兩部分：一是宏觀上的文學傳播史或中外文學交流史，或以國別爲綱，或以時代爲主線，呈現出中國文學海外傳播及影響的宏觀態勢，例如周發祥、李岫主編的《中外文學交流史》〔註51〕（從古代、近代和現代三個時代角度梳理審視了不同時期中外文學交流的盛況）和宋柏年主編的《中國古典文學在國外》〔註52〕（共分爲六編：先秦文學在國外，兩漢、魏晉南北朝文學在國外，唐代文學在國外，宋元文學在國外，明代文學在國外，清代文學在國外）；二是以圍繞著某種文體或關鍵詞在西方世界的傳播，以小見大，通過紮實細緻的讀解，比較原文與譯文之間的出入，從文學翻譯的細節入手審視中國文學在傳播過程中可能發生的變異情況，剖析漢學家處理翻譯文體時的技巧及其策略，例如江嵐的《唐詩西傳史論——以唐詩在英美的傳播爲中心》〔註53〕，就以唐詩西傳爲線索，梳理了跨文化語境之下唐詩西傳的起步與發展，分析了漢學家在翻譯與傳播唐詩過程中的處理方法。這兩部分論著多恪守在史料發掘與考據，並不以「漢學家的中國文學觀」爲重點。

王曉路近些年來致力於中國古代文論在西方世界的傳播，從研究英語世界對於中國古代文論的認知狀況入手，逐步過渡到整個西方漢學界對於中國古代文論的認識，探討了西方學者中西文化對立論之歷史根源，討論西方本身對語言文字的傳統觀念，並由此質疑文化相對主義以及將中西語言文化相對立的理論和觀念，近年來則將關注點轉移到北美漢學界這一當代漢學中

〔註51〕周發祥、李岫主編《中外文學交流史》，長沙：湖南教育出版社1999年版。
〔註52〕宋柏年主編《中國古典文學在國外》，北京：北京語言學院出版社1994年版。
〔註53〕江嵐著《唐詩西傳史論——以唐詩在英美的傳播爲中心》，北京：學苑出版社2009年版。

心，主編出版了相關論著，討論北美學者眼中的中國文論，對劉若愚（James L.Y.Liu, 1926～1986）、葉維廉（Wai-lim Yip, 1937～）、余寶琳（Pauline Yu, 1949～）和宇文所安（Owen, Stephen, 1946～）等重要漢學家的中國文學觀研究進行了逐一梳理。王曉路以「中國古代文論」爲關鍵詞，討論西方漢學界對中國古代文學理論和文學思想的接受與改造問題，提出了一些很有價值的研究思路；然而限於時間和研究精力等原因，這些著作呈現出的成果質量良莠不齊。〔註54〕

從國內學術界的相關研究狀況看，可以看出如下幾個特點：

1. 從20世紀80年代以來，國內漢學研究界對於「漢學」或「中國學」的態度基本是單向度的頌揚其客觀性和借鑒意義，忽視「漢學」背後的學科——權力問題；多局限於反向譯介和正面評述，而對待後殖民主義等文化理論的態度則多爲不屑一顧或避之唯恐不及；

2. 國內部分文學研究界學者已經意識到了《東方學》之後引發的「發言」、「身份」與「立場」問題，並聯繫到西方漢學家對於中國文學和文化的描述問題上，表達出「闡釋中國」的焦慮，並希望擺脫「闡釋」和「對話」過程中對於西方話語的依賴。〔註55〕

3. 關於「西方漢學家的中國文學觀」關聯的身份、譜系、學科話語範式及文化政治問題，國內學術界（主要是文學研究界）已經有一些相關的學術論述，多以單篇論文的面貌出現，這方面的博士論文和專著不多，從而爲本書寫作留下了空白。

方法論說明

本書可以視爲以「後殖民理論」（Post-colonialism）爲視角，以「西方漢學家的中國文學觀」（Western Sinologists' views on Chinese Literature）爲研究對象，以「中國文學形象」（the image of Chinese Literary）爲線索的一項研究，具體涉及到如下方法論：

〔註54〕可參見王曉路著《中西詩學對話：英語世界的中國古代文論研究》，成都：巴蜀書社 2000 年版；王曉路著《西方漢學界的中國文論研究》，成都：巴蜀書社 2003 年版；王曉路主編《北美漢學界的中國文學思想研究》，成都：巴蜀書社 2008 年版。

〔註55〕陳曉明、戴錦華、張頤武、朱偉「東方主義和後殖民文化」，載《鍾山》1994年第 1 期。

一、後殖民批評理論

　　後殖民理論作為 20 世紀後半期以來重要的批評流派，從誕生之日起就引發眾多爭議。廣義的後殖民研究涵蓋兩方面內容：以「英聯邦文學」為主要研究對象的後殖民文學批評以及後殖民理論。從概念上講「後殖民批評」同「後殖民理論」側重點有所不同，但他們都是對於帝國主義歷史的反思性研究，對於帝國、殖民地之間歷史和現實關係保持著高度關注。一般認為，後殖民理論的出現是由後現代——後結構主義思潮引發的「後學」事件，它往往又同解構主義、女性主義批評、新歷史主義批評、心理分析、少數族裔話語和文化研究相關聯，構成了 20 世紀後半期以來文化政治批評的風景；在西方殖民歷史結束之際，從薩義德《東方學》開始，後殖民理論對於東西方殖民關係的全面揭露和深刻洞悉，引發了人們從權力——話語——學術——政治等多重關係角度來審視西方人文學創作、哲學及學術研究背後所隱藏的東西方殖民模式，反思學術和文學參與殖民過程的共謀作用，從而豐富了針對文學作品的批評模式；後殖民文論在西方引發了「政治正確」的實踐和風氣，導致了人們日常生活中行為規範的變化，並和族裔研究、文化多元主義、全球化研究、文化研究和交往理論相結合，隨著時代的發展不斷豐富其內容。

　　對於文學批評界而言，「後殖民」視角的引入標誌著文學批評自身的範式突破，從狹義的「文學內部研究」過渡到「政治權力視角批評」最終發展為「文化政治批評」，這種文學——政治——文化的批評演變模式標誌著文學研究對象的泛化，同時文學批評空前政治化。這對於文學批評和理論界而言，究竟是觀念的進步還是風氣的倒退？一方面，從族裔、權力、話語、空間等角度重新審視文學作品本身，往往能生發出許多新的含義，使批評成為一個空前複雜的張力場；另一方面，也因此構成了對經典作家作品以及經典批評模式的某種威脅，被人詬病為「憎恨學派」的陳詞濫調。

　　後殖民絕不僅僅是一種政治理論，更不是隨著「政治正確」運動的喧囂而泛濫的時髦話語，它的意義和精神甚至超越後學本身。後殖民絕非掃蕩一切的洪水猛獸，理論總是灰色的，具體的理論主張、命題和觀點可以在不同國家的歷史現實語境中得到更新乃至徹底顛覆，但現實之樹必須勇於面對不同理論才能永葆常青。後殖民理論的突出貢獻在於：顛覆了西方「先行在場」或「先行建構」的某種思維定式，不再以某種未經論證的「在場」強加於第三世界的生活和文化世界；打破了西方進步主義神話，單一的前現代——現

代——後現代「時間本體論」不再具有合法性，取而代之的是對「空間差異性」的強調，有可能從「空間」的角度重新審查文學和文化問題，甚至生發出一種「空間詩學」。

　　將後殖民理論引入西方漢學家的中國文學觀研究問題，意味著後殖民所提出的問題並沒有解決。歷史上的中國雖然沒有成為印度、埃及等國家那樣的殖民地，但長期以來經濟、政治和軍事領域受到西方打壓與制約的經驗，使得中國文化步入近代以來遭遇了後殖民的情結，因此後殖民批評尚有非常廣闊的開拓空間。有學者將其具體展現為七大論域，即後殖民理論研究的推進、中國現當代文學和文論的反思、翻譯的文化轉向、藝術研究的後殖民視角、西方經典文學重讀、華文文學的後殖民解讀和第三世界文學的後殖民研究等等，將西方漢學家納入後殖民的研究視野正是題中之義。〔註56〕

　　漢學與東方學的相關性至少表現在以下幾個方面：首先，源於共同的歷史背景，都是伴隨地理大發現而產生的對於異域的描述策；其次，在學科體制上有相似性，漢學屬於廣義的東方學範圍，歷史上的東方學家多是語言天才，例如英國東方學家瓊斯（Sir William Jones, 1746～1794）本身就是翻譯過《詩經》等中國詩歌的漢學家〔註57〕；再次，漢學和東方學都曾承擔過某些西方國家賦予的政治任務，都參與了「西方建構東方形象」的歷史過程，並且至今也有著現實影響力。漢學家的中國文學觀問題同東方學問題具有強烈的關聯性與相似性，將漢學問題納入後殖民的研究範圍，分析「漢學家——中國形象」和「東方學家——近東形象」這兩種模式之間的相似性與相關性，在學理上是講得通的，而且具有本土的現實意義。

〔註56〕章輝「理論旅行：後殖民文化批評在中國的歷程與問題」，載《武漢理工大學學報》（社會科學版）2009 年第 1 期。

〔註57〕瓊斯雖然是當時最好的漢學家，翻譯過詩經，但漢學卻是他最不好的學問。他將自己所知道的語言分成三類：精通的，英語、拉丁語、法語、意大利語、阿拉伯語、波斯語和梵語七種；不精通的，需要借助字典的，西班牙語、葡萄牙語、德語、希伯來語等八種；略通和欠通的 12 種，首先藏語，最後是漢語。固然可見漢語的難度，但更關鍵的一點在於「東方學」體制下「漢學」的尷尬位置，瓊斯這樣有代表性的、通才式的東方學家對於漢語和漢學花費的力氣明顯是較少的。參見馬祖毅、任榮珍著《漢籍外譯史》，湖北教育出版社 2003 年版，第 226～227 頁。

二、比較文學形象學理論

在分析「西方漢學家的中國文學觀」時，除了後殖民文論對於學科史的「權力——話語」理論外，有必要引進另一種文學研究的方法，那就是比較文學的形象學理論。形象學（imagologie）可理解爲研究「形象」的理論，其本是適用很廣的一個理論，可用於文學研究和非文學研究，例如社會學、歷史學和國際關係學等領域。文學形象學屬於新興的比較文學理論，研究對象是在一國文學中對「異國」形象的塑造或描述（孟華語），主要興起於 80 年代後期，尤其是在法國和德國很受重視。

從比較文學誕生之初，文學中的異國形象問題就自然而然地納入了學者所考察的範疇。〔註 58〕根據孟華的介紹，當代比較文學形象學領域的主要學者包括法國的達尼埃爾——亨利・巴柔、讓——馬克——莫哈、基亞、米歇爾・卡多、布呂奈爾、米麗耶・德特利，德國的迪賽林克和羅馬尼亞的亞歷山德魯・杜圖等，其中最爲重要的兩位學者則是巴柔（Daniel-Henri Pageaux）及其學生莫哈（Jean-Marc Moura）。

巴柔認爲：形象學首先屬於「跨學科研究」，其次才是文學，將形象學視爲「跨學科的反思」，認爲「此類研究與人種學、人類學、社會學家，與心態與情感史學家們所進行的研究工作相交匯。……這並非是要忘記文學研究，無限度地擴大研究範圍，而是爲了將我們使用的方法與其他方法相對照，尤其是將所謂『文學』的形象與同時代其他平行的證據，與報刊、副文學、電影、其他藝術等傳播的描述相比較。這裡確實是要把文學的思考納入到一種總體分析中，是對特定社會中的一種或多種文化的總體分析。」〔註 59〕從巴柔的定義不

〔註 58〕 載孟華主編《比較文學形象學》，北京大學出版社 2001 年版，第 74～88 頁。本書收錄了歐洲大陸比較文學學者 13 篇論述形象學或進行形象學研究的論文。中國國內學術界對於形象學理論的狀況，正如孟華所言「目前此類研究載國內仍處於起步階段。無論是在理論還是載實踐方面，對後者而言，又無論是中國文學中的異國形象，還是異國文學中的中國形象，幾乎都還是一片空白」，孟華在 2002 年做出的這種判斷如今有了一些變化，例如關於「中國文學中的異國形象」，國內有張哲俊《中國古代文學中的日本形象研究》（北京大學出版社 2004 年版）等專著；關於「異國文學中的中國形象」，則有周寧《天朝遙遠：西方的中國形象研究》（北京大學出版社 2006 年版）和姜智芹《傅滿洲與陳查理》（南京大學出版社 2007 年版）等專著。然而另一方面，關於「比較文學形象學」本身的理論研究，除了期刊論文外，博士論文和專著不多，孟華編譯的此書是國內學界爲數不多的理論資源。

〔註 59〕 〔法〕巴柔「形象」，載《比較文學形象學》第 154 頁。

難看出其深受同時代法國年鑒學派（Annales School）以及列維‧施特勞斯（Claude Lévi-Strauss, 1908～2009）結構主義文化人類學的影響，注重「長時段」的歷史，強調以地理為基準，以年鑒的方式事無鉅細地研究風俗、手冊、人口、財政等表面看來很瑣屑的信息。在巴柔那裡「報刊、副文學、電影和其他藝術」同文學一起構成了「形象社會化」的過程，而所謂的文學形象也絕非僅僅同文學作品或作家讀者相關，而是「在文學化，同時也是社會化的運作過程中對異國看法的總和」，因此重視形象產生的過程，重視其生產、傳播、接受的條件以及同時代的「文化材料」，自然構成了巴柔的題中之義。巴柔將比較文學意義上的形象設定為「一切形象都源於對自我與『他者』，本土與『異域』關係的自覺意識之中，即使這種意識是十分微弱的」〔註60〕。

作為巴柔的學生，莫哈則更重視理論思考，試圖將哲學命題引入到文學研究當中，讓文學研究承擔哲學的使命。〔註61〕莫哈從「文學形象學」的學科史入手，正視了其所面臨的問題，強調形象學儘管被詬病為實證主義或者虛妄的百科全書主義，但其最主要特徵恰恰存在於以下兩方面：一是跨學科性；二是使用諸多新文學理論，特別是符號學和接受美學。莫哈深受後結構主義和後現代批評理論的影響，重視跨文化研究和跨學科研究，強調過程和譜系視角，認為文學形象學所研究的一切形象具有三重限定：它是異國的形象（實證——客觀性），是出自一個民族（社會、文化）的形象（過程性、建構性與集體性），最後，是由一個作家特殊感受所創作出的形象（個人性與想像性）。莫哈對於形象學概念和想像問題進行了一番哲學思辨，使得巴柔提出的對待異國的幾種態度得到了哲學意義的闡釋，尤其是創造性地使用了法國解釋學家利科（Paul Ricoeur, 1913～2005）提出的兩根軸：「在客體方面，是在場和缺席軸；在主體方面，是迷戀和批判的意識軸」，由此表明「作者」並非真在「看」異國，而是根據自己的體悟來「創造」異國，這樣形象學研究的對象就變成了「想像的創造者們」，這就為形象學研究採取「參考系」的方法做出了論證〔註62〕；第二根軸則表明了形象與集體意識之間的關係，提醒

〔註60〕〔法〕巴柔「形象」，載《比較文學形象學》第155頁。
〔註61〕〔法〕莫哈「試論文學形象學的研究史及方法論」，載《比較文學形象學》第17頁。
〔註62〕有國內學者對此亦有同感：「研究西方的中國形象，不是研究中國，而是研究西方，研究西方的文化觀念。」周寧《天朝遙遠——西方的中國形象研究》（上），第13頁。

我們注意作者與作者所屬群體之間的關係問題。此外，莫哈還運用利科和卡爾·曼海姆（Karl Mannheim, 1893～1947）的烏托邦思想，提出了社會集體想像總是建立在「整合功能和顛覆功能之間的張力上」，也就是徘徊於意識形態（利科所說的意識形態偏重於社會的整合功能）和烏托邦兩極。

除了巴柔和莫哈外，其他學者的「文學形象學」理論也各有所長，互相呼應，共同形成了一個初步的比較文學學派。這個學派的特徵基本可以概括為四個突破：注重「我」與「他者」的互動性；注重對「主體」的研究；注重總體分析；注重文本內部研究，等等。〔註63〕

形象學理論的意義在於：有可能突破以往狹義的學科限制，同時進一步超越「純文學」和「非文學」研究對象的分野，提倡文學研究的跨學科性。文學研究當然要區別於歷史或國際關係史研究，但這種區別並不一定要體現在「對象」的差別之上。形象學對於「想像」、「形象」、「幻象」和「套話」等問題的描述與分析，明顯具有文學研究的特徵；研究的關鍵在於學術質量本身；具體到「中國文學形象」問題，從後文的論述中會不難發現，無論是就社會大眾領域還是就西方文學內部而言，「西方漢學家的中國文學觀」是無法繞過的首要論域。因此我認為應該明確堅持巴柔和莫哈等人的文學形象學立場，以總體化的跨學科思路介入文學研究，借鑒但不囿於固定的現代學科分類體系，而是通過嚴謹探求以求明晰「學術」體制內的形象與「想像性文學」筆下的形象之間的關聯與相似，在後殖民理論中國化的同時，也促進文學形象學在中國學術界的推進。〔註64〕

三、文化地理學理論

時間和空間是人類的兩種認知模式。隨著現代性的興起，理性主義成了放諸四海而皆準的真理，人們習慣了從時間角度來思考人類歷史，將不同的文明分為前現代——現代——後現代這樣的歷史序列，從黑格爾的哲學、丹

〔註63〕孟華「比較文學形象學論文翻譯、研究札記」，載《比較文學形象學》第4～9頁。

〔註64〕孟華在主編《比較文學形象學》的過程中提出過一些中國形象學研究的可能方向：例如想像理論研究；詞彙研究；華人「自塑形象」研究；遊記研究等（《比較文學形象學論文翻譯、研究札記》）。但迄今為止國內學界對此四種可能似乎都未能全面展開，令人遺憾。本書的研究思路主要借鑒了第一種和最後一種可能性。

納藝術哲學到法國的年鑑學派，都有一種自然而然的思維方式：假設空間是恒量，而時間是變量。這樣東方就成了太陽升起的地方，而人類文明則要在太陽落下的西方到達終結。時至今日，在中西學術界都存在這樣不言而喻的「共同時間」邏輯。但隨著後現代主義的興起，西方中心主義的知識型被質疑，學術界更多從文化差異的角度質疑學科劃分、治學方法和認知模式，西方的學科劃分和治學邏輯越來越經不起空間差異性的考驗，這也使得許多人對於學科自身的合法性產生了懷疑，空間和地理問題逐漸成爲學界熱點。一些新興的學科相繼出現，文化地理學的興起就是一個典型的後現代學科事件。

　　文化地理學是對於傳統地理學的顛覆，它將文化問題引入到地理學發展的考察上來，分析文化策略、認知模式和權力需要等因素對於建構和形成人類「地理知識」所起到的作用，從而表明：地理、空間這樣自然科學式的問題其背後依然是人文的因素。地理學與人種學從一開始就是相互交叉的兩門學科，這種聯繫也使得這兩個學科連同留給它們的所有問題，都與帝國主義事業相關聯〔註65〕；地理景觀具有象徵意義，無論是自然風景還是社會建築，都可以解釋爲種族、階級和性別等級的隱喻；文學創作與地理之間具有深刻聯繫，文學可以視爲空間現象的理解和解釋，「小說具有內在的地理學屬性」；〔註66〕在揭示了地理學與殖民主義的歷史關係後，可以進入到「他者」與「自我」相互定義、相互發現的歷史分析中，從而認識到「描述非西方」背後的「西方特徵」，「描述他者」對於建構「自我」主體性的能動作用；地理學就是一個他者化、對象化和模式化（格式化）的過程，地理學最初的真正目的不是發現科學知識，而是將「意義」書寫在「地球」上（geo-graphy）〔註67〕。文化地理學不僅僅標誌著地理學的轉向，更重要的意義在於：揭露了客觀化

〔註65〕　〔英〕邁克・克朗《文化地理學》，楊淑華等譯，南京：南京大學出版社2005年版，第 9 頁。這也啓發了人們從現代性空間認知模式的角度看待新航路開闢以來，西方對於「東方」的描述，在多大程度上是符合現代性空間邏輯的：後來的種族清洗和世界大戰，也無不與這種科學、理性名目下追求空間明晰和純淨的欲求有關，後者也支配了地理學、生物學、衛生學和人種學的發展。可以說，現代學科客觀公正的背後，也隱藏著殖民主義的罪惡，在歷史的細微之處認真觀察，都可以看出這種端倪。這不是戴著有色眼鏡挑別問題，這種揭露和批判最終超出東西方文化對立而進入對於現代性自身的批判和反思。

〔註66〕　《文化地理學》，第 39 頁。

〔註67〕　《文化地理學》，第 59 頁。

知識背後的西方中心主義，「沒有立場」本身恰恰是「西方」立場。〔註68〕文化地理學無疑受到了後殖民理論的影響並與後者保持了一致性。

　　近代漢學的蓬勃發展恰逢西方地理學、博物學和生物學的興盛時期，這種從地理入手解釋文化特徵的模式也隨即發展起來，體現在漢學著作的內在邏輯當中。經過了文化地理學的梳理後，就有可能以嶄新的視角來審視地理學與西方漢學之間的關係。

　　綜合這三種方法論來看，後殖民批評將成爲本書的主要方法，輔以文學形象學與文化地理學，最終構成「理論──實踐」、「歷史──譜系」、「學科──文學」等多重對話語境，深入探討西方漢學家的中國文學觀的譜系、範式及其對中國文學形象的實際影響。

〔註68〕《文化地理學》，第 72 頁。

第一章　西方漢學家的中國文學觀如何發生？

　　西方漢學涵蓋的領域與內容十分廣闊，包括政治、經濟、社會、歷史、科學、軍事、文學、美術、建築等各個方面，本書的論域僅限於西方漢學家對於中國文學的認識與表述——「西方漢學家的中國文學觀」。西方漢學是站在西方學術立場上，以西學方法研究中國問題的學科，因此西方漢學家的中國文學觀必然具有雙重特性，一方面以中國文學、文學思想等為研究對象，學術的起點首先是介紹中國的文學作品、作家和文藝思想，在此基礎上進行漢學家的再闡釋，這構成了漢學家的中國文學觀基本內容；另一方面，漢學的本質是西學，在方法論上必然以西方學術為依歸，深受同時代及其歷史上各種批評流派的影響和啓發。

第一節　漢學家的中國文學觀能否突破西方文學批評觀念？

　　在分析「中國文學觀」在漢學研究中所佔據的地位和產生的影響時，必然要涉及到對文學理論、文學史、文學批評等諸種概念的歷史脈絡：漢學領域內何時開始注意到中國文學？又怎樣漸漸形成了一整套評價中國文學價值的話語體系？對於中國文學進行研究的視角與方法，又是怎樣一步步成熟起來的？在這個問題上，有必要回到西方自身關於文學、批評、文論的觀念史，審視其對於漢學家的中國文學觀發生發展的潛在影響。

一、如何理解「文學批評」這一關鍵詞？

根據現代批評家雷內・韋勒克（Wellek, 1903～1992）的考證，批評一詞具有較爲複雜的概念演變史。韋勒克圍繞著「批評」（criticism）這一概念提出了三個問題：1.「批評」如何能夠取代了「詩學」和「修辭學」；2.英文、法文和意大利文中對於「批評」的拼寫有何差異；3.德國爲何出現文藝科學（Literaturwissenschaft）這樣的新詞來指代文學批評，而德語「Kritic」一詞爲何成了報紙短評的涵義。〔註1〕在回答這三大問題的過程中，韋勒克考證了批評一詞的淵源與流變以及文學批評與詩學、修辭學、文學理論等概念的關係問題，這對我們判斷西方漢學領域內的類似文學批評概念不無裨益。

韋勒克指出：文學批評（literary criticism）源出自希臘文的 Krités（判斷者）和 Krineín（判斷），作爲「文學批評家」意思的「kritikós」一詞出現是在公元前 4 世紀，批評家從一開始就強調自己與「文法學家」的不同，然而希臘語的「kritikós」一詞很快無人問津，其對應的拉丁文「criticus」一詞只是偶然在西塞羅、西隆等人的著作中見到，「文學批評家」的地位也高於「grammaticus」（文法學家）。在中世紀的歐洲，這個詞被當成醫學術語使用，意思是指「危象」（crisis）和「病情危急」（critical）。直到文藝復興時期，這個詞才恢復了原義，並且與文藝復興時期考證和編纂古希臘古羅馬經典的風潮結合起來，「對於那些致力於復興古代學術這項偉大事業的人來說，文法學家、批評家、語文學家這幾個詞都可以互相替代」，儘管伊拉斯莫斯把「批評術」（ars critica）用作詮釋的工具，目的在於實現宗教自由，但後來的人文主義者更喜歡將這類概念用於古代經文的編訂方面，例如卡斯巴・紹普（Kaspar schoppe, 1576～1649）就把批評家唯一的目的和任務說成「努力改進希臘、拉丁作家的作品」。〔註2〕

「批評」這一名詞的意義擴大到整個文學理論體系，包括今天所說的實用批評以及日常書評，是在 17 世紀以後才有的事情。這一概念具有決定意義的發展發生在法國，夏普蘭（1623）、奎・德・巴爾扎克（1634）、布瓦洛（1674）、拉布呂耶（1687）等都開始使用「批評家」的說法。正是在 17 世紀的法國，批評從專指對古典作家進行文字考證的概念漸漸發展爲同「理解、判斷甚至

〔註1〕參見〔美〕雷內・韋勒克著《批評的概念》，張今言譯，杭州：中國美術學院出版社 1999 年版，第 19～20 頁。

〔註2〕《批評的概念》，第 21 頁。

認識論的問題」密切相關。英國的詞義發展與法國基本類似,第一個使用該詞的英語作家是德賴登,其在 1677 年為《天真之境》所寫的序言說:「按照亞里士多德最初的規定,批評就是指正確判斷的標準。」〔註3〕此外,德國對於「文學批評」的適用範圍越來越窄,只限於日常報紙的書評,而德語中生發出的新詞「文藝科學」則同當代文學脫節,在韋勒克看來,這背後隱藏著理論與文本脫節的危險。

　　韋勒克對文學批評的梳理表徵其自身的理論傾向,大致來看,韋勒克相信要在文學理論與文學批評之間進行區分,前者研究原理、範疇、技巧等(韋勒克認為文學理論的概念勝過「詩學」,因為它肯定包括散文形式在內而沒有「詩學」所具有的指示性含義),而後者則討論具體的文學作品。韋勒克認為在當代,人們一般理解的「批評」一詞用法過寬。羅吉·福勒也同意應該對文學批評與文學理論加以區分,但克魯斯在為《不列顛百科全書》撰寫的條目中則認為文學批評本身就涵蓋了文學理論和文學史的研究:「文學批評的各種職能大不相同,從新書評介到系統的理論研究都在其列。」並且「廣義而論,文學批評是對文學作品以及文藝問題的理性思考。作為一個術語,它對於任何有關文學的論證,不論他們是否分析了具體的作品,都同樣適用。」而諾斯羅普·弗萊則強調文學批評自身存在的獨立性,E·奧爾森強調文學批評的哲學性,此外,埃布拉姆斯、布魯克斯等新批評都強調文學批評與作家作品的相關性。總的來看,韋勒克等新批評代表人物對於文學批評的理解較傾向於狹義的層面。20 世紀後期,隨著後殖民主義、後結構主義、女性主義、文化研究以及生態批評等批評流派的興起,文學批評已經越來越擺脫了文學附庸的地位,演變為獨立的文體,甚至大量吸取了語言學、藝術史、人類學、社會學、政治學、哲學等學科的理論成果,遠遠超出了傳統文學理論範疇。雖然所有的批評家都承認批評是一種理性活動,但這種理性活動已經生發出無盡的可再生性和獨立創造性。〔註4〕

二、「西方漢學家的中國文學觀」的特殊指涉

　　以上觀點都是西方學者站在自身文化語境內部對「批評」所作的考證與

〔註3〕《批評的概念》,第 26 頁。
〔註4〕參見王先霈、王又平主編《文學理論批評術語彙釋》,北京:高等教育出版社 2006 年版,第 179～181 頁。

分析，並未涉及跨文化比較問題，也就忽視了異域文學批評的特殊性。從一開始翻譯問題就不在韋勒克等學者的考量範圍內，這一點可以理解，新批評學派對於翻譯的態度本身頗爲保守，問題是一旦引進「翻譯」概念之後，異域或者跨文化的文學批評就不能用以上觀點來概括，而是生發出更爲寬泛的涵義來。翻譯本身不是純粹的一對一交換過程，按照闡釋學的觀點，翻譯文本包含了作者自身的意念以及翻譯者自身「視界」，作爲第一讀者的翻譯者接觸到異域文本，並且轉譯爲自己的母語，這本身就是一個「視界融合」過程，況且翻譯工作往往伴隨著譯者在字裏行間、文前書後的序跋介紹，對於西方讀者而言，漢學家對中國文學的選擇、翻譯與介紹本身就代表了一種觀點。因此本書認爲，至少在處理西方漢學家的中國文學觀問題時，應該把翻譯工作納入考量範圍之內，重視翻譯過程中字裏行間的語詞問題以及譯者對作品本身的態度與評價。

本書的研究對象「漢學家的中國文學觀」同文學史、文學批評、文學理論等概念密切相關，但也有自己的特殊性。在漢學自身的發展過程中，文學批評、文學史和文學理論三者之間呈現的並非靜態的差異關係，而是有著時間上的某種承繼、發展、關聯與混雜；本書偏重於漢學家對於中國文學問題的論述，但文學與文化問題絕非霄壤，在涉及到某些漢學家對於文化、美學、藝術和語言方面的論述時，凡與文學問題相關的觀點也會被納入「漢學家的中國文學觀」的材料範圍。〔註5〕

〔註 5〕 漢學界對於中國文學的研究是同對中國文化的關注結合在一起的，一方面文學是瞭解中國繼而掌控中國的窗口，漢學的發展要服務於西方國家的現實利益；另一方面，在西方學術語境中，文學也絕非孤立的審美或感性文本，而是與學問結合在一起。前面韋勒克對於「文學批評」概念流變的分析告訴我們，至少在文藝復興至 1677 年之間，在英國的語境中，文學還是與關於古希臘和羅馬的古典學問聯繫在一起的。英國當代學者彼得·威德森（Peter Widdowson）的《現代西方文學觀念簡史》中對於文學一詞的考察，頗可與韋勒克對於「文學批評」的考察相參照，書中威德森援引當代文化研究代表學者雷蒙德·威廉斯（Raymond Williams）的觀點，認爲至少在 18 世紀之前，文學（literature）與現代的「學問」（literary）一詞在意義上是一致的。這也讓我們聯想起來中國古代尤其是儒家學派對於文學一詞的理解（「行有餘力，則以學文」；「德行、言語、政事、文學」等），其實中西雙方的文學一詞最初都不是指獨創性的語言作品，而是指某種學養。學養一詞及其延伸出來的文化中心觀點，也是馬修·阿諾德到利維斯再到雷蒙·威廉斯從事文學批評的出發點。參見〔英〕彼得·威德森著《現代西方文學觀念簡史》，錢競等譯，北京：北京大學出版社 2006 年版，第 33 頁。

出於歷史事實以及學科特徵的考慮，本書傾向於將「中國文學觀」視爲某種歷史過程，重視作爲行動實踐的「漢學行爲」。舉例而言，一個早期的西方傳教十或許不是專業的漢學家，甚至對詩歌的鑒賞力較爲拙劣，但如果他較早發現並譯介了中國詩歌或文學並在西方產生了一定影響力的話，就應該將其納入「漢學家的中國文學觀」的發展史當中。

早期的漢學家對於中國文學的評價往往是與翻譯、縮寫等介紹性工作結合在一起的，這樣的文學批評雛形更接近於「文學評論」——包括對於作品的翻譯、概述、縮寫和對於作家的介紹，有筆路藍縷之功，伴隨著這些介紹性工作，文學史模糊地呈現出來；

隨著漢學自身的發展，尤其是在 1814 年專業漢學建立以來，借助於現代科學方法分析中國文學文本成爲漢學的大勢所趨，西方的深邃理論與東方的珍稀文本結合更爲緊密，且理論呈現出湧現出某種主宰傾向，這時期漢學家的「中國文學觀」呈現出更爲正統的「批評」特徵；

進入 20 世紀之後，隨著漢學體系對於中國文學的研究日趨深入，人們已經越來越不滿足於對狹義文學作品或作家的理解，而開始從整體上觀照中國文學的審美特徵，以及文學背後所聯繫的中國文化精神，以朝代爲單位分析文學風格，這一時期中國自身的文學理論獲得了漢學界更多的關注和介紹。隨著美國「中國研究」方法的興起，對於現當代中國文學有了更多重視，漢學家與國內學者之間的交流機會也增加了，漢學甚至開始介入中國當代文學創作和批評領域。

因此，本書涉及到的「漢學家的中國文學觀」包括三大部分：

1. 中國文學翻譯與介紹性文字。包括對於中國詩歌、小說、戲劇和散文的翻譯、概述、縮寫、改編，早期漢學多以這方面著作居多，直到今天這項工作依然在繼續。

2. 中國文學作品批評的論著。尤其是用西方學院體制的方法對中國文學的語言分析、主題分析、歷史梳理、跨文本比較等理論研究，這部分著作多發生在 1814 年以後。

3. 中國文學理論方面的論著。包括兩個方面：一是站在西方人的角度發掘中國文學特有的美感，中國文學的整體特徵，將中國文學中孕育的東方精神價值提煉出來，與西方自身文化比較碰撞；二是對於中國文學理論的譯介，這部分工作多由華裔漢學家承擔。

第二節　中國文學西傳過程中的選擇問題

　　從東西方文明交往歷史的角度看，無論是西方「漢學」還是中國「西學」，都屬於文明交往深入之後形成的高級精神文化成果。兩者之間也具有某種格式塔異質同構性，符合人類群體對於異國文化認識的大體過程。一般而言，他者文化進入本土視野並產生持續的影響力要經歷四個階段，即物質文化、制度文化、思想文化、藝術文化。文化層次由表及裏、由深入淺，從物質產品逐步過渡到精神產品。中國文化對於西方的影響，就是從絲綢、瓷器這樣的工業品開始，經歷了 18 世紀啓蒙時期對於中國政治制度和儒家哲學的迷戀，而進入純粹精神領域的文化藝術例如詩歌、小說、戲劇、繪畫等，則已經標誌著漢學的學科化和成熟化了。

一、遊記漢學時代：缺席的中國文學

　　中國形象在西方的接受史大體沿著這樣的脈絡：絲綢與瓷器之國——孔夫子之國——美的國度，文學藝術傳到西方相對較晚，其何時出現以及緣何出現，都來自西方人瞭解中國和接觸中國的現實需要。在遊記漢學時期，嚴格而言沒有眞正關於中國的「學問」，有的只是想像和虛構，旅行者對於自己在東方的見聞往往誇大其詞，《馬可波羅行紀》（*The Travels of Marco Polo*）就將蒙元統治下的中國描繪爲黃金之國，滿足了西方人獵奇和追逐財富的野心，成爲哥倫布等探險家發現新航路的精神支柱。〔註6〕英國作家約翰·曼德維爾（Sir John Mandevile, 1670～1733）純粹依靠虛構想像和抄襲馬可波羅、魯布魯克等旅行家的著作而寫成《曼德維爾遊記》，弔詭的是，這部純粹虛構的「遊記」在歐洲卻被當成眞實記錄風靡一時，成爲人們瞭解契丹、中國和祭司約翰王的重要窗口。在遊記漢學時期，由於中西雙方交通的限制以及旅行者自身職業、素質的限制，其實在西方只有「關於中國的文學」，而沒有眞正的「中國文學」。

　　1585 年，在羅馬出版了一部由西班牙人門多薩（Juan gonzalez de Mendoza, 1545～1618）撰寫的《中華大帝國史》（*Historia de las Cosasmás Notables, Ritos y Costambres del Gran Reyno de la China, Sabidas asi por los Libros de los Mismos Chinas, como por Rela-ciones de los Religiosos, y otros Personas que Han*

〔註 6〕　〔意〕馬可波羅《馬可波羅行紀》，馮承鈞譯，北京：東方出版社 2007 年版。

Estado en elDicho Reyno），此書可以說是遊記漢學時代的巔峰之作，然而作者門多薩也從未到過中國，他只是依據《馬可波羅行紀》、博克舍《十六世紀中國南部行紀》、葡萄牙人巴洛斯《亞洲志》等前人資料編撰而成了這部名著。此書大致分爲兩部分，第一部分是總論，記載中國的概況與歷史，第二部分則是三位傳教士的中國行紀與環球行紀，其中前兩卷（《福建行紀》與《奧法羅中國行紀》）與中國的關係更爲密切，《福建行紀》還涉及到了西班牙幫助中國政府圍攻海盜林風的故事——最早的一段本應成功卻最終毫無建樹的中西外交嘗試。第一卷是關於中國所有情況的說明或百科全書，內容涉及範圍廣泛，包括領土、氣候、物產、度量衡、長城、人種、服飾、宗教、婚喪葬禮、軍事、法律、科舉制度、官員任免、漁獵養殖、外交禮儀等各個領域，內容眞僞摻雜，也有不少獵奇和荒謬之處，例如介紹中國人關於世界起源和人類誕生的傳說時，門多薩就依據了一本童蒙讀物講述了盤古開天地的故事，不過穿鑿附會了許多西方天主教的內容，將盤古開天地之前陰陽未分、混沌如雞子的「太一」（Tayhu）解釋爲法力無邊的神，於是盤古神話就被改造爲太一「以他的大法力把天地相互分開，因此天上昇成現在的狀態，而地因濁重自然傾降」，盤古（Panzon）反而是被太一創造的，就像《聖經》中亞當被上帝創造一樣。〔註7〕

　　對於中國文學，門多薩隻字未提，只是浮光掠影地介紹了中國的文字和書寫印刷：

　　　　你將發現這個國家既能寫又能讀的人很少，而他們沒有跟我們一樣的字母，只有用圖形書寫，同時他們要長時間，很困難地學會它，因爲幾乎每個詞都有一個字。他們只用一個字表示天，他們叫做穹（Guant），寫作穹〔註8〕……他們一共有六千多彼此不同的字，但他們寫得很快……它是一種書面比口語更容易理解的語言（如希伯來語），因爲每個不同的字表示的含義肯定不同，這在口語中不那麼容易區別。他們書寫的順序和我們的截然不同，因爲他們是從上往下寫，但很整齊；他們同樣從右邊開始朝左邊寫，跟我們的相反。他們的印刷保持著同樣的順序。……他們有大量的紙，用樹莖皮方

〔註7〕原書在談到「盤古」時，就將其注解爲「中國的亞當」。〔西班牙〕門多薩著《中華大帝國史》，何高濟譯，北京：中華書局1998年版，第49～50頁。
〔註8〕這個字也是歐洲人第一次寫出的漢字。

便地製成，它很便宜。他們印刷的書也用它製作，都只能在一面寫，因爲它太薄。他們並不像我們那樣用羽毛筆寫字，而是用竹子製的筆，尖端像細毛刷，類似畫筆。〔註9〕

這段關於中國文字和書寫印刷特點的介紹比較模糊，視角則是從「已知」觀測「未知」，強調「他們」與「我們」區別的同時，盡可能用歐洲人容易理解的例子做對比（例如希伯來語、羽毛筆、畫筆等）。門多薩對中國文字的描述也僅限於一般的書寫，儘管後來也提到有些「優秀的書手」——即書法家——依靠漂亮的書寫而發財，但只是就書寫形式而言的，沒有涉及任何文學作品的介紹或者有美感的文字，因此只能滿足一般讀者的獵奇心理，對於眞正瞭解中國文學或藝術毫無幫助。事實上，雖名爲《中華大帝國史》，卻沒有後世歷史學著作的廣博與專業，除了對一些建築風格指手畫腳外，《中華大帝國史》對於中國的文藝、文學和中國人的美感等問題未置一詞，本書給人的感覺彷彿中國人是一個沒有開化、機械呆板、千人一面的原始民族。儘管本書以其優美的文筆和扣人心弦的敘事手法在歐洲廣爲暢銷，但它所起到的作用不過是強化了歐洲人對於中國的浪漫想像而已。這是一本「文學化」的書，卻和中國文學無關。

二、中國文學譯介之發生

遊記漢學的想像與獵奇色彩，直到更爲專業的傳教士漢學論述出現以後，依然有著殘餘影響。

中國文學的譯介是伴隨著明末傳教士入華而眞正開始的。〔註10〕1540年9月27日，西班牙貴族軍人聖依鈉爵·羅耀拉（S.Ignacio de Loyola, 1491～1556）組織成立了耶穌會（Societas Jesus, S.J.），最初九名會士在教皇面前立誓：「以護教爲心，崇敬爲念，苟奉諭旨，地不分遐邇，人不論文蠻，萬里長征片時

〔註 9〕《中華大帝國史》第112～113頁。

〔註10〕廣義的基督教在中國的傳播是從唐初的聶斯托利教（也稱景教）開始的，元代的也里可溫教也曾傳播到中國，但都規模較小。眞正產生影響的大規模傳教是明代中葉隨著新航路開闢的天主教入華。這一事件發生有其深刻的世界歷史背景，15～16世紀的歐洲正逢宗教改革，在加爾文等新教的衝擊下，羅馬教皇控制的天主教繼續在傳統勢力範圍之外尋求新的宗教王國；而天主教國家西班牙尤其是葡萄牙正處於新航路開闢的領航者地位，國力強盛，政治目的與國家實力的結合，促成了耶穌會、方濟各會和多明我會等天主教團體的來華熱潮。

無緩，此心此志，睿鑒及之。」羅耀拉的親友，耶穌會士沙勿略（St. Francois Xaviers, 1506～1552）先到印度日本，繼而寄居上川島茅屋苦求入華，雖壯志未酬便於 1552 年染病去世，但耶穌會繼續先後選派范禮安（Alexander Valignari）、羅明堅（Michel Ruggieri）、巴範濟（Franciscus Passio）、利瑪竇（Ricci Matteo, 1552～1610）等人來華，尤其以 1582 年入華的利瑪竇成就貢獻最大。耶穌會士雖以傳播天主教為使命，但在傳教過程中也將當時的西方科技、文化、思想帶入中國，並通過通信、日記和著書立說等方式，向西方人通報和介紹了中國的經濟、政治、制度、文化和思想，成為中西方文化交流的先驅。

以耶穌會士為代表的天主教傳教士是最早向西方翻譯和傳播中國文化的橋梁。然而最初，傳教士對於中國文學這類同宗教無直接關係的問題並不感興趣，據考證最早譯為西文的中文典籍是羅明堅翻譯成拉丁文的《四書》，翻譯的時間大概是在 1579 年至 1588 年間，首次正式發表則是在 1593 年帕賽維諾（Passevino Antonio）編輯出版的《文選》中，發表了羅明堅所譯《大學》的某些章節，但並未引起人們注意，同一時期利瑪竇將《四書》譯為了拉丁文。《大學》或《四書》雖可以視為寬泛意義的散文，但並不屬於嚴格意義上的文學作品。

學術界一般認為，中國文學作品第一次譯為西文可以追溯到 1626 年法國耶穌會士金尼閣，他將《五經》譯為拉丁文並在杭州刊印，其中包括了《詩經》，甚至《詩經》還附有注釋，遺憾的是這些原始譯本都已經失傳了。〔註11〕據周發祥等學者考證，中國文學第一部文學漢籍的西譯並非金尼閣的譯本，而是 1590 年在菲律賓譯成西班牙文的明代童蒙讀物《明心寶鑒》。此書乃是範立本編寫的童蒙讀物，分為上下兩卷，輯錄來自唐代蒙書、朱熹編《小學》以及其他南宋蒙書和元人著作的箴言雋語 700 餘條，旨在搜集前人通俗訓誨之語，達到「訓其幼學之子弟」「有補於風化敦厚」的目的。本書的翻譯者是西班牙多明我會會士高毋羨（Juan Cobo, ？～1592），此人生於西班牙康蘇格拉（Consuegra）城，聰明博學，多才多藝。1588 年抵達菲律賓，很快能用閩南語傳教，據說能夠閱讀和書寫 3000 漢字。1590 年譯成《明心寶鑒》後，曾託付同伴伯納維特（Miguel de Benavides）帶回馬德里呈獻給菲利普二世國王。1592 年，高毋羨因海難死於臺灣。高氏原稿是中西文對照的，從筆跡上

─────────

〔註11〕參見李平著《西方人眼中的東方文學藝術》，上海：上海教育出版社 2004 年版，第 27 頁，第 95 頁。

看是由多人抄寫二程，雖然錯譯漏譯不在少數，但現代漢學家對於此書的翻譯評價頗高，1929 年伯希和在《通報》雜誌上發表「關於西班牙所藏若干文獻的說明」，就認為：「我雖只略加按閱，可是我發覺中文和西班牙文，譯得相當恰當」。1998 年 12 月 10 日，聯合國教科文組織在馬德里舉辦了名為「東方與西方——西班牙和亞洲及大洋洲最初的文化聯繫」，展出了《明心寶鑒》西譯本，高毋羨死後三百年重獲聲譽。〔註12〕

不過問題在於：《明心寶鑒》並非嚴格意義上的文學作品，而是一部通俗格言集，雖然書中頗有揭示世間冷暖人情世故的箴言，根據史料記載，其在中國民間有一定的影響力，但畢竟不屬於詩歌、小說、戲劇中的任何一類，在文學史上的地位存在疑問，更像是今天流行的「汪國眞詩集」或「羅蘭小語」之類的通俗手冊。因此，將其定位為中國文學譯為西文的肇端還是存在疑問的，在缺乏有說服力證據的情況下，姑且還應認定金尼閣譯五經行為為中國文學西譯之始。

當時，以拉丁文翻譯中國典籍成為傳教士的一時風尚，這也隱含著一個問題：早期漢學在西方讀者大眾之中的普及率極低，因為拉丁文是屬於古奧的上層語言，同「俗語」相比使用範圍十分狹窄。不過換個角度看，古奧雅致的拉丁文用於傳播中國典籍倒也十分貼切，正如方豪先生所說：

> 拉丁為西歐文化之源，拉丁文法組織縝密，優美異常，以拉丁文譯我國經籍，不特可以顯其古雅，且拉丁文自經教會採用後，宗教道德之特有名詞，亦至為完備，翻譯時，絕不致有感困難；而且拉丁文在當時，雖不能謂為家喻戶曉，要為普通學人所共稔，以之譯我國經籍，流行亦易……

後來，隨著「以耶解儒」傳教方針的貫徹，傳教士接觸到《四書》《五經》等越來越多的儒家經典，而在傳教過程中學習漢語、將基督教思想翻譯成中國人理解的語言等實際需要，則使中國文字的特殊性問題漸漸浮現。翻譯中國文學也就具有了三重意義：第一，方便學習漢語，有的文學作品甚至直接成為學習漢語的翻譯練習手段；第二，便於瞭解中國文化尤其是儒家文化，同中國上層官員與儒生交流時，避免「不學詩、無以言」的尷尬，比利時人金尼閣（Nicolas Trigault, 1577～1629）所譯《詩經》也是作為儒家經典的一部分被翻譯的，並

〔註12〕周發祥、李岫主編《中外文學交流史》，長沙：湖南教育出版社 1999 年版，第 140～141 頁。

非要刻意介紹中國文學。這一時期，傳教士發往歐洲的信件和報告多用科學語言寫成，類似於嚴謹的考察報告，很少有意識地經由「文學作品」瞭解和展示中國社會信息，更很少專門就中國文學進行研究。康熙帝時期「以耶解儒」的索隱派傳教士白晉（Joachim Bouvet, 1656～1730）曾經用拉丁文寫過《詩經研究》，也是在「奉旨讀經」的文化背景下出現的著作〔註13〕。

三、傳教漢學時代對中國文學的迴避

在 16～18 世紀，傳教士漢學成為當時西方人瞭解中國的主要窗口，尤其是 1687 年法國國王路易十四派遣的法國耶穌會士來華後，迅速成長為耶穌會乃至整個在華傳教士的中流砥柱，他們發往法國和西歐的信件與報導，多取材於傳教士本人隨時隨地的經歷與記錄，初步向西方客觀介紹了中國的形象和信息。

然而，法國耶穌會士面臨著雙重窘境，中國和西方各自權力中心關注的問題有天壤之別：一方面，他們不得不迎合康熙帝的要求，認真研讀包括《詩經》在內的中國文學典籍，卻往往不得其門而入，像傅聖澤（Jean Francoise Foucquet, 1665～1741）讀《詩經》時的牽強附會就曾受到過康熙帝的批評；另一方面，包括巴黎外方傳教會在內的西方本土教會是在華耶穌會士的總部和上級，其關注的中心問題就是他們在華傳播基督教義的緊張情況，征服了多少信徒，傳教的現狀與前景如何，以此來評價法國耶穌會士的貢獻並決定是否在經濟和政策上予以支持。雙重窘境使得傳教士們留下的文獻中蒙上了某種「急功近利」的色彩。在面對中國文學問題時，這些傳教士首先興趣不大，除了《詩經》等具有儒家經典色彩的文獻，他們不得不涉獵之外，很少去主動研讀李白、杜甫、蘇軾、陶淵明等和儒家關係不大因此對傳教毫無幫助的作家作品；加上這一群體自身文學色彩不足，其腦海中並沒有「中國文學」的想法和概念，即使注意到《詩經》等文學，也只是將其視為論證中國語言文字特點的論據，或者透視中國人日常生活習俗的窗口。換句話說，對於文學偶有關注，卻只是浮光掠影地用「非文學」的眼光來看待中國文學。最為致命的是，翻譯中國文學的傳教士漢學家們並不熱衷於通過書信和報告的方式將其介紹到歐洲去，以至於中國文學形象在 18 世紀對於歐洲人而言依然是個謎，除了少數表徵傳統儒家道德

〔註13〕《西方人眼中的東方文學藝術》，第 29 頁。

的戲劇小說外，中國其他一些偉大的作品尤其是唐詩宋詞卻在 18 世紀中國熱中缺失了，這絕非偶然疏忽而更多是有意迴避。

在 18 世紀中西文化交流史上，法國耶穌會士馬若瑟（Joseph de Prémare, 1666～1736）、殷弘緒（Père Francois Xavier d'Entrecolles, 1664～1741）等已在 18 世紀完成了對於中國小說（殷弘緒選譯《今古奇觀》）、戲劇（馬若瑟節譯《趙氏孤兒》）和詩歌（馬若瑟選譯《詩經》）的譯介，他們的翻譯均收入了杜赫德神父主編的《中國通志》（又譯《中華帝國全志》），此書中花大量篇幅介紹了中國的詩歌、小說和戲劇等文學樣式。然而翻開同為 18 世紀三大漢學名著〔註 14〕，也是《中國通志》編撰所借鑒的重要資料來源《耶穌會士中國書簡集》，卻會發現驚人的現象：其中毫無涉及中國文學，不僅沒有翻譯的選段，甚至連詩人和詩歌的名字都沒有。

《耶穌會士中國書簡集》屬於《耶穌會士書簡集》（直譯為《耶穌會某些傳教士寫自中國和東印度的書簡》，*Lettres édifiantes et curieuses écrites des missions étrangeres par quelgues missionnaires de la compagnie de Jésus*，原書出版自 1702 年，結束於 1776 年）的一部分，收錄了耶穌會士（主要是法國人）發自中國的書簡或書簡摘要。根據通行版本即 1819 年里昂的十四卷改編本，《耶穌會士中國書簡集》佔據了後六卷（第 14 卷中有一些印度的內容），收錄了 18 世紀耶穌會在華傳教士寫給本土的信件共 151 篇和 1 篇信件摘要，從時間上來看，最早的一封信寫於 1700 年 6 月 10 日，最後的一封信則寫於 1782 年 3 月 21 日，幾乎橫跨了整個 18 世紀，歷經康熙、雍正和乾隆三朝。〔註 15〕其內容主要是圍繞耶穌會在中國的傳教問題，包括以下幾個方面：

〔註 14〕18 世紀的歐洲先後出現了三種有關中國的刊物，專門收集、發表在華耶穌會士的通信和著作。第一種是《耶穌會士中國書簡集》；第二種是 1735 年在巴黎出版的四大冊《中華帝國全志》，它經過杜赫德（Jean Baptiste Du Halde 1674～1743）精心選編而成，收集了大量耶穌會士的通信、著作、研究報告等，還第一次向歐洲公佈了中國的詳細地圖；第三種是 1776～1814 年間出版的《北京傳教士關於中國歷史、科學、藝術、風俗習慣的論考》（*Mémoires concernant l'Histoire, Les Sciences, Les Arts, Les Moeurs, Les Usages, etc. des Chinois: Par Les Missionnaires de Pekin*，又稱《中國雜纂》或《中華全書》），共刊行了 16 冊，因 1773 年教皇克萊孟十四世宣佈解散耶穌會，《耶穌會士中國書簡集》無法繼續出版，在法國的耶穌會士便另起爐竈，出版了這套叢刊。這三種刊物反映了 18 世紀歐洲對中國認識的最高水平，日本學者後藤末雄將它們稱為「歐洲 18 世紀有關中國的三大名著」。

〔註 15〕1776 年之後的書簡不見於原始的三十四卷本書簡集中，而是 1819 年里昂十四卷本的編輯者另外發現並補編的新史料，中譯本也正是根據里昂本譯出。〔法〕

1. 向本土傳教士如路易十四的懺悔神父拉雪茲神父（Père-Lachaise）彙報在中國各地傳教的經歷，遭受的困難與誤解，以及取得的成就；

2. 記錄和報告了法國傳教士同中國上層人物如皇帝、官員、貴族、儒生的交往與辯論情況；

3. 教案問題在 1722 年康熙去世以後成爲了《耶穌會士中國書簡集》的核心，描繪了傳教士以及中國基督徒在官方迫害之下的種種堅貞毅力；

4. 宏觀介紹中國的地理、礦藏、動物、植物、工藝、手藝、醫學、文字、制度和習俗等。

從這 150 多封信件中，很少能看到中國文學的形象，甚至這個問題根本不在寫信者考察和關注的範圍內，經過認眞搜索，只是在個別信件的字裏行間找出了一些關於中國文字優劣性與特徵的看法，以及幾句泛泛而談，大致可以分爲如下兩類：

1. **關於中國文字特徵與優劣性的論辯**。例如「耶穌會傳教士巴多明神父（Dominique Parrenin, 1663～1741）致法蘭西科學院諸位先生的信（1723 年 5 月 1 日）」，這封信核心是圍繞著與某位皇子就西方歐洲文字、漢語與韃靼語（即滿語）之間優劣的論爭展開的，皇子爲了測試巴多明神父的語言水平，請他將自己口述的韃靼語譯爲拉丁語書信寄給另一位神父，繼而用漢語將韃

杜赫德編《耶穌會士中國書簡集——中國回憶錄》，鄭德弟等譯，鄭州：大象出版社 2005 年版，中文版序第 12～14 頁。本書的中譯本問世是國內海外漢學研究的可喜成就，然而譯本的質量（尤其是同日文譯本相比學術體例上的不嚴謹，翻譯的錯誤不少，譯者學識淺薄甚至未能辨別原信中類似的山東（chantong）與廣東（canton）這樣的拼寫錯誤，搞不清「Kouang-yun-tchang」就是「關雲長」，卻又拒絕參考日譯本已有的處理經驗從而造成了閱讀的混亂）也引發了周振鶴、李華川等學者的批評。譯本質量的爭議參見周振鶴「《耶穌會士中國書簡集》中日譯本略比」，載《中國圖書商報》2001 年 8 月 23 日；李華川「《耶穌會士中國書簡集》書後」，載《中華讀書報》2006 年 6 月 21 日；張西平「《耶穌會士中國書簡集》：歐洲『中國形象』的塑造者」，載《中國圖書商報》2006 年 3 月 31 日；康志傑「滿籃清光應照眼——評耶穌會士中國書簡集」，載《中華讀書報》2003 年 1 月 22 日，楊慧玲「耶穌會士中國書簡集——十七世紀末至十八世紀中期中國基督教史研究的珍貴資料」，載《世界宗教研究》2003 年第 4 期；王毅、李景鑫「互識與溝通：耶穌會士與中西文化交流——寫在《耶穌會士中國書簡集》中文譯本出版之際」，載《邯鄲師院學報》2006 年第 4 期等。當然本書譯者在後記中也進行了自我檢討，限於目前國內比較難找法文本和日譯本，加之本書的研究大多同具體的概念名稱無涉，本部分論述仍依據中譯本，特此說明。

韃靼語內容復述出來，巴多明出色地完成了任務。接著，話題轉到了漢語、韃靼語與拉丁語言之間的優劣問題，皇子起初認爲韃靼語要優於漢語，而漢語優於歐洲文字，巴多明則在吹捧韃靼語後，提出了皇子論證時的疏漏，如果以「字母少且表達能力強」的標準來論證韃靼語優於漢語的話，那麼同樣的道理歐洲文字「比韃靼文字更有價值，因爲我們字母更少，卻能以我們的方法方便地表達韃靼語和漢語以及其他許多你們無法很好拼寫出來的東西」，後來巴多明還指出在表現詩歌簡潔明快方面，韃靼語不如漢語。

在這段頗有意思的對話論辯中，雙方旗鼓相當，最後的結論是所有民族都存在偏見：「人人都看好自己、自己的國家、自己的語言、自己的長處。」不過巴多明神父出色的翻譯能力已經讓皇子將歐洲語言排在了漢語之前韃靼語之後，而巴多明寫這封信的目的就在於向歐洲介紹韃靼語的規則。〔註 16〕從這封信中至少可以肯定，語言優劣論的萌芽很早就開始了。

此外有對於中國語言的分類與特徵概括，例如「馬若瑟神父致本會某神父的信」（1724 年），逐一批駁了《中國印度見聞錄》一書對於中國的多種謬論，其中涉及到爲中國語言辯護的句子。馬若瑟反對所謂中國文字缺少字母表的偏見，他將中國人的語言分爲三種層次：老百姓的語言、體面人的語言和書面的語言，字裏行間馬若瑟對中國文字充滿了喜愛：

> 在粗俗的語言之上有一種比較有禮貌，比較講究的語言，用於無數眞實的或虛構的歷史記載中，這種語言非常細膩，微妙。無論精神、風俗、禮貌、文雅、鮮豔的色彩、文字、對比反差，什麼都能表達，毫無遺漏。這些小小的著作很容易讀懂。我讀了相當多，我還沒有發現有模棱兩可的地方，我到處感受到一種不亞於我們寫得最好的書的清晰……
>
> （書面語）讀起來很有興味，因爲很朗朗上口，讓人不覺得刺耳，抑揚頓挫，很是和諧、柔順……
>
> 我想在世界上沒有任何一種語言的詞典比它更多的了，世界上沒有任何一種語言比中國語言更豐富，沒有任何一種語言可以自吹有三四千年歷史，而且延續至今的了。〔註17〕

類似馬若瑟神父對於漢字的推崇，還有巴多明神父，他唯恐自己前面寫給法

〔註16〕詳見《耶穌會士中國書簡集——中國回憶錄》（第二卷），第 290～295 頁。
〔註17〕《耶穌會士中國書簡集——中國回憶錄》（第三卷），第 282～283 頁。

國科學院的信被人誤解為漢語及其困難以至於浪費生命，甚至造成韃靼語優於漢語的印象，又多次寫信為漢語辯護。在「巴多明神父致法國科學院院長德‧梅朗（de Marian）先生的信（1730 年 8 月 11 日於北京）」中，糾正梅朗神父的看法，認為「漢語絕不是發展思辨科學的一大障礙」，巴多明舉例說，甚至一些精通漢語的滿族人也承認漢語的表現手法和典雅性〔註 18〕；而在「耶穌會傳教士巴多明神父致法國科學院德‧梅朗先生的信（1755 年 9 月 28 日於北京）」中，巴多明從另一個角度強調，同埃及文相比，漢字並非嚴格意義上的象形文字，「中文方塊字只能不精確地被稱為象形文字，它並非是為了供神聖的事物，而是為了供世俗事物使用的。它們都是一些抽象的符號，可以使我們對一種事物產生某種概念」，漢字是獨立創造而非對埃及象形文字的模仿，且在周邊日本、高麗等過都產生了影響。〔註 19〕

當然也有對漢語的抱怨，「晁俊秀神父（François Bourgeois, 1723～1792）致某貴婦人的信」（1769 年 10 月 15 日於北京），其中則抱怨了漢字的單音節特徵以及辨別發音的困難，認為「漢語艱深難學……與世界上其他已知語言沒有絲毫相似之處。同樣的字永遠只有一種詞尾。其中永遠找不到我們講話中通常所見的性、數、格的變化」，他還認為漢語缺乏動詞形式變化，詞類不清等，都是用歐洲語言學的標準來要求漢語〔註 20〕；而另一封信「尊敬的某神父致杜埃法院首席院長多貝爾（d'Aubert）先生的信（某年 4 月 16 日於廣州）」中，則認為中文表現力貧乏且發音鮮有變化，「即使是比拉丁語遠遜一籌的我國語言無疑也比中文要強」，該神父反覆抱怨的就是中國方塊字的晦澀難懂，可以想見其對於中國文學作品也必然沒有細讀的念頭了。〔註 21〕

2. **傳遞了對中國文學的一些知識學上的模糊認知**。主要集中於對《詩經》的泛泛而論，都出現在上文提到的三篇信件中：

「馬若瑟神父致本會某神父的信」（1724 年）中，介紹《五經》時對《詩經》做了浮光掠影的描述：

> （《五經》中的）第三本叫《詩經》（Chi-king），這是一本詩歌集，有三百首詩歌，用詩的形式歌頌同一主題。〔註 22〕

〔註 18〕《耶穌會士中國書簡集——中國回憶錄》（第四卷），第 46 頁。
〔註 19〕《耶穌會士中國書簡集——中國回憶錄》（第四卷），第 134 頁。
〔註 20〕《耶穌會士中國書簡集——中國回憶錄》（第五卷），第 163 頁。
〔註 21〕《耶穌會士中國書簡集——中國回憶錄》（第五卷），第 215～216 頁。
〔註 22〕《耶穌會士中國書簡集——中國回憶錄》（第三卷），第 284 頁。

「巴多明神父致法國科學院院長德‧梅朗（de Marian）先生的信（1730 年 8 月 11 日於北京）」中，則涉及到對於《詩經》本來面目的辯護，反駁《詩經》被「塞入了許多很壞的篇章」的說法，對於孔子刪詩的說法，巴多明認爲也不可信，因爲人們都沒有發現過這些所謂的被刪節部分。巴多明分析說，也許是歐洲人發現《詩經》中有些詩歌不太符合貞節特徵，才產生的這一誤解，爲澄清這一誤解，他繼而還用自己的話揭示了孔子「思無邪」的本意：不是三百篇中沒有淫邪之詩，而是要人們端正讀詩的態度。

> 他（指孔子）是這樣表述的：《詩經》共由三百篇組成，它們都可以被壓縮爲一句話，而且這是一句公正的話，即要謹防認爲它會導致某些不體面的行爲。〔註23〕

「尊敬的某神父致杜埃法院首席院長多貝爾（d'Aubert）先生的信（某年 4 月 16 日於廣州）」中對《詩經》做了不點名的、模糊的描述，這位「尊敬的某神父」甚至連《詩經》的名字都忘了，只是巴多明早已批駁過的謬種流傳：

> 第三本書是讚揚古代哲人和著名英雄人物的詩歌和頌歌。以前每當皇帝登位，人們習慣上總要編排歌謠和其他詩劇以示慶賀。所有這些詩歌都被極細心地保存了下來，百姓都喜歡唱這些詩歌，不過他們也在其中摻雜了不少含有危險主張的偽篇章，所以孔子對其作了考訂，剔除了所有以假亂眞的部分。中國人非常重視這部書，他們的學者不斷勸導人們閱讀它。〔註24〕

從《耶穌會士中國書簡集》中對於中國文學（包括文學的載體——漢語）寥寥幾筆的勾勒中，可以看出如下幾個特徵：

首先，此一時期關注中國文學的傳教士不多，力圖向西方教會介紹中國文學的人更少。同文學文字相關的信件只有 6 篇左右，有些深刻見解和創意的也主要是巴多明和馬若瑟神父。值得一提的是，最早向法國翻譯介紹中國小說的殷弘緒在《耶穌會士中國書簡集》卻對小說和文學隻字不提，他向西方介紹的只是「博物學的中國」，以地理學家或風物學家的筆法介紹中國的棄嬰、教堂、種痘、中藥、瓷器生產、手藝、植物等。〔註25〕可見，中國文學在當時並未能成爲一個基本的問題。

〔註23〕《耶穌會士中國書簡集——中國回憶錄》（第四卷），第 49 頁。
〔註24〕《耶穌會士中國書簡集——中國回憶錄》（第五卷），第 217 頁。
〔註25〕參見《耶穌會士中國書簡集——中國回憶錄》第二卷到第四卷中殷弘緒所寫的信。

其次，此一時期文學問題依然籠罩在語言問題之下，也就是表徵爲語言層次上的優劣性。漢語的地位、特徵以及與印歐語言相比的優劣性等等，還存在很大爭議，傳教士中也分爲了褒貶兩派，意見不統一。既然對於中國文學的載體——文字的價值沒有達成共識，深入研究中國文學也就只能是大方夜譚了。

再次，對於中國文學作品的意見寥若晨星，並且往往限於套話或模式。就以《詩經》爲例，這一時期幾乎是中國詩歌乃至文學的代表，對其的意見評價也脫不出馬若瑟窠臼，一是儒家倫理的體現，一是中國人生活方式的體現。這也爲 19 世紀專業漢學的研究路徑開啓了先河。另一方面，對於唐詩宋詞以及中國歷史上的著名詩人尚未有所認知，更不必說大規模地向西方介紹。這也同耶穌會士自身傳教使命的限制有關。

總之，通過對《耶穌會士中國書簡集》中涉及文學篇章的分揀與細讀，可以看出 18 世紀也就是傳教士漢學階段，對於詩經之外的所有中國文學缺乏深入的瞭解與研讀。同《中國通志》相比，《耶穌會士中國書簡集》是更加直接的通信，代表了漢學家想要對西方本土傳教士和知識階層說明的問題，而中國文學在其中卻是隱身的，這至少說明，18 世紀的傳教士漢學家對中國文學並不重視，即使有些翻譯，也認爲不值得向歐洲上司和同行們報導。

本書譯者鄭德弟在介紹耶穌會士時提出 1687 年路易十四的五位「國王數學家」傳教士抵華是傳教士漢學史的轉折點：「他們由僅注意先儒經典轉向中國的歷史、道家思想、民俗、文學、科技，甚至動植物志等以往傳教士所力不能及的領域」，從《耶穌會士中國書簡集》全書來看，這種說法至少在文學問題上是不確切的。中國文學並未能引起法國耶穌會士的注意，偶而零星涉及，但關注的重心與其說是文學不如說是語言和文獻，將其視爲論證中國文明優劣的例子，或者透視中國人日常生活習俗的媒介，並未有意識關注中國文學自身的傳統及其特點，更無暇向歐洲本土介紹。需要補充的是，爲清廷的傳教士因爲實際工作的需要和接近皇帝的願望，更多接觸滿語，導致很多人滿語水平遠遠高於漢語，在他們的表述裏，滿語往往要比漢語更爲優越，更接近歐洲語言，錢德明神父（Jean-Joseph Marie Amiot, 1718～1793）花費大量心血編撰了《滿法語法》和《韃靼、滿洲語語法》，他們寄回歐洲的書也大多是滿語文獻和譯自滿語的文獻，後世的漢學家戴密微（Paul Demiéville, 1894

～1979）則批評當時的傳教士根本沒有編出一本好的中文辭典和語法書籍。〔註26〕甚至直到1814年，從雷慕沙（Jean Pierre Abel Rémusat, 1788～1832）創立的第一個專業漢學教席」（Chaire de Sinologie）的名稱「漢語、韃靼——滿洲語言與文學講座」（La Chaire de langues et littératures chinoises et tartars-mandchoues）上，也可以看出滿語與漢語並置的痕跡。可想而知，18世紀歐洲人對於中國文學的認知整體上並未超越《中華大帝國史》的水平。

第三節　中國文學缺席影響下的18世紀「中國熱」？

據國內學者考證，「中國熱」（chinoiserie，或翻譯作中國風，中國式）這個概念最早出現在17世紀的法國。這個以中國（Chine）為詞根的概念最早指來自中國的新奇物品，尤其是瓷器，後用來泛指一切受中國藝術品影響的歐洲藝術風格和體現中國情趣的各類活動，或者指歐洲人在模仿中國風格時產生的那種兼具中西卻又非中非西的風格。這個詞的出現標明，從17世紀開始，歐洲開始喜愛甚至迷戀來自中國的風物，中國的形象在歐洲影響日益擴大和深遠。〔註27〕

「中國熱」真正成為時代風潮是在18世紀，來自中國的瓷器、漆器、茶葉及其他商品將一種中式式的藝術風格帶到歐洲，在歐洲從古典肅穆而略顯呆板的巴洛克藝術轉向精緻優美的洛可可風格的過程中，「中國熱」起到了最直接的推動作用，甚至成為洛可可藝術直接的淵源。據法國漢學家亨利·柯蒂埃（Henri Cordier, 1849～1925）的分析，在18世紀的法國，從絲綢、瓷器到掛毯、繪畫，從紡織品、傢具到花園、中式浴場和遊樂場，從「空竹」這樣的民間遊戲到漆器、畫冊和劇場，到處充斥著「中國熱」的影響。而在英國，則有中國茶葉培養起的英國下午茶傳統，中國園林也獲得了比在法國更多的讚譽與模仿。〔註28〕18世紀的中國熱席捲歐洲，這不是一次心血來潮的流行風，而是中西兩種生活藝術特徵碰撞後的結果。在18世紀啟蒙運動中，

〔註26〕 王毅、李景鑫「互識與溝通：耶穌會士與中西文化交流——寫在《耶穌會士中國書簡集》中文譯本出版之際」，載《邯鄲師院學報》2006年第4期。
〔註27〕 許明龍著《歐洲十八世紀中國熱》，北京：外語教學與研究出版社2007年版，第90～91頁。
〔註28〕 〔法〕亨利·柯蒂埃《18世紀法國視野裏的中國》，唐玉清譯，上海：上海書店出版社2006年版。

「中國」絕對是無法迴避的一個「遠方」，甚至是一個樣板或典範式的「遠方」。當時的歐洲啓蒙思想家幾乎都對中國發表過自己的看法，無論是「頌華」（sinophilie）還是「貶華」（sinophobie），中國成爲一個「話題」本身就說明了其在歐洲人心目中的地位。

一、戲劇風靡而文學缺失

　　令人遺憾的是，這一時期對於中國文學的認知卻是空白，雖有「關於中國的文學」，卻沒有嚴格意義上的「中國文學」。從表面上看，有《趙氏孤兒》這樣的中國戲劇風靡歐洲，自馬若瑟翻譯的《趙氏孤兒》問世以來，贏得了包括伏爾泰（Voltaire，原名：François-Marie Arouet, 1694～1778）在內的許多作家和思想家的關注，但其關注的重心究竟在哪裏？通過對馬若瑟以降 18 世紀各種版本的《趙氏孤兒》簡要梳理不難窺見。

　　馬若瑟譯文最大的遺憾在於刪去了元代戲劇的精髓，也是最具有文學色彩的唱詞，用「他唱」兩字代替，從而使得元雜劇由「歌劇」或「詩劇」降低爲了情節意義上的「悲劇」或「倫理劇」，而大量由樂器伴奏的唱段委婉動人的魅力則無法傳遞到歐洲。馬若瑟自己聲稱，這樣做的理由是「這種唱詞不易理解，對歐洲人來說更是晦澀難懂，因爲其中富含我們所陌生的隱喻，其修辭法也是我們難以領會的」。然而後來的漢學家儒連（Stanislas Aignan Julien, 1797～1873）則指出，馬若瑟這樣處理的原因在於他本人對於中國詩詞沒有研究，詩詞這門學科難度頗大，甚至令中國人也望而生畏，因而對於當時的歐洲人而言是個謎。儒連甚至不無遺憾地說，如果伏爾泰當年看到了此劇的全譯本，可能從詩詞中受到更多啓發。〔註 29〕

　　省略詩詞這一中國文學精髓的後果就使得《趙氏孤兒》風靡歐洲的同時，也在某種程度上遮蔽了中國文學的本來形象。中國文學一直以詩爲正統和主流，小說和戲曲一直地位不高，元曲最初被稱爲「詞餘」，連「詩餘」——詞的地位都不如，而小說更是所謂「稗官野史」，班固就認爲「小說家者流，蓋出於稗官，街談巷語，道聽途說者之所造也」〔註 30〕，地位向來不高，正統文人不屑爲之。18 世紀的歐洲詩人輩出，抒情詩已蔚然成風，卻對中國詩詞

〔註 29〕儒連：「《趙氏孤兒》法譯前言」，載《法國漢學家論中國文學——古典戲劇和小說》，第 2 頁。
〔註 30〕《漢書・藝文志》。

毫無瞭解，不能不令人遺憾。馬若瑟翻譯的《趙氏孤兒》出版後有了多種再譯本和改寫本，遺憾的是都未能將元曲唱詞補入以恢復原作的文學色彩，這樣就使得《趙氏孤兒》的意義只限於情節及其背後的儒家倫理兩方面，被不斷改寫增刪，以訛傳訛。

馬若瑟《趙氏孤兒》的三個英譯本（分別於 1736、1741、1762 年出版）都未能補上馬若瑟刪去的唱詞以還原著本來面目。〔註31〕相反，在改編的過程中，歐洲作家們卻發揮著自己的想像力，平添了許多所謂「中國的詩詞」，例如哈切特（William Hatchett）在 1741 年的改編中就杜撰了一些所謂中國詩詞。

情節的改編更是蔚然成風，哈切特將劇中的公孫杵臼變成了老子，孤兒的名字成了康熙，並且居然出現了吳三桂，復仇主體被政治鬥爭的宣言口號所代替；意大利作家梅塔斯塔西奧（Metastasio, Pietro, 1689～1782）則應奧地利皇后之邀選取了原作一小部分情節，於 1752 年寫成了三幕短劇《中國英雄》並上演，將劇情設置爲韃靼人入侵後攝政王收養皇太子而交出自己的兒子，在此過程中韃靼公主分別愛上這兩個青年，最終皇太子復辟，攝政王之子成爲武將；當然最負盛名的改編則是法國文豪伏爾泰完成的五幕悲劇《中國孤兒》（L'orphelin de la Chine）。從 1755 年 8 月 20 日在巴黎首演，盛況空前，劇場收入頗豐。伏爾泰同樣將原作的復仇主題化解爲儒家思想的魅力，《中國孤兒》的中心變成了愛情與道德：成吉思汗年輕時曾經在北京謀職，後來邂逅了王府千金伊達梅（Idamé），求婚未果，懷恨在心。數年後，成吉思汗率軍攻入北京，趙宋皇帝託孤尚德（Zamti），刎頸自殺，尚德爲救遺孤，使用換包記，將自己與妻子伊達梅的親生兒子放入皇子搖籃。但伊達梅在母愛趨勢下又將皇子抱回，與丈夫爭執不下。此時，成吉思汗到來，舊情復萌，提出只要伊達梅答應做自己皇后，所有人都可以免死。伊達梅不願屈服，遂與尚德商議先將自己殺死，然而尚德自盡，最後關頭被成吉思汗喝止。結局則是成吉思汗被尚德夫婦的高尚品德感動，決心寬恕所有人並拜尚德爲師學習中國的法律和倫理。

英國作家墨菲（Murphy, Arthur）根據對伏爾泰《中國孤兒》的改進，1756年也編寫了《中國孤兒》並於 1759 年上演，大獲成功。故事中的鐵木爾汗就是伏爾泰筆下的鐵木眞，只不過鐵木爾汗的愛情故事被刪去，最後的結局以孤兒手刃鐵木爾汗的大報仇告終，可以說最接近元劇的本來面目。

〔註31〕例如，1762 年英國著名學者帕西翻譯的《趙氏孤兒》，在前言中雖然聲稱「保持中國原著特色」，實際上卻沒有對照原文，只是馬若瑟的忠實翻譯（包括馬氏的錯誤在內）而已。

　　在 18 世紀歐洲中國熱中，《趙氏孤兒》的風行無疑是至關重要的文化交流事件，但歐洲作家的改編又頗能反映出當時對於中國文學傳統的漠視。一方面，馬若瑟的介紹還是忠於故事的本來面目，即趙盾家族被屠岸賈滅族，程嬰爲救孤而獻子，趙氏孤兒被仇人屠岸賈收爲義子，長大後手刃仇人的故事，而從梅塔斯塔西奧開始，歐洲作家們似乎對《趙氏孤兒》同韃靼人入侵之間的關係有了某種創造性的「悟讀」，即將其與趙宋王朝被元代所滅的歷史聯繫起來，這同中國歷史上對於紀君祥寫《趙氏孤兒大報仇》的動機和隱喻的種種猜想倒是不謀而合；另一方面，這種「悟讀」又是建立在有意的「誤讀」之上的，翻開 17～18 世紀歐洲文化史上的信箚和文學作品，當時包括伏爾泰、哥德斯密斯在內的人往往喜歡隨意「徵引」和杜撰來自中國的文字或篇章，反正當時歐洲的普通讀者也無從考證這些「中國通」的引文到底出自哪裏，在這種寫作風氣的導向下，改編《趙氏孤兒》這樣的中國戲劇就具有了空前的隨意性。改編的出發點則包括滿足歐洲人對於異域的好奇心、論證歐洲作家對於文明問題的理論思辨以及借中國故事影射歐洲現實等等。有人說，哈切特的《中國孤兒》是一部政治譏諷劇，梅塔斯塔西奧的《中國英雄》是一首詩，伏爾泰的《中國孤兒》是一出道德劇，而墨菲的《中國孤兒》則是一出情節劇，此語道出了歐洲不同國家作家出於不同目的、從不同角度對中國戲劇的不同理解與處理。〔註32〕從另一個角度可以說：歐洲並不關心「中國有沒有文學」或者「中國文學究竟是什麼樣」。

　　以伏爾泰爲例，他之所以改編和讚揚《趙氏孤兒》，是爲了論證自己的《風俗論》，在「《中國孤兒》作者獻詞」中，爲了抨擊那些攻擊《奧爾良女傑》和《風俗論》的人，伏爾泰甚至不惜杜撰過子虛烏有的所謂「那伐萊特譯成西班牙文的一個中國作家所說的一段話」，而類似《趙氏孤兒》這樣的中國故事在這裡只是《風俗論》的一個注腳：

> 　　我抓住了成吉思汗的那個偉大的時代，想描寫韃靼人和中國人的習俗。最有趣的故事，如果不描繪風俗，也是等於零的；而這種風俗的描繪，雖是藝術的最大秘訣之一，如果不引起人們的道德感，也還只是一種無謂的消遣。〔註33〕

〔註32〕《歐洲十八世紀中國熱》，第 108 頁。
〔註33〕〔法〕伏爾泰「《中國孤兒》作者獻詞」，載《法國漢學家論中國文學——古典戲劇和小說》，第 6 頁。

而伏爾泰之所以選擇成吉思汗時代爲故事背景,還在於他認爲紀君祥作於 14 世紀也就是元朝的這部劇,可以視爲韃靼勝利者保護戰敗民族的風俗和藝術的例證,這更是吻合了伏爾泰《風俗論》中的論斷:理性與天才高於盲目與野蠻。

我們發現,即使在最爲崇拜中國的伏爾泰那裡,中國也只是一個場景或材料而已,中國人自己無法理解自身的文學,甚至停滯不前,缺乏技巧和精神上的突破。對於中國文學,除了馬若瑟對戲劇寥寥數語的介紹外〔註34〕,伏爾泰基本上毫無瞭解。他首先將類似《趙氏孤兒》這樣的悲劇視爲文明開化的標誌,對中國文明很早就有了理性與文雅大加讚揚:

> 這個民族3000多年來就研究這種用言行周旋來妙呈色相、用情節對話來勸世說法的藝術了,這個藝術,稍遲一點又被希臘人發明出來。……
>
> ……只有中國人、希臘人、羅馬人是古代具有眞正社會精神的民族。可不是麼,要發展人的社會性,柔化他們的風俗,促進他們的理性,任何方法也比不上把他們集合起來,使他們共同領略純粹的精神樂趣……上世紀沒有接受戲劇的少數國家都是被遺棄於文明國家之外的。〔註35〕

必須注意的是,伏爾泰讚揚的只是這部戲劇表明中國很早就擺脫了野蠻而進入文明時期,「優於我們在那相同的時代所做的一切」,然而伏爾泰很快話鋒一轉,開始批評中國文學和文明的停滯:

> 中國人在 14 世紀,並且在長久以前,就會寫出比一切歐洲人都更好的詩劇,怎麼他們就一直停留在藝術的這種粗劣的幼稚階段,而我們民族則由於肯鑽研,肯下功夫,竟產生了一打左右雖不能算完美,卻超過全世界所曾產生的一切戲劇的劇本呢?中國人和其他的亞洲人一樣,對於詩、雄辯、物理、天文、繪畫,都早在我們之前就已經知道了,但是一直停滯在基本知識上面,他們有能力在各方面都比別的民族開始得早些,但是到後來沒有任何進步。他們曾

〔註34〕馬若瑟在一封談論《趙氏孤兒》的信件中,曾經很簡約地介紹過中國戲劇,字裏行間語焉不詳且多陳詞套語,例如:中國無所謂喜劇和悲劇,戲劇有唱段,感情激烈時唱,高興時、痛苦時、報仇心切時都唱,唱段有曲牌,等等。參見《歐洲十八世紀中國熱》,第 148 頁。

〔註35〕〔法〕伏爾泰「《中國孤兒》作者獻詞」,載《法國漢學家論中國文學——古典戲劇和小說》,第 4~5 頁。

像埃及人，先做希臘人的老師，後來連做希臘人的徒弟都不夠了。

〔註36〕

伏爾泰對中國文明所下的論斷儘管有爲了取悅自己的題獻者——黎希留公爵元帥之嫌，倒也能折射出當時歐洲對待中國文明的整體態度。說這段話時的伏爾泰，已經不是那個將中國孔子奉爲榜樣每日參拜的伏爾泰，倒不是說我們一定要求伏爾泰說中國好話，只是伏爾泰這裡的論證邏輯太容易讓人聯想起後來德國的赫爾德和黑格爾對中國的論斷。從大汗的大陸、大中華帝國、孔夫子的中國再到停滯衰敗的帝國、東方專制的帝國、野蠻或半野蠻的帝國，兩類話語類型之間，其實相隔不過是一層紙。〔註37〕伏爾泰絕不是「全盤華化論者」那麼簡單，其身上兼具著文化多元主義與歐洲中心主義兩種氣質。〔註38〕

由於耶穌會士介紹的局限，作爲接受者的伏爾泰對於中國文學自然沒有更多的瞭解。除了元雜劇《趙氏孤兒》之外，伏爾泰不知道中國還有像《荊釵記》、《白兔記》、《拜月亭記》、《殺狗記》這樣的南戲，也不知道湯顯祖、關漢卿和王實甫等戲劇大家，他更不會知道中國的陶淵明、李白、杜甫和李商隱。透過《趙氏孤兒》引發歐洲中國熱這一表象，大致可以判斷伏爾泰沒有意識到「中國文學」的存在，而18世紀歐洲更沒有所謂「中國文學」的概念。儘管18世紀有《趙氏孤兒》這樣的戲劇和《好逑傳》這樣的小說被譯成西文出版，然而西方人並不將其視爲文學，而是故事或材料，或是倫理道德的體現，或是瞭解中國人日常生活的窗口。〔註39〕

〔註36〕〔法〕伏爾泰「《中國孤兒》作者獻詞」，載《法國漢學家論中國文學——古典戲劇和小說》，第6頁。

〔註37〕參見周寧著《天朝遙遠：西方的中國形象研究》，北京：北京大學出版社2006年版。

〔註38〕伏爾泰對於孔子的崇拜深受杜赫德《中國通志》影響。1747年，當時的一位作家寫道：「伏爾泰追隨杜赫德，這幾乎是他唯一可以追隨的人，而且是沒有比之更好的嚮導了。」伏爾泰服膺孔子學說，竟將耶穌畫像改易爲孔子像晨夕禮拜，更做詩讚美云：孔子，真理的解釋者，／他使世人不惑，開發了人心，／他說聖人之道，絕不是預言者的那一套，／因此信仰他的人，本國外國都有。但伏爾泰崇拜的只是中國人的道德與理性，在伏爾泰的許多文字中，例如《哲學詞典》中的中國詞條，他對於中國的論述就沒有言及中國文學。參見〔法〕亨利·柯蒂埃《18世紀法國視野裏的中國》，第126～127頁；另見，張雲江「法國啓蒙運動中的『儒學』鏡象」，載《書屋》2006年第9期。

〔註39〕作爲譯成歐洲文字的第一部小說，《好逑傳》於1761年由帕西署名譯出（The Pleasing History，真正譯者爲威爾金森，帕西是做了修改）並在倫敦出版，此書雖然講述了鐵中玉與水冰心曲折的愛情故事，然而並不生動。歐洲人認爲

　　從 17 世紀到 18 世紀，除了接觸到《趙氏孤兒》和《好逑傳》外，歐洲人對於中國文學瞭解極少，也沒有什麼好感，對於中國戲曲裏人物上場自報家門還頗爲不解，只能解釋爲一人飾演多角色，便於觀眾分清人物；中國詩歌的特色只有傳教士做過寥寥數筆的介紹，比如對仗、對比等，1714 年傅爾蒙曾在法國人文科學院作了《關於中國詩歌》的報告，因爲本人對中國詩歌毫無研究，只不過根據在法國的華人黃嘉略（Arcade Hoang）的一些介紹就現學現賣，其當眾朗讀的兩首中國詩也很難說是眞正的中國詩，所以沒有什麼影響（關於傅爾蒙的人品在論及馬若瑟神父時會有詳細說明）。〔註40〕這種狀況同前文我們對《耶穌會士中國書簡集》分析後的結論是一致的。因此，大致可以說在 18 世紀，歐洲沒有中國文學的整體形象。

　　與「中國文學」形象整體缺失構成鮮明對比的是「中國文學」缺失下的「文學中國」：18 世紀出現了種種以「中國文學」名目現世，實質上卻與中國毫無關聯的文學作品。例如法國 17 世紀出現了《在歐洲的中國間諜》《（從中文翻譯過來！）爲了觀察歐洲的狀況而來的中國間諜或北京宮廷的特派使者》《北京宮廷歷史的秘密趣聞》等小說，但他們的作者無一例外都未來過中國，且裏面刻意爲之的驚險獵奇內容和實際的中國毫無關係，只是當時流行的多種《中國人信箚》更爲惡劣的翻版而已。1739 年到 1776 年間，先後出現了兩本以「中國文學」命名的書籍——《中國文學》（Lettres chinoises）和《中國、印度和韃靼文學》（Lettres chinoises, indiennes et tratares），從內容看只能解釋爲「由中國聯想的文學」。這些眞僞莫辨的作品中，頗有些讓今天的漢學家「氣得發抖」的句子，例如《日本歷史》，書上所署地址是北京的 Lou-chou-chu-la 出版社——所謂的「中國皇帝唯一的外語印刷機構」，造成一種本書彷彿是中國人印刷的假象，序言中則宣稱中國人也很重視這部作品，「他們甚至不屑於將之歸功於著名的孔夫子……然而，這本書的作者是

這部作品並無多少文學價值，對其無甚佳評。那麼爲什麼要翻譯和閱讀這部小說呢？是爲了歐洲人瞭解中國的生活習俗和思想觀念等。從帕西加了許多科舉、曆法、官制、禮儀、地理等方面注釋的行爲可以想見其翻譯目的。此書 1766 年被轉譯爲法文和德文，1767 年譯成荷蘭文，在歐洲影響甚廣，卻不能代表中國小說乃至整個文學的眞實形象。雖然德國文豪歌德 1781 年讀了《好逑傳》後對中國文學做出了高度評價，對中國文學存在更好的作品進行了理想的推測，堪稱見解卓著，但歌德也只是善意的想像而已，缺乏眞正文學譯介例子的支撐。參見《歐洲十八世紀中國熱》，第 103～104 頁。

〔註40〕《歐洲十八世紀中國熱》，第 148～149 頁。

另一個傑出的人物，要早孔夫子十個多世紀……是從古代的日語翻譯過來的」。〔註41〕

正如柯蒂埃在論及 18 世紀的一些所謂「中國文學」的實質時所說：「在哲學家之後，辦報紙的人、劇作家、短篇小說家和長篇小說作家們開始利用中國的題材，但是他們除了名字並沒有眞正的介入。」〔註42〕的確，這一時期的中國只是可以隨便安置的「名字」而已，中國啓發了西方作家的文學靈感，卻沒有人願意花心思眞正研讀中國文學作品，在將中國文學化的同時完成了西方文學自身的想像和獵奇，於是「中國」連同「中國文學」一道成爲了沒有「所指」的「能指」。當時西方文學裏的中國，可以說和眞實的中國無關，更和中國文學無關，折射出的只是歐洲人的想像而已。

二、文學缺失背景下的「中國園林熱」

人類不同文明間的關係錯綜複雜，大體說來，中世紀以前的東西方各國文明經歷了平行發展而創造出多元並生的輝煌，由於交通與通訊條件的限制，希臘、羅馬、埃及、巴比倫、阿拉伯和中國文明之間雖然彼此耳聞，但正式的國際交往並未展開。相形之下，非洲埃及文明和近東阿拉伯文明同歐洲關係較爲密切，例如印歐文字的產生就滲透了文明間交往傳承之後的「百衲衣」特色，足以打破任何歐洲中心論的優越感〔註43〕。但在中世紀之後，阿拉伯與西歐之間也更多體現爲宗教衝突甚至十字軍東征這樣的戰爭悲劇。人類對於美洲更沒有概念，直到 15 世紀哥倫布發現美洲之前，東西方各國民族手中的任何一張地圖上，都沒有「美洲」這塊大陸的位置。

早在中世紀盛期，東西方之間的交往就已經蓬勃發展，阿拉伯文明與西方文明之間彼此學習，古希臘亞里士多德等哲人的手稿在中世紀的西方湮沒

〔註41〕《18 世紀法國視野裏的中國》，第 137 頁。
〔註42〕《18 世紀法國視野裏的中國》，第 136 頁。
〔註43〕英文字母的前身是拉丁文字母，拉丁字母源於希臘文字母，希臘文字母源於腓尼基文字母，腓尼基文字母源於埃及的輔音字母。文明的傳承過程總摻雜著文明的混合，即使在交通條件不便時期這種混合也存在並影響著世界各個文明的走向，可以說世界上沒有絕對孤立封閉而發展起來的文明，各民族的輝煌期往往體現出對外開放的心態與交融學習的氣度，任何強調單一神聖的「起源」（begin）的論調都是經不起歷史事實推敲的自說自話。可參見徐善偉著《東學西漸與西方文化的復興》，上海：上海人民出版社 2002 年版，導言第 2 頁。

無聞，恰恰是通過阿拉伯人的保存與翻譯回歸西方，阿拉伯的文化復興促使了西方文化的復興，這一「文明的倒流」（季羨林語）頗類似於中國佛經對於起源國印度飽經戰亂所留無幾的佛教文化的保存、發揚與回饋。從西方中世紀至近代之交的文學藝術中也能窺見東方的影響，例如阿拉伯抒情詩對於中世紀歐洲吟遊詩人的啓示，又如西方建築、音樂等藝術以及房屋、服飾和食物等日常器物中的東方化要素，都參與構建了現代西方文明的成長。

從中世紀開始，中國的影響包括四大文明的傳播，絲綢與瓷器對於歐洲生活方式進一步精緻化的作用，還有《馬可波羅行紀》所構建的汗八里與契丹神話對於大航海的精神刺激；新航路開闢後，人類大航海時代的展開促使文明之間由封閉走向進一步交流與融合，大航海時代早期，在世界白銀資本貨幣體系中，中國也是金融中心與貨幣中轉站，西班牙與葡萄牙早期掠奪和開掘的金銀財富，就是在循環往復的白銀資本體系中在英國、法國、荷蘭、中國之間流動，最終改變了西歐各國的經濟對比；進入16世紀以後，隨著耶穌會士在中國紮根傳教，尤其是17世紀法國耶穌會士入華，中國的禮儀、法律、道德、制度、政治、文化、思想、科技等知識傳播到歐洲大陸，成爲啓蒙運動的催化劑，孔夫子的儒家精神外化爲巴黎廣場的理性女神，刺激著法國和西方人走出神學蒙昧時代而步入啓蒙的人間樂土，與此同時，中國的絲綢、瓷器、漆器、書畫、藝術乃至民間玩具與遊戲都進入了西方並產生了持續影響。

然而在17～18世紀中西文明交流的黃金時期，雙方對於彼此文學的印象卻是曖昧不清的。中國長期以來對外界的東西不感興趣，加之明清國力強盛，對於西方的瞭解只限於自鳴鐘、火槍、天文儀器等所謂「奇技淫巧」，鄭和下西洋這樣的航海壯舉更多是爲了炫耀國威，甚至不惜大量對外饋贈；而在西方，對於中國的引進與接受也是經過了反覆選擇，西方人並沒有一味地吸收中國文化，對於思想，他們保持著一份警醒，孔子學說雖然被魁奈、伍爾夫和伏爾泰等學者鼓吹，但也引起了盧梭、孟德斯鳩、休謨、赫爾德乃至康德和黑格爾等人的反駁，崇華與惡華互相攻訐，啓蒙運動最終推出了普世性的理性與科學精神，但卻是剔除了中國思想文化影響痕跡的形象，理性與科學儼然成爲西方的專利。

在藝術品和日常器物領域，西方人曾經愛不釋手地把玩欣賞中國茶具、屏風、扇子，中國風格影響到教堂、花園和室內裝潢的藝術風格，甚至成爲

洛可可藝術的重要淵源。但這種器物熱背後，卻少有西方人去思索中國藝術品魅力的根源，而只是將其視爲東方式的奇觀精緻，予以獵奇式的凝視而已。於是，東方藝術只能是輕盈的一陣風潮，在西方人心中留不下更多回憶，以至於爲了標榜原創性甚至故意否認中國文明的影響歷史。1763 年，英國墓園派詩人托馬斯・格雷（Thomas Gray, 1716～1771）就爲了標榜所謂獨創性而公然否認英國園林所受的中國影響。〔註 44〕這種論調固有妄自尊大的時代局限性影響，也與當時作爲文明交流中介的傳教士漢學家們介紹中國的策略與取捨有關。傳教士們介紹到西方的所謂中國藝術只是某些精巧做工的器具，或者景致怡人的亭臺樓榭，卻對於書法、山水畫這樣更能體現中國藝術精神的樣式望而卻步，對寄意山水的中國文學與藝術，也介紹不多。由於對中國藝術深層的精神意蘊和文化內涵缺乏瞭解，西方人對於中國藝術品就沒有太深刻的印象，只是將其視爲奇觀、玩物和遊戲而已。

　　文學不能等同於藝術，文學承載著更多思想與情感因素。古老的象形文字不僅保存了中國藝術的工藝、技巧、歷史和名錄，也通過一種文人化的翰墨書寫進行情感表達，闡釋了藝術背後那種身與竹化、神與物遊的人生境界，傳遞了藝術所承載的「藝術精神」，古往今來，文學與書法、繪畫、雕塑、建築等藝術樣式之間，保持著互通有無、融會貫通的關係。仁者樂山，智者樂水，像《滕王閣序》、《岳陽樓記》、《醉翁亭記》、《洛陽名園記》、《小石潭記》等名文，都將亭臺閣榭、山水園林視爲個體俯仰天地遊心太玄的窗口。倘若傳教士漢學家們能在介紹中國藝術品的同時，將與這些藝術品相關的詩詞歌賦更多傳播到歐洲，也許中國藝術和文化的整體形象會有更大提升。

　　令人遺憾的是，耶穌會士身兼數職且以宗教傳播爲本業，無暇承擔太多文學譯介和傳播工作，這就造成了其發自中國的信件對於中國藝術的介紹往往語焉不詳且缺乏深度，使得「中國熱」很快退潮，且當時後世充斥著種種誤讀。

〔註44〕格雷說：可以完全肯定，我們沒有從中國人那裡抄襲過什麼東西，除了大自然之外，他們也沒有什麼東西值得模仿。這種新式園林的歷史還不足40年，40 年前，歐洲還沒有我們這樣的園林。同時，可以肯定，那時候，我們還不知道中國有些什麼東西。格雷的這段話無視 17～18 世紀歐洲商人、傳教士和使節向本土傳遞了大量包括園林知識在內的中國知識的歷史事實，甚至《馬可波羅行紀》中都提到過南宋的園林。格雷的否認反而形成了某種諷刺效果，彷彿 18 世紀的英國人如此孤陋寡聞。國內陳志華等學者已對此進行過駁斥。參見陳志華著《中國造園藝術在歐洲的影響》，濟南：山東畫報出版社 2006年版，第 19 頁、第 31 頁。

　　以中國式園林在歐洲尤其是英國掀起的園林熱為例，早期歐洲的園林，意大利式和法國古典主義流行了 200 年。意大利園林多屬於郊外別墅的附屬，基本特點是將園林分為花園和林園，林園是花園背景，天然景色，花園則不種喬木，詮釋修剪得整整齊齊組成規則幾何圖案的花圃、草地和灌木，花園講求大致對稱的幾何學布局，有中軸線，由於別墅建在高處，所以花園分為高低層的臺地，重視噴泉效果。法國古典主義園林則興起於 17 世紀下半葉，規模比意大利式宏大，體積大，中軸線突出且從花園一直延伸到林園，起著統攝作用，中軸線兩側對稱地設置副軸線、橫軸線，地勢平坦，重視平面構圖的變化和幾何學的和諧，彷彿笛卡爾式清晰明瞭的理性坐標軸，而當時的法國造園家也恰恰自詡要「強迫自然接受勻稱的法則」。英國查理二世時期的英國仿效法國，古典主義園林一時大盛，雖有微妙差異，但難脫其窠臼。古典主義的花園講求修建，推崇荷蘭式剪樹法——將樹木剪成塔、船、花瓶、人或者飛禽走獸，美其名曰「綠色雕刻」，與中國園林自然天成的藝術追求迥然不同。〔註45〕

　　在 17～18 世紀的「中國熱」中，耶穌會士將中國園林的一些特點以文字和裝飾畫的方式傳入了歐洲，在整個歐洲引發轟動，這一時期古典主義的巴洛克藝術漸趨衰亡，而洛可可藝術在「中國熱」的推動下風靡一時。在法國，由於古典主義建築成就璀璨且根深蒂固，尤其是勒瑙特亥（André Le Nôtre, 1613～1700）這樣造園大師的作品被看做法蘭西民族的驕傲，因而中國園林並未產生實際影響，反而是在英國經過坦普爾（Sir William Temple, 1628～1699）、艾迪生（Joseph Addison, 1672～1719）等人的介紹和坎特（William Kent, 1685～1748）、勃朗（Lancelot「Capability」Brown, 1715～1783）等人的設計，中國園林同英國人對野地等自由無束景象的熱愛融匯起來，在英國產生了所謂「自然風致園」：將花園布置得像田野牧場一樣，就像從鄉村的自然界裏取來的一部分，這種花園後來十分風行，被法國人稱為「中國式花園」（jardin chinois）或者「英中式花園」（jardin anglo-chinois），英國人甚至對這種稱呼不滿，認為自然風致園是英國人的獨創，法國人的說法只是出於嫉妒而已。但從當時設計的疊石假山、山洞拱橋以及十八世紀坎布里奇（Richard Owen Cambridge, 1717～1802）和沃爾（Isaac Ware, ?～1776）等建築師留下的文

〔註45〕陳志華著《中國造園藝術在歐洲的影響》，第 1～9 頁。

字中可以推斷，18 世紀上半期英國出現的自然風致園確實是受中國影響。〔註
46〕。而 18 世紀後半期，中國園林的影響進入第二階段，錢伯斯爵士（Sir William
Chambers, 1723～1796）依據中國園林風格設計的「丘園」則是「圖畫式園林」
的典型代表，錢伯斯甚至開始援引中國園林來指責自然風致園了。

　　英國人乃至歐洲人對於中國園林的瞭解主要依賴於傳教士畫家的報導，
例如王致誠（Jean Denis Attiret, 1702～1768）寫於 1743 年的信件介紹了位於
北京海淀的暢春園、圓明園、綺春園和長春園，其中有一段對於小徑、運河
與花木的描述：

> 在每條山谷中和流水之畔，都有巧妙布局的多處主體建築、院
> 落、敞篷或封閉式的走廊、花園、花壇、瀑布等的建築群，它們形
> 成了一個組合體，看起來令人賞心悅目，讚不絕口。人們不是通過
> 如同在歐洲那樣美觀而筆直的甬道，而是通過彎彎曲曲的盤旋路，
> 才能走出山谷。路上甚至裝飾有小小的亭臺樓榭和小山洞。在出口
> 處，又會發現第二個山谷，它或以其地面形狀，或以建築結構而與
> 第一個小山谷大相徑庭。

> 　所有的山嶺都覆蓋著樹木，尤其是花卉，它們很普遍。這是一
> 個真正的人間天堂。人工運河如同我們那裡一樣，兩岸由方石砌成
> 筆直的堤岸，但它們都是非常簡樸的粗石，並夾雜著石塊，有的向
> 前凸起，有的向後凹縮。它們是以非常藝術的方式排列起來的，人
> 們可以說這是大自然那鬼斧神工的傑作。河渠有時很寬敞，有時又
> 狹窄：它於此蜿蜒逶迤，有時又掉頭拐大彎，它們就如同是真正被
> 丘陵和山丘推動一般。河岸上種滿了鮮花，它們在石堆和假山口綻
> 放，在那裡也顯得如同是大自然的造化。每個季節都有獨特的鮮花。
> 除了河渠之外，到處都有甬道，或者更應該說是羊腸小道，它們都
> 用小石子鋪成，從一個山谷通向另一個山谷。這些羊腸小道也是蜿
> 蜒著向前延伸，有時沿著河畔前進，有時又遠離河岸而通向它方……

〔註 47〕

王致誠以畫家的眼光審視到了中國園林的自然天成之美，宛如「大自然那鬼

〔註46〕陳志華著《中國造園藝術在歐洲的影響》，第 50～51 頁。
〔註47〕「耶穌會士和中國宮廷畫師王致誠修士致達索（d'Assant）先生的信（1743
　　　　年 11 月 1 日於北京）」，載《耶穌會士中國書簡集》第四卷，第 287～305 頁。

斧神工的傑作」,「顯得如同是大自然的造化」,沒有筆直的甬道,而多是彎曲的盤旋路和羊腸小道。王致誠是一位稱職或者說忠實的描述者,盡量沒有添加先入為主的偏見以及自己過多的主觀感受,而只是「目擊道存」,一絲不苟地記錄下了自己眼前的景象而已。可想而知,這段文字在進入歐洲後,會對當時的園林建造觀念造成一定的衝擊。

王致誠的介紹十分詳盡,且初步涉及到了中國園林的某些美學特徵,遺憾的是縱觀全篇,王致誠並未能深入揭示中國園林背後的某種精神,回答「中國人為什麼要這樣建造園林」的問題。王致誠只是「作為一個遊覽者,一一記錄了見到的景致,並沒有認真去研究圓明園的造園藝術」〔註48〕,他只是感受到了「如同是大自然」的「人工」,卻未能揭示中國人如此運用寫意技術的真諦——中國園林不同於完全逼真再現自然的英國式自然風致園,中國造園者依然要極力展示「人工」技巧,只是要做到最高境界即巧奪天工、師法自然且不露痕跡而已。問題的背後是王致誠缺乏對中國各種藝術樣式尤其是相關文學作品的瞭解,這不禁令人納悶,康熙到乾隆年間,皇帝貴冑所作的詩歌無數,尤其是乾隆皇帝留下如此多的詩歌,王致誠為什麼不能簡單地翻譯和介紹一首過來,向歐洲人展示中國人對園林的寄託和定位。莫非是精於漢語的王致誠敏銳地感覺到乾隆皇帝詩作水平不高,怕翻譯過來後貽笑大方?但這種可能性是微乎其微的。

在《耶穌會士中國書簡集》停止出版之後,同樣由法國耶穌會士編撰的《中國雜纂》(又譯《中華全書》)的第二冊(1777)和第八冊(1782)中倒是收錄了兩篇韓國英神父(P.Pierre Martial Cibot, 1727～1780)發自北京的關於中國園林的報導。同王致誠一樣,韓國英也是一位畫家,不過據說他同一個叫劉舟(lieou-tcheou)的中國人切磋過中國造園藝術。這兩篇文章中,第一篇是韓國英神父(Pierre Martial, 1727～1780)所翻譯的司馬光關於獨樂園的長詩,附上韓國英本人的一篇短文介紹中國園林;第二篇題名為《論中國園林》(Essai sur les jardins de plaisance des Chinois),概述了中國造園史和造園藝術的原則。韓國英的閃光點恰恰在於第一封信,也許是受「劉舟」的影響,韓國英試圖用中國詩人司馬光的作品來解釋園林的功用,但他用詩體譯成的這首所謂獨樂園的長詩,卻不見於司馬光的各種詩文集,與其意思接近的是司馬光的散文《獨樂園記》,但《獨樂園記》後面的文字就與韓國英的「翻

〔註48〕陳志華著《中國造園藝術在歐洲的影響》,第 57 頁。

譯」大相徑庭，且篇幅對不上號，顯然韓國英有偽造和假託之嫌。可以說，韓國英意識到司馬光的散文對於解釋中國園林真諦的作用，但限於各種條件卻未能忠實翻譯司馬光的文字。但是從韓國英在《論中國園林》強調中國園林對於心靈寧靜的營造──「還要想到，人們到園林裏來是為了避開時間的煩擾，自由地呼吸，在沉寂獨處中享受心靈和思想的寧靜，人們力求把花園做得純樸而有鄉野氣息，使它能引起人的幻想」──來看，他應該還是讀過司馬光原文的。〔註49〕

　　從王致誠到韓國英，傳教士對園林藝術的介紹缺乏相應文學的支撐，也就使得中國園林的真實面目被西方人有意無意間誤解。毋寧說，英國人選擇中國園林作為自然風致園的模板，也是經歷了一定的文化過濾和改造。在文化交流媒介──法國傳教士──對於中國園林的相關文學作品保持沉默的前提下，英國人卻經由中國園林強化了自身對於「荒野」的迷戀，甚至將中國園林與恐怖、驚異乃至崇高這樣的審美心理聯繫在一起，掀起了一陣「誤讀的盛況」。

　　在經驗主義哲學家培根的影響下，英國哲學和思想界有一種懷疑主義的潮流，相比於同時期的古典主義法國，英國更為重視感性和自然的因素。但這裡需要明晰一個區別：英國人心中的自然與中國人的自然不太一樣，英國人更迷戀「荒野」的氣氛，強調野趣、自由、奔放甚至有些恐怖的場景，對於大自然的迷戀總是與神話、傳說、顯赫的歷史結合在一起，在狂放的自然中完成對於個體自由的確認；中國人則更為關注「天人合一」、「物我合一」這樣的和諧境界，追求的是「物我兩忘」，陶然共忘機的神遊狀態。在 18 世紀的中國園林熱中，英國人卻沒有注意這一點，從坦普爾到錢伯斯，這些造園家從未看過真正的中國園林，而從自身傳統出發，對於中國園林做出了種種臆想和推斷。錢伯斯在 1757 年出版的《中國建築、傢具、服裝和器物的設計》（*Designs of Chinese Buildings, Furnitures, Dress, Machines, and Utensils*）

〔註49〕 司馬光篇幅短小的《獨樂園記》中確有一段話表達出重視獨處與靜思的念頭，與韓國英傳達的意思相仿：迂叟平日多處堂中讀書，上師聖人，下友群賢，窺仁義之原，探禮樂之緒，自未始有形之前，暨四達無窮之外，事物之理，舉集目前。所病者、學之未至，夫又何求於人、何待於外哉！志倦體疲，則投竿取魚，執衽採藥，決渠灌花，操斧剖竹，濯熱盥手，臨高縱目，逍遙相羊，唯意所適。明月時至，清風自來，行無所牽，止無所柅，耳目肺腸，悉為己有，踽踽焉、洋洋焉，不知天壤之間復有何樂可以代此也。因合而命之曰：「獨樂園」。

一書中，開篇指出中國園林的基本特點：「大自然是他們的仿傚對象，他們的目的是模仿它的一切美麗的無規則性。」也論述到了中國園林重視整體、剪裁和提煉等特徵。但從其對於園林中「景的性情」的分類上，我們中國人似乎就感覺到一點陌生了：

> 他們的藝術家把景分爲三種，分別稱爲爽朗可喜之景、怪駭驚怖之景和奇變詭譎之景。

所謂的「怪駭驚怖之景」，中國園林中即使有，也應該是極少數的另類。而在1772年出版的《東方造園藝術泛論》（*A Dissertation on Oriental Gardening*）中，錢伯斯進一步強化了對於「怪駭驚怖之景」的描述：

> 所有的建築物都是廢墟：不是被火燒得半焦，就是被洪水吹得七零八落；沒有留下什麼完整的東西，只有山間散佈著的破爛小舍，它們表示有人活著，但活得淒慘。蝙蝠、貓頭鷹，禿鷹和各種猛禽擠滿山洞，狼、虎、豺出沒在密林，飢餓的野獸在荒地裏覓食，從大路上可以見到絞架、十字架、磔輪和各種各樣的刑具……

> 岩石中幽暗的山洞……巨大的獅子、青面獠牙的惡魔和其他嚇人的東西的塑像……時不時地他要爲一次又一次的雷擊、人造暴雨活著猛烈的陣風及意外爆發的火焰而大吃一驚……〔註50〕

中國園林的魅力在於「怪駭驚怖之景」？！我們在中國園林中從沒有目睹過這樣的「怪駭驚怖之景」，這種場景只存在於錢伯斯的想像中。這樣大肆渲染恐怖，其實就是出自英國人乃至整個西歐文明對待荒野的既恐懼又迷戀的集體無意識，在審美心理上表徵爲從朗吉努斯再到博克（Edmund Burke, 1729～1797）對於「崇高」與「優美」的二分。

博克認爲「驚懼是崇高的基本原則」，他曾經在1756年發表的《論崇高和美的觀念的起源》中，對崇高下了如下定義：「凡是能以某種方式適宜於引起苦痛或危險觀念的事物，即凡是能以某種方式令人恐怖的，涉及可恐怖的對象的，或是類似恐怖那樣發揮作用的事物，就是崇高的一個來源。」錢伯斯毫無根據的臆想卻引起了博克的注意，1758年，博克自己主編的《年鑒》（*Annual Register*）中甚至轉載了前述1757年錢伯斯的那篇文章，試圖將錢伯斯描繪的「怪駭驚怖之景」作爲例證納入到自己對於自然界崇高之美的理論體系中。正是在種種奇特的轉譯與文化誤讀之下，中國園林成爲了「崇高」

〔註50〕引自陳志華著《中國造園藝術在歐洲的影響》，第63～65頁。

美學風格的化身。除了錢伯斯外，1773 年德國學者溫澤（Ludwig A.Unzer）在其《中國造園藝術》（*Uber die Chinesischen Garten*）中也認爲英國人之所以學習中國造園藝術是因爲兩者共通的「崇高」與「恐懼」審美心理：

> 我們可以公正地説，英國民族比其他民族更能夠欣賞較爲崇高的美。很久以前，他們就深信不疑，承認在園林設計方面中國風趣的優越性。〔註51〕

如我們所知，中國園林的本來面目更接近於「優美」而非「崇高」，它有著洛可可藝術式的優雅與日常，它絕不是靠驚駭與恐怖來征服遊園者的，而是孕育著悠久的文人雅致，這一點英國人很難一下子理解：《牡丹亭》中的後花園中有杜麗娘和柳夢梅的才子佳人偶遇，而艾米麗‧勃朗特（Emily Bronte, 1818～1848）筆下的《呼嘯山莊》（*Wuthering Heights*）孕育的則是跌宕起伏、驚險恐懼的愛恨交織故事。

經過對中國園林在 17～18 世紀歐洲的傳播與影響，可以發現：在中國園林影響最大的英國，一個世紀的模仿熱潮中存在著對於中國藝術與文化精神徹頭徹尾的誤讀，將其特徵之一定位爲崇高與驚懼，顯示出了巨大的文化隔閡。在此隔閡之下，西方美學完成了一次對於中國和遠東藝術的想像，而這種隔閡之所以能持續一個世紀，與傳教士漢學家們缺乏對於中國園林眞諦的深入分析與介紹有關：而這一切都可以追溯到傳教士對中國文學關注的缺乏。園林的實質是文人化的藝術，是中國文人寄意山水田園，尋求自然雅趣的結果，中國詩詞歌賦中遍佈對於田園、山水、風景與歸隱生活的讚歎，倘能多爲西人所知，當不至於郆書燕說到如此地步。我們在讚歎 18 世紀歐洲中國熱時，也會少一些在歷史細節面前悵然若失的遺憾。

第四節　漢學家的文學觀造成「中國熱」退潮

早在《馬可波羅行記》問世之前，歐洲對於中國的認識就已經停留在「物產豐饒」的黃金之國上，對於東方富庶生活不厭其煩的描述隱含著野蠻時代歐洲人對於財富和精緻生活的嚮往〔註52〕；利瑪竇以降歐洲傳教士最大的成

〔註51〕轉引自陳志華著《中國造園藝術在歐洲的影響》，第 113 頁。
〔註52〕從古希臘開始中國人就以「塞裏斯」（Seres）或「塞裏加」（Serice）的稱謂進入了西方人視野，根據莫東寅《漢學發達史》的說法：Seres、Serice 二字乃是出自希臘羅馬對於中國絹的稱呼 Serikon、Sericum，經過阿爾泰語的轉訛成

就則是：將時人的視角從「物質的中國」拉到「思想的中國」，將中國的哲學、倫理和文化整體呈現在歐洲面前。〔註53〕

儒學第一次進入西方人的視野後，包括法國重農學派的魁奈（Francois Quesnay, 1694～1774），啓蒙思想家伏爾泰，德國的萊布尼茨（Gottfriend Wilhelm von Leibniz, 1646～1716）、沃爾夫（Christian Wolf, 1679～1754）等許多思想家，無不表現出對於博大精深的中國哲學傳統的某種嚮往與追慕；中國悠久而有稽可考的上古史記載，則引發了對於《聖經》紀年的質疑，人們開始懷疑基督教時間是否優先於中國時間，圍繞著「誰是歷史的開端」引發了宗教內外的種種論爭。

法國漢學家亨利‧柯蒂埃在《18世紀法國視野裏的中國》一書中談道：「我想要追蹤的是中國，這個天神治國的藝術和文學在我們國家產生影響的一些軌跡，特別是在18世紀相當長的時間裏，它曾風靡一時，使人狂熱」，然而爲什麼這種「狂熱」最終只淪爲「一時的迷戀，是一種風尚，一種短促的好奇勁兒，而沒有留下眞正深刻的印跡」？〔註54〕作者在本書中並沒有正面回答。但在今天的人看來，這裡面其實包含著主體與客體、理論與對象、東方與西方之間的複雜關係，在後殖民語境下可以得到更爲一針見血的解釋。

一、中國形象變更的根源在西方

意大利思想家維柯（Giambattista Vico, 1668～1744）在《新科學》（Scienza Nuova）中提到了「想像的共相」學說，形成世界的「像」的思想不僅是個體心靈成熟的標誌，同時也是集體的人的原始力量。〔註55〕在交通和通訊條件

了中國人的名字。通過陸路貿易，中國絹在歐洲風靡一時，商人巨賈從中獲利，以絹來稱呼原產地中國，表明了歐洲對於中國的認識焦點最早是「物產」。另一方面，「塞裏斯」系統要比以帝國命名的「秦」（Sin）系統產生更早，後者是較晚才通過海路傳播到歐洲的，可見貿易的重要作用。參見莫東寅《漢學發達史》，大象出版社2006年版，第3頁。

〔註53〕 有人認爲1593年利瑪竇已經完成了《四書》的拉丁文譯本，但文稿不幸散失。現在可以看見的最早出版物是意大利耶穌會士殷鐸澤（Prosper Intercetta）主持翻譯的《四書》，最早開始於1662年的大學，是拉丁文本。而英譯本要到1861年在香港出版，由英國漢學家理雅各（James Legge）翻譯。

〔註54〕 〔法〕亨利‧柯蒂埃著《18世紀法國視野裏的中國》，唐玉清譯，上海書店出版社2006年版，第1頁。

〔註55〕 〔意〕維柯著《新科學》，朱光潛譯，合肥：安徽教育出版社2006年版。

尚未如今日這般發達的古代世界，各個文明無不以某種「想像」的方式構築
著異質文明的形象，不僅有安德森（Benedict Richard O'Gorman Anderson, 1936
～）所謂「想像的共同體」（*Imagined Community: Reflections on the Origin and
Spread of Nationalism*），同時亦有「想像的他者」。如果借用弗洛伊德和拉康的
精神分析學術語，可以將啓蒙時代之前的歐洲古典文明視爲嬰兒期，嬰兒通
過鏡象建構「主體」和「自我」的概念，區分出「我」和「世界」；然而在「想
像」的過程中，「我」對於「世界」和「他人」的區分卻是模糊甚至不成功的，
也即是說：嬰兒習慣了將「他人」和「世界」等同，古典文明也往往將其他
文明視爲物質的「世界」或「地域」，看作可以觀察、窮盡甚至改造的對象，
而不能將其視爲在身份和價值上與本土文明等同的「他者主體」。這種「想像」
的特徵是整個古典時代文明的共性，東方在想像著「西方」，西方也在想像著
「東方」。

　　後殖民主義的批評實踐和理論資源對當代人的最大貢獻，並不在於其揭
露了西方「東方主義」的本質或提出西方霸權主義問題，而是深入到人類的
思維定式，從文明對話和交流角度切入，提出一系列可能性問題，提供了「文
化政治學」視角，從而使人們能夠分析和洞悉種種「文明間」現象的深層機
制。

　　在整個 18 世紀，中國藝術風靡歐洲，盛況空前，絲綢、瓷器、茶、裝飾
品、掛毯、繪畫、傢具、建築、花園、浴場、遊樂場、屏風等等，無一不是
「中國式的」。中國花園完全打破了西方古典主義的對稱原則，以中國式的自
然樸拙、趣味盎然來對待參差不齊的山石花木，從而提醒西方人：花園、園
林是爲了貼近自然，而不是追求整齊劃一，亭臺樓榭的美必須孕育在眞正的
大自然中，成爲呑吐萬物俯仰天地的窗口。18 世紀英國建築家威廉・錢伯斯
爵士曾經受命爲英王喬治三世建造「丘園」（Kew），園內有湖，湖中有亭，加
上中式寶塔和龍飾，一經出現便轟動歐洲。錢伯斯總結了中國花園中的「理
想和民族性」，認爲「自然是他們（中國人）的榜樣，目標就是在所有最優美
的不規則中模仿它」。〔註56〕同時在整個歐洲大陸，中國戲劇以《趙氏孤兒》
爲代表，也風靡一時，頻頻贏得讚譽〔註57〕。

〔註56〕亨利・柯蒂埃《18 世紀法國視野裏的中國》，第 69 頁。
〔註57〕18 世紀，《趙氏孤兒》的改編者除了人們熟悉的伏爾泰以外，還有英國的哈切
　　　　特（William Hatchett）和墨菲（Arthur Murphy）等，前者更接近紀君祥原作，

　　然而，當文明對話深入到思想哲學層面，瓶頸就產生了。啟蒙哲學家開始批評和醜化中國，曾經的優點成為弊端，悠久的歷史成為「停滯的帝國」的標誌，人口中國成為「黃禍」的端倪，文明同化入侵者的作用成為沒有勇氣反抗異族的證據，管理有序成為「治水國家」專制統治的結果，文明禮儀成為軟弱膽小的代名詞……中國形象擁有美好的開端，但在啟蒙時代後期卻以醜陋結尾。〔註 58〕啟蒙運動期間，西方拋棄了「大汗的大陸」、「大中華帝國」、「孔夫子的中國」這三種正面的中國烏托邦形象，代之以西方現代性的反面形象：停滯的、專制的野蠻的東方帝國，〔註 59〕現代以來的東西之爭、古今之爭以及意識形態之爭統統殃及了中國形象。思想文化層面的中國被反覆「妖魔化」，導致的結果是：二百多年來，作為物質文化的中國藝術品地位不斷提高，與此同時中國藝術精神被擯棄和忽略，這一二律背反延續至今。

　　有國內學者坦言：「研究西方的中國形象，不是研究中國，而是研究西方，研究西方的文化觀念。」〔註 60〕從歷史上看，在關於中國的「話語」轉型期間（尤其是 18 世紀這一關鍵時期），中國自身發生的變化不多，昔日引起讚揚的和當時口誅筆伐的基本上是同一個「中國」，相反正是由於西方歷史自身的進程導致其文化戰略的某種變化：民族國家迅速興起是現代性的結果，也導致西方有意採取了主動「建構他者」的方式，將東方從自己身邊推開，成為西方現代性擴張必須要設定的這樣一個「他者」。

二、啟蒙時代的主體性凸顯與現代性倫理

　　啟蒙時代可視為西方現代性的成熟期。這一時代最大的成就在於：確立了大寫的「主體之人」。這樣一個「人」是偉大的萬物靈長，兼具神性和動物

後者則與伏爾泰的創意類似。對於當時的英國而言，這本戲劇與當時的政治紛爭構成了隱喻關係，在舞臺上長盛不衰。18 世紀 80 年代歌德甚至也曾經著手改編過這本中國戲劇。參見范存忠《中國文化在啟蒙時期的英國》，上海外語教育出版社 1991 年版，第 121～142 頁。

〔註 58〕啟蒙時代的 1750 年左右被許多研究者視為「西方的中國形象的分界點」，例如艾田蒲《中國之歐洲》、伊薩克斯《美國的中國形象》等，科林·麥克拉斯的《西方的中國形象》則指出了關鍵性事件：1750 年前後安森《環球旅行記》出版與耶穌會解散。參見周寧《天朝遙遠——西方的中國形象研究》（上），北京大學出版社 2006 年版，第 289 頁。

〔註 59〕周寧《天朝遙遠——西方的中國形象研究》（上），第 9 頁。

〔註 60〕周寧《天朝遙遠——西方的中國形象研究》（上），第 13 頁。

性，他和動物之間最大的區別是「流動性」，這構成了主體相對客體的優先性。《聖經》中記載了上帝對於亞當的告誡：亞當之所以不同於動物，在於他永遠不會有固定的形象，而可以不斷流動、移動、變化和發展。人是主體，動物則只能是客體或對象。主體之人的確立表明人是可以被啟蒙的，人類歷史就可能被改造為線性上昇、不斷進步的。

啟蒙時代同時也是歐洲各門學科建立和成熟的歲月，哲學、倫理學、美學和科學之間構成了一種默契的合作關係，即將自然世界、外在對象的領域完全交給自然科學支配，而人文科學則將所有的關注和精力都投注到對於「人」自身的研究上來。這種清晰的劃界並沒有阻止自然科學向人文領域的滲透和影響，卻將人和物、人類與世界真正地隔絕開來，不知不覺間人文科學模仿著自然科學，在學科劃界過程中真正受到限制的其實是人文科學自身。

美學建立是 18 世紀啟蒙時代的一個重要事件，包含著深遠的意義：首先確立了「美」和「藝術」作為一門科學研究對象的某種客觀性，以往眾說紛紜的審美問題開始有了對與錯的分野；其次是將美學歸結為感性學，即對於人類感性領域的研究，這一點影響至深，標誌著一種物我兩分、以我觀物的二元對立原則最終確立。恩斯特・卡西爾（Ernst Cassirer, 1874～1945）就從啟蒙時代的美學問題上看到了笛卡爾（René Descartes, 1596～1650）理論的影響，按照後者的學說「一切存在物如果想被清楚明白地想像和理解，必須首先被還原為空間直觀的法則，必須被轉變為幾何圖形」，這是與啟蒙時期美的客觀性原則一致的，科學理想同藝術理想之間產生了完美和諧，「美學理論只是想遵循數學和物理學已經走過的同一條道路」。〔註61〕真與美在古典主義美學觀照下是一致的，但這種一致包含了對於「美」的某種降格──18 世紀最高的理性原則、對探求自然規律的高度自信，預設了可以說「只有真才是美的」，但不會說「只有美才是真的」；如果說中世紀的哲學是神學的婢女，那麼啟蒙時代的哲學則是科學的婢女，而美學則是婢女的婢女。

在 20 世紀中期的存在主義哲學尤其是海德格爾（Martin Heidegger, 1889～1976）的哲學反思下：美學自身的合法性也是存在問題的。那種將美學研究的「目標」設定為「美」，將其對象設定為「感性」領域的原則，其實就是將「人」與「存在」分開的同一原則：在將「人」大寫之後，卻將真正的「存

〔註61〕恩斯特・卡西爾《啟蒙哲學》，顧偉銘等譯，山東人民出版社 2007 年版，第263 頁。

在」去魅,藝術被趕出了真理領域,最終導致的結果是真理和美的分裂。〔註62〕從此,人類將感性孤立出來,成為與倫理、政治、實踐和生命無關的「美」,同時可以放心大膽地在所謂「對象」領域為求「真」而不惜任何代價。然而,美學問題根本上是真理問題,在藝術和詩中包含的真理才是真正的、未經遮蔽的真理。美學學科的建立就是「存在」真理的被閹割,是對科學主義的一次縱容,對美和藝術的探求被庸俗化為一門學科,其包含的生命存在和倫理緯度則被遮蔽了。

　　不難想像,這種標榜大寫的人,主張人類理性無限進步的啟蒙信念與「人法地、地法天、天法道、道法自然」的中國哲學相遇,必然會產生怎樣劇烈的衝突,其結果是要麼接受對方融入自身,要麼強化自身特徵排斥他者。處於現代性強勢心理之下的西方選擇了第二條道路,從而將天人合一、物我兩忘的東方哲學從自己身邊推開,建構出一整套停滯、落後、野蠻的東方主義話語,進一步強化了西方自身所謂「文明」的形象。

　　孰為文明,孰為野蠻的問題並非如此簡單,而包含著複雜的歷史文化因素。主體之人的凸顯並確立標誌著西方最終告別了童年,褪去了古典主義時代最後一抹神聖「光暈」(Aura),進入和投身到機器文明的灰色年代當中。從此開啟了近代西洋文明心靈的符號,即「向著無盡的宇宙作無止境的奮勉」。〔註63〕鋼鐵原則代替了藝術原則,理性取代宗教成為新的信仰,藝術和美則被建構為一門專業從而徹底邊緣化。

三、中國文化形象跌落:一次現代性事件

　　啟蒙時代中國文化形象的跌落是現代歷史的一次事件,也標誌著人類為現代性的生長付出了沉重的代價,對於今天的人們而言,不妨重新拾起貌似解決的歷史問題,嘗試給出更為公允的答案。這裡必須要區分文學與藝術,在所有藝術樣式中,文學這一語言文字藝術是最具有精神特質,藝術則很容易滑落到現實的物質層面。十八世紀中國熱更多是藝術的熱潮乃至器物的熱

〔註62〕所以海德格爾呼籲人們在仰望天空的同時不要忘記了大地,他引用的荷爾德林名句「人,詩意地棲居」前面的一句是「充滿勞績,然而」,也就是說「勞績」和「詩意地棲居」之間是有衝突的,這是天空與大地的衝突,也是科技理性同人文之間的衝突。參見〔德〕海德格爾《荷爾德林詩的闡釋》,孫周興譯,北京:商務印書館2002年版。

〔註63〕宗白華《藝境》,北京大學出版社1999年版,第79頁。

潮，而眞正能代表中國藝術精粹的「中國文學」要麼被忽視，要麼淪落爲奇觀敘事或插科打諢的笑話，文學文本背後的精神未能傳達到西方，這也導致了「中國熱」很快消散。如果將所有這一切放置在 18 世紀的啓蒙文化背景下，會發現中國文學的缺席、中國藝術器物熱的興衰，都是西方現代性規劃的必然結果。

藝術究竟有什麼用？（What good are the arts 抬）當代英國學者約翰·凱里（John Carey）在同名著作裏提出了這個命題，在相繼宣佈了「上帝之死」、「人之死」和「作者之死」後，我們是否有可能迎來一個「藝術之死」的時代？凱里本人的觀點是悲觀的，他認爲除了文學之外，其他的藝術一無是處。這種偏激的觀點反而提醒我們：在中國文化傳播的過程中，物質意義上的「藝術」一直是西方最樂於接受的，這與中國「理論」（如哲學、美學包括較難理解的詩詞歌賦等雅文學）在西方所遭受的冷遇形成了鮮明的對比。那麼：中國藝術的春天是否就是中國形象的春天？

答案同樣是悲觀的，在曾經的 18 世紀中國藝術熱潮中，中國自身的形象在迅速跌落，形成了不可思議的反比例關係。這更令人不禁質疑當前依靠某些東方式的藝術來重塑中國文化形象的努力。

從古希臘開始，在西方藝術總是被視爲與生活無關的裝飾或擺設，無論思想家們如何爲藝術的眞理價值變化，從柏拉圖到現在，藝術從來沒有像宗教一樣成爲生活的組成元素，在西方人的生活中，它只是點綴而已。西方藝術家也從未像中國文人那樣，將藝術與個人的政治生命、生活哲學和文字寫作聯繫起來，中國藝術家多爲儒生，西方藝人則多爲瘋子、精神病、同性戀等所謂「不正常的人」（福柯語）。

通過對於中西文化交流史的考察，我們會發現藝術的中國形象愈佳，西方對於中國的「精神」就越發蔑視和詆毀。歸根結底還是主體與對象的對立關係，西方人對於藝術的欣賞本身就包含著獵奇色彩，將藝術視爲另一種生活體驗的呈現，另一種生活空間的拓展，滿足自身的眼球期待或佔有欲望。因此，東方藝術形象最佳的時期，也不過成爲合格的「第三世界圖景」（傑姆遜語），只是跨國資本主義時代的另類點綴，其引發關注的緣由同非洲和南美等地的原始藝術是一樣的。

歷史上物質層面的中國同樣經歷了失敗的形象，並隨著思想中國的跌落迅速被西方人口誅筆伐。在西方人看來，雖然「物」中包含著某種對往昔歲

月裏手工製作、天人合一、和諧自然等經驗的追憶與懷念，卻絲毫動搖不了作為「對象」的物相對於高雅理論的「卑賤感」。「物」的東方在短暫的轟動效應之後，往往反而激發起西方人的嫉妒與貪婪心理，包括本土主義、民族主義等社會思潮。西方所有關於東方的故事都是一個故事：身著中國絲綢的古羅馬皇帝，在廣場上的首次出現引發了熱烈的掌聲，但緊接著就是無數口誅筆伐，問題的焦點迅速轉向了對外貿易以及國家金銀流逝方面的擔憂與辯論。自然而然的結果就是：在「中國神話」最終在堅船利炮面前破滅的 1840年以後，西方最終將中國塑造為了「物」和「對象」，他們很少再進口陶瓷、漆器等做工講究的中國手工藝品，而開始越來越多地進口諸如茶葉、蠶絲一類的土特產品。〔註64〕

中國形象的真正成功，應該以思想包括文學、倫理學、知識論和美學在西方獲得全面而深入理解，進而與西方自身哲學傳統構成平等對話甚至論爭作為基礎平臺。遺憾的是，幾千年間東西方深層交流方面建樹不多。隨著 18世紀現代性的建立，經過一系列有意無意的選擇和過濾，中國哲學扮演的形象：從一開始的主角變成配角，最後淪為反角乃至丑角。

今天我們所看到的西方政治體制，同樣是在經歷了東西方對話後，對中國政治選擇、揚棄、夢想生成繼而破滅的歷史結果。中國思想、哲學和政治也曾參與了西方政治傳統的構建，其實不存在「純而又純」的西方民主；中國政治之所以淪為反面典型，恰恰是複雜的歷史選擇造成的。〔註65〕

中國夢破滅後，中國的政治制度被全盤否定，終於形成了今天的西方科層制官僚體系。這一體系標榜自由民族，卻導致了種種集權主義的浩劫，為人類帶來種種災難。遺憾的是，西方往往將西方集權主義的災難歸為「東方專制主義」（Oriental Despotism），甚至將中國視為極權主義的大本營，這些流行的「治水國家」、「亞細亞生產方式」等歧視性話語，竟然被當今某些中國學者奉為真理。〔註66〕其實回顧古代歷史，中國很少有過真正的集權主義，

〔註64〕轉自《西方的中國及中國人觀念 1840～1876》，第 140 頁。
〔註65〕有關歐洲專制制度改革與「孔教理想國」之間的歷史聯繫，參見《啟蒙時代歐洲的中國觀》，第 255～276 頁；以及《天朝遙遠》（上），第 163～206 頁。
〔註66〕三十年代留學美國的中國經濟學家冀朝鼎，就用英文寫出了《中國歷史上的基本經濟區與水利事業的發展》（*Key Economic Areas in Chinese History: As revealed in the development of public works for water-control*），該著作深受魏特夫「治水國家」的觀念影響，不同於魏特夫強調治水同中國文化的關係，冀朝鼎更多闡釋的是作為統治附屬地區的基本經濟區的作用及其歷史轉移，從

更沒有集權主義造成的災難。中國近現代歷史上的種種政治運動和災難，包括「文革」這樣的悲劇，恰恰是西方現代性的邏輯發展到極端的產物。回顧18世紀西方與中國的分道揚鑣，值得警惕的恰恰是東方與西方、對象與理論、客體與主體的三重二元對立，主客二分、以我觀物的思維定式只能帶來誤解的循環，只有建立「主體間性」（胡塞爾）或「他者間性」（德里達），才可能多一些真正平等而有深度的理解——這是文化交流中超越於簡單的褒獎與批評之上的評價標準。

四、中國熱退潮後的專業漢學誕生語境

在18世紀啓蒙運動的風起雲湧中，傳教漢學引起頗多社會爭議，也創造了現代專業漢學誕生的歷史語境，基本可以概括爲：從個人化著述到專業性翻譯和研究的轉變；中國熱的波起復落與理性研究心態的形成。

正如啓蒙思想家伏爾泰指出的：新航路開闢後，君主、商人和冒險家們尋找物質財富，哲學家則尋找著新的精神大陸：「在歐洲的君主們以及那些使君主們富裕起來的巨商們看來，所有這些地理發現只有一個目的：尋找新的寶藏。哲學家則在這些新發現中看到了一個精神的和物質的新天地。」〔註67〕但是，傳教士漢學一個爲人詬病的問題就是發現者的個人化痕跡太濃，充斥著有意無意的改寫與誤讀。18世紀歐洲所謂的「中國文學」非常流行，但大多不是翻譯，而是以中國爲題材或者冠以中國名目的小說，打著中國招牌吸引讀者，改寫壓到了翻譯。〔註68〕這些佔據主流的小說只是借用中國場景來展開作者的想像，更像是「關於中國」的文學，而不是真正的「中國文學」。

從傳教士到啓蒙哲學家，其實都不關心中國本身，他們感興趣的是中國材料和有關中國知識的意義。發現中國歸根結底是爲了發現歐洲自己，英國在當時對中國的讚揚部分原因是出於國內政治鬥爭的需要，將中國有意塑造爲理想化的烏托邦，「在威廉・坦普爾爵士那裡，英國對中國的熱情達到了極致。他把中國的一切：政治、道德、哲學、藝術、文化知識和醫學等都視爲

而揭示中國歷史上統一與分裂的經濟基礎。參見冀朝鼎著《中國歷史上的基本經濟區與水利事業的發展》，朱詩鼇譯，北京：中國社會科學出版社1981年版，第14頁。

〔註67〕〔法〕伏爾泰著《風俗論》，北京：商務印書館1997年版，第16頁。

〔註68〕羅芃、馮棠、孟華著《法國文化史》，北京：北京大學出版社1997年版，第450頁。

英國的楷模。」〔註69〕而另一部分原因則是出於某種複雜的歷史宗教情結，在17世紀前後，引發當時歐洲「中國崇拜」的一個理由是中國的語言文字。《聖經》中有關於上帝懲罰人們建造巴比倫塔，從而故意混亂人們語言的記載，而西方人從此便有了「找回」共同語言的衝動。中國文字同埃及文字頗為類似，均為象形文字，也自然引發了西方人浮想聯翩，以為找到通用語、世界語的良機就在眉睫之前。

17世紀初，信奉新教的英國人在攻擊天主教的同時，就希望能尋找一種取代拉丁文的通用語言，對中國語言文字的研究風行一時。1605年，弗朗西斯‧培根（Francis Bacon, 1561～1625）在《學術的進展》中首先談到了中國文字的特徵，他寫道：「在中國和一些遠東國家採用象形的文字，既不表示字母，也不表示詞組，而只是表示事物和概念。」在這樣的背景下，17世紀上半葉一些學者開始將漢字與人類的初始語言聯繫起來。托馬斯‧布朗納爵士（Sir Thomas Browner）更是直接提出漢語是人類建造「通天塔」之前的「初始語言」的觀點，約翰‧韋布（John Webb, 1611～1697）則寫了一系列專題論文，煞有介事地研究這一問題。〔註70〕

18世紀的中國熱「主要指歐洲人對中國物品的喜愛、迷戀和收集的熱情；也指由這種熱情所引起的對中國事物的模仿，並把中國的風俗、情趣和主題作為自己創作的靈感和素材；它也意味著對中國文化的關注和研究，以及各種觀點的碰撞與爭論；最後它還表現在人們把各自心目中的中國形象作為改造社會與文化的借鑒和參照，不管其利用方式是正面的還是反面的」。〔註71〕縱觀歐洲歷史，有過多次由異國情趣喚起的時髦（包括日本、印度和阿拉伯），但沒有國家像中國這樣擁有如此持久的強烈感染力。中國熱的興衰折射出傳教士漢學——專業漢學的轉型中歐洲的文化背景問題：中國熱不是事後當代人對於歷史的強加，而是確乎發生過的一段真實歷史，只是歐洲人不願承認中國的影響罷了。〔註72〕

〔註69〕《十八世紀中國文化在西歐的傳播及其反應》，第232頁。
〔註70〕《十八世紀中國文化在西歐的傳播及其反應》，第231頁。
〔註71〕《十八世紀中國文化在西歐的傳播及其反應》，第189頁。
〔註72〕例如，洛可可究竟是源自歐洲本土還是外來產物，對此學者爭論不已，歐洲人始終不願意承認羅可可藝術同中國的本質聯繫，今天更多學者堅持本土說或二元論，然而就風格而言，洛可可明顯是中——法式藝術風格，小林太市郎從語源學角度論證 Rococo 與中國的本質關聯：「羅可可是一個曖昧不明的稱呼，不如直接稱之為：中國——法國式美術……作為 Rococo 一詞之源的

　　中國熱退潮令人唏噓感歎，卻再次印證了一個觀點：漢學是歐洲人的學問，無論傳教士還是啓蒙哲學家，關心的都是歐洲自身，所以面對同一段材料，不同的人，或者同一個人在不同時期，完全可以得出立場迴異的看法。漢學作爲一門學科的不穩定特徵可見一斑。

　　一個突出的例子是，伏爾泰同盧梭（Jean-Jacques Rousseau, 1712～1778）孟德斯鳩（Charles de Secondat, Baron de Montesquieu, 1689～1755）等啓蒙哲學家之間關於中國問題的爭論，其材料都來自耶穌會士的著作，對於材料本身的眞實性沒有爭議，問題在於對材料的利用方式，其背後是不同的政治理想。早年伏爾泰主張開明君主制，所以自然從中讀到了「哲學王」的理想；當開明君主制的理想在現實面前碰的粉碎後，伏爾泰改變了對於開明君主制的看法，轉向君主立憲甚至共和制，用他的話說「我跑了許多很不幸的彎路，疲憊困頓，尋求了許多眞理，所找到的都是一些空想，深覺慚愧，我又回到洛克（John Locke, 1632～1704）這裡來了，就像一個浪子回到他父親那裡一樣」，可想而知，伏爾泰的中國情結自然也漸趨衰退了。〔註73〕

　　伏爾泰的妥協表明了法國「中國熱」的退潮，對於中國的態度也由仰慕變爲了排斥。1760 年後，伏爾泰著作中有了更多共和主義色彩，也表現出了對中國的厭倦，甚至加入了早年爭吵的對手孟德斯鳩的陣營：「人們因教士及哲學家的宣揚，只看中國美妙的一面，若人仔細地查明了眞相，就會大打折扣了，著名的安遜爵士首先指出我們過分將中國美化，孟德斯鳩甚至在教士的著作中發現中國政府野蠻的惡習，那些如此被讚美過的事，現在看來是如此不值得，人們應該結束對這民族智慧及賢明的過分偏見。」〔註74〕

　　文化的異域形象，歸根結底的原因在於傳播者和接受者。從 18 世紀中國形象的變遷來看，文化的原初國——中國自身變化不大，西方從來也沒有在意過中國的變化，相反眞正變化的是傳播者的策略以及接受者的期待視野，正是這種變化塑造出了截然相反的中國形象。在傳教士漢學家的描述中，從來沒有出現過一個眞正客觀的中國形象，而總是有溢美、偏見乃至歪曲變形，無論其用意好壞。

　　「Rockei」原是「Rock」的音變，本意是指文藝復興時期傳入意大利的中國事物。在語言上，凡是受中國工藝影響的特殊事物，在西洋美術史上通稱爲「Rock」。《十八世紀中國文化在西歐的傳播及其反應》，第 106～107 頁。

〔註73〕伏爾泰著《哲學通信》，上海：上海人民出版社 1961 年版，第 208 頁。
〔註74〕《十八世紀中國文化在西歐的傳播及其反應》，第 249 頁。

　　專業漢學發生的背景，恰恰是中國熱的消散，本土的專業漢學家代替了旅行家和傳教士。〔註75〕在專業漢學階段，漢學家從某種程度上真正轉向「中國本身」。但傳教士漢學留下的問題依然沒有解決，一直到當代漢學，對於中國文化的過分功利化、個人化、情緒化和本質化的讀解策略依然沒有消失。

〔註75〕在研究 17 到 18 世紀之交的歐洲漢學歷史時，其實人們都在面對一個悖論。那就是「中國熱」在十八世紀的退潮以及同時期專業的中國研究——漢學在法國和歐洲正式拉開了帷幕，兩者之間似乎顯得不太協調。然而如果換個角度，我們不妨將耶穌會士描繪的理想化中國（孔夫子、哲學王）破滅視為啟蒙運動之後的歐洲現代性走向成熟的標誌，而伴隨著「中國熱」的退潮興起的漢學研究，則是高度自信的歐洲將「異域」對象化和知識化的最初嘗試，從這一點而言，19 世紀初期專業漢學興起並不突兀，而是繼傳教士漢學之後歐洲內部一次自然而然的延續，其吸取了傳教士漢學的資料，並且採用理性、科學的方法論來處理中國問題，客觀的研究範式意味著一門學科的真正建立。以往的研究更多強調的是兩者之間的斷裂，似有不足。

第二章　西歐漢學家的中國文學觀範式問題

　　18世紀到19世紀之交是中國熱漸趨退潮的時期，也是傳教士漢學走向沒落的時期，1773年，羅馬教廷解散耶穌會，而法國更是早在1762年就頒佈了解散耶穌會的命令，直到1814才被教皇庇護七世重新恢復。〔註1〕1842年7月11日，三位法國籍耶穌會士才重返中國，此時傳教熱潮和中國熱已經早已退卻，物是人非，耶穌會面臨的中西實力對比和國家關係已經迥異，其影響力也不可與早期同日而語。

　　在庇護七世恢復耶穌會的同一年，法蘭西學院根據第26號法令任命年方26歲的雷慕沙（Jean Pierre Abel Rémusat, 1788～1832）爲漢文教授，主持「漢文與韃靼文、滿文語言文學講座」（La Chaire de langues et littératures chinoises et tartars-mandchoues）。在這位從未到過中國卻對中國情有獨鍾的青年才俊引領下，法國和整個西方的專業漢學研究拉開了帷幕，從此介紹和闡釋中國的使命正式由傳教士轉移到了學者專家身上。研究、介紹和分析中國不再是爲了傳教方便的輔助性手段，漢學研究不再需要類似傳教這樣冠冕堂皇的藉口，傳教士也不必身兼多職兩面不討好，在現代學科體制中，關於中國的學問有了堂而皇之的名目和位置。然而此時漢學（Sinology）這一名目還未出現，用「漢學」來指稱關於中國的學問是19世紀中後期的事情，直到此時「漢學」才從概念上與印度學、埃及學等學科正式區分開來。〔註2〕

〔註1〕　從明末到清初，共有472名耶穌會士在中國服務了190年。
〔註2〕　漢學的出現與「漢學」這個概念的最終成型確立之間還有一定時間上的斷層，根據德國漢學家傅海波（Herbert Franke）的考證：漢學（Sinology）是19世紀產生的用-ologies表示「領域」的許多詞彙當中的一個，在英語裏是相當年

漢學的學科化既是一種福音，也意味著話語或範式的形成。借用美國科學哲學家庫恩（Thomas Samuel Kuhn, 1922～1996）在《科學革命的結構》（*The Structure of Scientific Revolutions*）一書中提出的自然科學「範式」（Paradigm）概念，可以將人文和社會科學的「進步史」視為「範式」更迭的歷史。庫恩的「範式」概念與福柯（Michel Foucault, 1926～1984）提出的「話語」（discourse）概念具有類同性，不同的是後者強調更多權力與文化的共謀，而「範式」則強調一門學科內部的「科學共同體」對於方法論的選擇問題：和政治革命一樣，「科學革命也起源於科學共同體中某一小部分人逐漸感覺到：他們無法利用現有範式有效地探究自然界的某一方面，而以前範式在這方面的研究中是起引導作用的。在政治發展和科學發展中，那種能導致危機的機能失靈的感覺都是造成革命的先決條件」。〔註3〕

對於漢學家的中國文學觀研究而言，「範式」提醒我們：在不同的時代、不同的語境下，漢學家要處理的問題、材料和其所延伸的外衍都是不同的。成熟意味著理性、科學、可操作性，同時也有保守、僵化、抑制靈感等弊端。18 世紀啟蒙運動的結果，不僅在社會領域塑造了理性、知識、科學這樣的現代理想性主體，確立了進步主義的歷史哲學，同時更將某種科學主義思維澆鑄為歐洲人的思維模式，標榜客觀、真實的話語，其本身的真實性也必須經受批判與質疑。從遊記漢學虛無縹緲的想像，到傳教士漢學生拉硬扯的聯想，發展為專業漢學冷靜的客觀分析，三種漢學話語中其實都存在著各自的範式，只不過後者表現得不太明顯而已。

在專業漢學內部，法國漢學是西歐古典漢學的代表，英國漢學家的中國文學觀則更為重視文學翻譯問題，後起的德國漢學家重視學術對話而呈現出後來居上的態勢。總體上看，西歐漢學更多關注的是思想、哲學和歷史層面的中國，不妨姑且稱之為「理想的」「古典的」中國，這一點和美國後來的「中國研究」完全不同。二戰之後美國漢學進行了較大的範式革命，改變了西歐

輕的詞。第一次見於 1838 年，不久，再次見於 1857 年……把「漢學」解釋為「研究中國的事物」已是晚近之事，直至 1882 年才開始。因此可以說，直到 1860～1880 年間，希臘文和拉丁文雜交的「漢學」一詞才轉化為通常意義的詞彙。這個時期，中國研究和中國本身才逐漸凸現出來，成為學術上一個專門的課題。參見〔德〕傅海波「歐洲漢學史簡評」，胡志宏譯，載張西平編《歐美漢學研究的歷史與現狀》，鄭州：大象出版社 2006 年版，第 106 頁。

〔註 3〕 〔美〕托馬斯·庫恩著《科學革命的結構》，金吾倫等譯，北京：北京大學出版社 2003 年版。

漢學家的研究模式，然而後者並未消失。當前漢學家的中國文學觀呈現出多元文化、多種學術理路互動的趨勢。

第一節 法國漢學界的中國文學觀範式譜系

　　遊記漢學時代，分居亞歐大陸東西兩端的中國與法蘭西交往不多，法國商人很少像意大利同行那樣熱衷於同中國和遠東地區進行貿易交換，《馬可波羅行紀》對於法國的影響也漸趨式微；而在傳教士漢學時代的後期，法王路易十四排遣的幾名「國王的數學家」卻親身經歷和參與了影響深遠的中西「禮儀之爭」：大多數法蘭西耶穌會士周旋於保教權與法王命令之間，維護著「利瑪竇規矩」，傳教士李明（Louis-Daniel Le Comte, 1655～1728）的《中國近事報導》（*Nouveaux Memoires sur l'etat present de la Chine*）更是被推到了風口浪尖，巴黎索邦神學院（Sorbonne）正是通過攻擊本書過分美化中國從而掀起了一輪「去中國化」的熱潮。

　　在禮儀之爭前後，深受法國耶穌會士書簡影響的啟蒙哲學家伏爾泰、盧梭、孟德斯鳩、狄德羅、愛爾維修等人也在思想上產生了分化，借鑒中國建立起的理性與民主原則，反過來又成為攻擊中國腐敗、沒落和野蠻的精神武器，盧梭乾脆以中國為例來論證藝術與科學對社會無益，孟德斯鳩對中國的經典嘲諷「棍棒治理的國家」影響深遠，即使在以崇拜孔子著稱的伏爾泰那裡，到了晚年對於孔子和中國文化也是毀譽參半。在傳教士漢學的後期，中國形象對於法國思想界的影響產生了分化，有的人成為中國迷，也有人開始仇視中國，也有人對於中國態度曖昧，模棱兩可，這種分化背後折射出的是西方現代性成熟之後開始走出對於東方的浪漫幻想，將眼光從異域移諸自身。隨著傳教士漢學漸趨沒落，法國乃至整個歐洲不再癡迷甚至懶得反駁傳教士從遙遠中國發來的信箋、遊記與報告了。

　　與此同時，雷慕沙以其《中國人外國語研究》和《中國語言文學論》吸引了法蘭西教授、東方學家薩西（Antoine Isaac Sylvestre de Sacy, 1758～1838）的注意，後者多方奔走終於在 1814 年 12 月在法蘭西學院設立了中國語言和文學講座，從而使中國語言和文學的課程被正式納入到法國最高學府與科研機構當中，這是專業漢學誕生的標誌。專業漢學家興起後，開始用「以我觀物」的對象化思維將中國視為僵死停滯的歷史，以此為指導研究中國的傳統

語言與文字，繼而觸及到了中國文學的內部特徵，並奠定了 200 年來法國和整個歐陸漢學家的中國文學觀的古典人文學範式。在對中國的詩歌、小說和戲劇進行研究的歷史中，法國漢學界學科範式也有轉換，而期間體現的以我觀物的西方對象性思維，則基本沒有太大差異。

一、法國漢學的師承體系考辨

首先進入西方漢學家視野的是語言而非文學，早在 17 世紀即清初的葡萄牙傳教士漢學著作中就有所體現。葡萄牙人安文思（Gabrielde Magalhes, 1609～1677）的《中國新志》（*A New History of the Empire of China*）中，就提到了中國語言、文字之優美，但其中對《詩經》的解釋卻混淆六義，錯誤頗多。而其同胞曾德昭（Alvaro Semedo, 1585～1658）在《大中國志》（*The History of that Great and Renowned Monarchy of China*）中更為看重的則是中國書籍的印刷方式。然而無疑他們的眼睛是被傳教使命遮蔽了的。〔註4〕

中國文學進入法國是在 18 世紀。根據國內學者的考證，最早介紹到法國的中國戲劇，是 1735 年發表在杜赫德神父（P.Du Hades）編撰的《中國通志》第三卷的法譯元雜劇《趙氏孤兒》（*L'Orphelin de Tchao*），譯者是久居中國 30 年的馬若瑟（Joseph de Prémare）神父，當時圍繞著杜赫德的發表權問題還引發了一場公案。〔註5〕馬若瑟的譯本是節譯本，省略了所有唱詞，啟發也誤導

〔註 4〕 《大中國志》分兩部，第一部從不同角度介紹了中國的風土人情、文化器物，結尾提到了西安出土的景教碑；第二部就接著開始回顧從沙勿略到利瑪竇再到曾德昭等人的傳教士，為了傳播福音所走過的艱難道路。本書有和其他傳教士文本類似的「以西解中」特徵：如用學士、碩士和博士來解釋中國科舉的秀才、舉人和進士，但對於當時中國社會的風貌，則以外國人的超越眼光，有了更客觀的評價，基本上忠實於歷史事實。例如，對於中國繁複禮儀的描述，對於中國書籍只印單面，然後折疊成雙面的細節，對於董賢、大禹、唐太宗等歷史典故的評價，都帶有外國人的驚歎，對異教徒在倫理、政治、家庭領域超過歐洲的成就，也都予以承認。詳參〔葡萄牙〕曾德昭著《大中國志》，何高濟譯，上海：上海古籍出版社 1998 年版；〔葡萄牙〕安文思著《中國新史》，何高濟等譯，鄭州：大象出版社 2004 年版；計翔翔著《十七世紀中期漢學著作研究——以曾德昭《大中國志》和安文思《中國新志》為中心》，上海：上海古籍出版社 2002 年版。

〔註 5〕 據儒蓮說，馬若瑟完成翻譯《趙氏孤兒》是在 1731 年，當時將譯文手稿託付給兩位朋友帶往歐洲給漢學家傅爾蒙先生（M.Fourmont），然而兩人卻將手稿交給了杜赫德，後者收入《中國通志》發表，傅爾蒙後來發現後嚴屬斥責杜赫德神父，並在《中國語法》一書中插入一段馬若瑟神父的來信內容，一時

了啓蒙哲學家伏爾泰對於這個中國故事的理解。最早介紹到法國和歐洲的中國小說則是殷弘緒（Le Pére d'Entrecolles, 1662～1741）神父從《今古奇觀》中選取了《莊子休鼓盆成大道》、《懷私怨狠僕告主》和《呂大郎還金完骨肉》三個故事，以概述故事情節的形式編譯成法文，分別發表在《中國通志》第三卷的第292～303頁、304～4324頁以及321～338頁。最早介紹到法國的中國詩歌同樣來自馬若瑟翻譯的《天作》、《皇矣》、《抑》等8篇《詩經》，收入了《中國通志》（1736年）。〔註6〕

　　專業漢學的發生與發展，首先是圍繞著中國古典文本和文獻的翻譯與介紹進行的，而文學作品在其中佔據了重要篇幅，具有不可替代的地位和難以抵禦的魅力。從雷慕沙開始的法國專業漢學家，無一例外地對於中國文學懷有濃厚興趣，產生了一大批研究成果。下面擬對1814年以來幾位重要漢學家的師承關係做簡要介紹，以便梳理清楚法國專業漢學的發展脈絡。

　　法國首任漢學家雷慕沙1826年出版了自己翻譯的《玉嬌梨》，並編撰了三卷本《中國短篇小說》。雷慕沙的弟子則是儒蓮（Stanislas Julien, 1797～1873），後者在雷慕沙英年早逝後主持法蘭西學院漢學講座達半個世紀之久，重譯了《玉嬌梨》，並留下了《灰闌記》、《趙氏孤兒》、《平山冷燕》、《白蛇精記》等譯作。儒蓮的弟子則包括安托萬·巴贊（Antoine Bazin, 1799～1863）、埃爾維·德·聖——德尼（Hervey de Saint-Denys, 華名德理文, 1823～1892）和泰奧多爾·巴維（Theodore Pavie, 1811–1896）。其中，巴贊於1838年發表了《中國戲劇選》，並於1841年出版了明代戲劇《琵琶記》的法譯本（*Le Pi-Pa-Ki ou Lhistore du Luth*），並於1835年出版了《近代中國或有關這個龐大帝國的歷史和文學的文獻記載》，對於中國小說和戲曲進行了總體介紹。德理文的研究領域包括譯介唐詩，並且從《今古奇觀》中選譯過12篇短篇發表，譯文之優美頗受好評。泰奧多爾·巴維則翻譯了《三國志》，也即羅貫中所寫的《三國演義》。

　　18世紀與19世紀的法國漢學形勢完全不同。18世紀漢學的中心是在北京，從事者主要是法國的耶穌會士如李明（Louis le Comte, 1655～1728）、劉應（Claude de Visdelou, 1656～1737）、洪若翰（Jean de Fontaney, 1643～1710）、

　　　　引發了激烈爭論。參見儒蓮「《趙氏孤兒》法譯前言」，載錢林森編《法國漢
　　　　學家論中國文學——古典戲劇和小說》，北京：外語教學與研究出版社2007
　　　　年版，第1頁。
〔註6〕　參見馬祖毅、任榮珍著《漢籍外譯史》，武漢：湖北教育出版社2003年版，
　　　　第171頁、第190頁。

白晉（Joachim Bouvet, 1656～1730）、傅聖澤（Jean-François Foucquet, 1663～1740）等人，法國國內的弗雷萊（Nicolas Freret, 1688～1749）、傅爾蒙（Etienne Fourmont, 1683～1745）等人則相對建樹不多且謬誤百出。19 世紀則隨著禮儀之爭的塵埃落定、法國大革命爆發以及雍正乾隆兩朝教案影響下耶穌會士被驅逐等事件，中國與法國的「實際聯繫」淡薄許多，恰恰在此時，在法國東方學框架內成立了漢學這一專業，使得漢學成爲一門現代知識形態。這就造成了兩種結果，一方面是漢學家的學者化，法國新一代漢學家身上具有濃鬱的古典人文學色彩，在研究方法上也準備充分且信心百倍；另一方面，他們卻沒有了耶穌會士那樣親自觸摸中國的機會，用戴密微的話說缺少「現場」實踐，使得其研究頗有霧裏看花的隔膜感。

　　19 世紀之後的法國漢學圍繞著兩大中心機構展開。最早是法蘭西學院（L'Institut de France）的漢語教授席位，在弗朗索瓦一世國王的支持下，法蘭西學院於 1530 年成立，教席的設立要經由教授大會表決，法蘭西學院從一開始就將東方學列入教學科目，像希伯來語、阿拉伯語、古敘利亞語、土耳其語、波斯語等早在 18 世紀都已經有了相應的教席，但長期以來漢語教學卻處於尷尬的邊緣地位。19 世紀初在東方學首領西爾維斯特·德·薩西（Silvestre de Sacy, 1758～1838）的關心與支持下，全體教授決定接受漢學的學科，從此漢學才進入最高研究機構被人承認。

　　在東方學背景下設立的漢語教席，自然具有某種東方學的特徵，雷慕沙關心的問題主要有兩類，一是語言，一是中國的歷史地理。正如戴密微後來所分析的：「19 世紀法國漢學界傾向於考察中國與其他亞洲國家及世界的關係，傾向於與其說是研究中國內部本身，還不如說是爲了世界通史而挖掘中國的資料，人們完全可以責備，這是漢學研究中的一種『流行病』。這種「流行病」體現出東方學思維影響下，中國被作爲純粹的對象「知識」納入西方的認知框架的某種「塡補空白」作用。這種流行病隨著清晰的師承脈絡而延續，通過對法蘭西學院漢語教席的歷史分析可以發現，雷慕沙去世後，繼承這一席位的是其弟子儒蓮，儒蓮之後則是埃爾維·德·聖——德尼侯爵（歐洲最早對中國詩歌感興趣的人之一，在 1867 年巴黎世界博覽會上還曾替拒絕參加的清政府精心布置了中國館展廳），而繼承聖——德尼職位的埃瑪紐埃爾——愛德華·沙畹（Edouard Chavannes, 1865～1918）雖然出自東方語言學校，卻與儒蓮——巴贊這一脈有著千絲萬縷的聯繫。

　　法國漢學的第二條脈絡——東方語言學校（Institut national des Langues et Civilisations orientales），是法國大革命時期根據 1795 年國民公會頒佈的一項法令建立起來的，前身是 1669 年路易十四創立的翻譯生學校，起初的目的是為了培養近東語言翻譯者，鴉片戰爭後東方語言學校設立了通俗漢語教授席位，同法蘭西學院的學究式比起來，東方語言學院更具有實踐和實用色彩。值得一提的是第一位教授就是儒蓮的學生巴贊（Antoine Bazin, 1799〜1863），巴贊去世後，其老師儒蓮兼任了這一席位長達六年，之後是波蘭公爵亞歷山大・克萊茨考夫斯基（Alexandre Kleczhowski, 1871〜1886）和加布里埃爾・德韋利亞（Gabriel Deréria）相繼接任，德韋利亞是位出色的語言學家和歷史學家，他也恰好是沙畹就讀東方語言學校的老師。

　　沙畹門下有三大學生，分別是文獻學家伯希和（Paul Pelliot, 1878〜1945）、歷史學家馬伯樂（Henri Maspéro, 1883〜1945）和社會學家葛蘭言（Marcel Granet, 1884〜1940）。伯希和以敦煌學研究而著稱於世，也引發了眾多爭議，同不懂中文的英國人斯坦因（Marc Aurel Stein, 1862〜1943）相比，1908 年伯希和用 500 兩白銀其從敦煌王道士手中買走了包括唐代新羅僧人慧超《往五天竺國傳》和景教的《三威蒙度贊》在內的絕品文物，引起了羅振玉、王國維等國內學者的注意，1911 年，法蘭西學院專門為伯希和設立了中亞語言、歷史、考古教授席位；馬伯樂則於 1821 年繼承了老師沙畹的法蘭西學院中文教席，不過在二戰期間的 1946 年，馬伯樂死於納粹集中營，沙畹的另一名學生戴密微繼任法蘭西學院中國語言文化教授，直至 1964 年退休。葛蘭言則擔任過東方語言學校「遠東史地」講座教授。

　　時至今日，活躍在法國和西方漢學界的學者們也多是出自這一師承脈絡。在戴密微的諸多學生中，繼他之後成為法蘭西學院教授者，便有專門研究印度小乘佛教的安德烈・巴羅（André Bareau, 1921〜1993）、漢學家謝和耐（Jacques Gernet）、專攻日本佛教文化的專家貝納爾・佛蘭格（Bernard Frank）。此外中國詩歌的研究也多是戴密微的學生繼承乃師遺志的結果，20 世紀 60、70 年代，由他的學生或就教於他的法國當代知名的中國古詩專家編譯著述的《宮廷詩人司馬相如》（吳德明，Yves Hervou t, 1921〜1999）、《古詩十九首》《牧女與蠶娘》（桀溺，Tean Pierre Dieny, 1927〜）、《嵇康的生平和思想》《詩與政治：阮籍》（侯思孟，Donald Holzman, 1926〜）、《唐詩語言研究》（弗朗索瓦・程，Franois Cheng, 1929〜）等著作，把中國古詩的研究推到了一個新

的階段〔註7〕。而在東方語言學校，馬塞爾‧葛蘭言與伯希和的授課則培養了一代大師艾田伯。

比較文學大師艾田伯（René Etiemble, 1909～2002）出身於社會底層，卻也同樣隸屬於法國漢學的師承體系，浸漬了前輩漢學家的學術思想。在進入位於巴黎市中心烏爾姆街的巴黎高等師範大學後，艾田伯面臨教師資格會考的選擇問題，在社會學家布格雷（C.Bouglé）的勸說下，他放棄了借研習中國哲學而參加哲學教師會考的想法，轉而參加了語法教師資格會考。而正是在東方語言學校，艾田伯學習了中文，並且聆聽了馬塞爾‧葛蘭言與伯希和的課，在艾田伯八十歲時，依然滿懷幸福感地懷念起自己當初跟隨中文大師四處聽課的歲月。可以說，艾田伯是葛蘭言與伯希和共同的學生，最大程度地傳承了漢學家對於遠東尤其是中國文學的推崇，並將其融入艾田伯自己的比較文學思考中，以漢學為中介在比較文學領域掀起了一場範式革命。〔註8〕

總之，法國漢學從 1814 年開始就始終是圍繞著法蘭西學院和東方語言學校這兩所機構的教授席位展開了脈絡較為清晰的師承關係，彷彿綿延不盡的家族，其學風的延續性也可想而知。

脈絡清晰的師承關係無疑對學術群體的傳承與發展有著重要作用，法國漢學長期以來佔據了西歐漢學的核心地位，甚至一些重要的漢學刊物延續了這種一脈相承的風格，師承關係保證了學風的延續性，如 1890 年法國與荷蘭聯合創辦的第一份國際漢學雜誌《通報》（T'oung Pao），時至今日扮演著西歐漢學的風向標，也維繫著法荷兩國合辦漢學的傳統。〔註9〕

〔註7〕 程紀賢 1968 年出版的（弗朗索瓦‧程）《唐代詩人張若虛詩歌的結構分析》是法國研究唐代詩人的第一本專論。

〔註8〕 這段往事參見〔法〕艾田伯著《比較文學之道，艾田伯文論選集》，胡玉龍譯，北京：三聯書店 2006 年版，第 211～212 頁。遺憾的是本書中譯者對伯希和和葛蘭言等名字採取了音譯，似乎不太恰當。

〔註9〕 通報的創辦源於兩位漢學教授亨利‧柯蒂埃（H. Cordier, 1849～1925）和施古德（又名薛力赫 G. Schlegel, 1840～1903）於 1889 年在斯德哥爾摩召開的第八屆國際東方學者代表大會上的會晤。包括高第和施古德在內，早期《通報》的歷任主編均是西方漢學大師，如繼施古德之後的漢學泰斗沙畹（E. Chavannes），因敦煌研究而極富盛名的伯希和（P. Pelliot）以及跨越二戰前後擔任主編的戴聞達（J. J. L'Duyvendak）。二戰後至今，戴密微（P. Demiéville）、何四維（A. F. P. Hulsewé）、許理合（E. Zürcher）、謝和耐（J. Gernet）、伊維德（W. L. Idema）、魏玉信和田海（B. J. T. Haar）分別擔任過《通報》主編。楊惠玉「論西方漢學雜誌《通報》及其對中國科技的關注」，載《復旦學報》2007 年第 4 期。

　　需要補充的是敦煌學對於法國漢學家的中國文學觀的重要意義，敦煌的文學研究價值最早是由英國漢學家發現的，兩次世界大戰期間，英國漢學家從敦煌文書中翻譯了兩卷文學內容的文書，一卷為干寶的《搜神記》，在 1921 年出版；另一件為《秦婦吟》，出版於 1925 年。後來伯希和等法國漢學家親身到敦煌發覺了許多文物，其中一些非常具有當地語言特色的文學作品，引起了漢學家極大重視。另一方面，敦煌被發現後，隨著專業性的增強，出現了「敦煌在中國，敦煌學在西方」的現象。但西方的敦煌學逐漸走向了考據癖，距離現實越來越遠。1952 年戴密微提出了敦煌文書對研究中國文學史有重大意義，並且翻譯和分析了一系列當地方言寫就的佛教文學作品。戴密微將《敦煌曲》譯為法文（1971），翻譯和研究了兩位敦煌地區流行的詩人作品：《王梵志詩》和《太公家教》（1982），他的幾個學生如蘇遠鳴、吳其昱、陳祚龍等也進行了相關研究。敦煌學體現了西方學者高度重視中國周邊「四裔之學」的特點，就當代敦煌學而言，不論是西方還是東方，文學研究的焦點還是在「變文」。

二、追根溯源：索隱派情結與漢語形象

　　在整個 19 世紀，法國漢學在整個學術體系中的地位不過是為了填補某些「東方學」的空白，為了編撰完整意義上的世界通史而不得不挖掘中國的資料。因此 19 世紀法國漢學家對於中國文學的重視普遍不夠，無論是雷慕沙、儒連還是巴贊，他們的著作雖然非常準確，體現了當時歐洲人文科學的進步，然而「相對來說，由於缺乏哲學和美學方面的好奇心，忽視了文學作品；當然歐洲人的優越感為語言文學的比較設置了障礙，這是 19 世紀的特點」。經過 20 世紀兩次世界大戰後，這種態度才有所改變。〔註10〕

　　時至今日，在當代漢學家的許多著作中，我們依然能察覺到對語言問題的高度重視，例如謝和耐就認為：印歐語系更能催生出基督教中的先驗性元素，漢語則更傾向於用稍縱即逝的感官信息理解現實。這一觀點引起了較大爭議，但倘若與中國文字的象形特徵結合起來，卻成為當代許多學者論述漢語之美學、文學特徵的出發點。〔註11〕

〔註10〕 〔法〕戴密微「法國漢學研究史概述」，胡書經譯，載張西平編《歐美漢學研究的歷史與現狀》，第 207 頁。
〔註11〕 有的中國學者就認為：漢語具有一些天然的文學功能，例如詞語的具象性、體制的整一性、表達的簡約性、意象的朦朧性、內容的抒情性等等，「作為一

　　然而，在追溯雷慕沙開創的法國與歐洲專業漢學講座，以及漢學研究偏重文獻與語言的歐陸傳統時，在分析馬若瑟神父譯介中國文學的訴求時，我們不難看出當時早期漢學家們對於漢語所寄予的過多希望，甚至發展到了過分苛求的境地。

　　在中國古典文學的譯介方面，馬若瑟神父可謂法國乃至歐洲漢學界的奠基人。那麼，馬若瑟究竟為什麼要翻譯中國的詩歌與戲曲？其深層目的又是什麼？

　　據記載，法國耶穌會士神父馬若瑟（Joseph de Prémare, 1666～1735）於康熙三十七年（1698 年）來華，到過江西饒州、建昌、南昌等地。馬約瑟在華三十年，見證了耶穌會士同康熙皇帝的一段蜜月期，也親歷了雍正即位後對耶穌會的冷漠、驅逐再到懲罰，雍正十三年馬若瑟死於澳門。正如馬若瑟自己在《春秋論》自序中所說：「瑟於十三經、廿一史，先儒傳集，百家雜書，無所不購，廢食忘寢，誦讀不輟，已十餘年矣。」他精通中國語言，並且為法國王家圖書館收集了很多中國書籍，包括名人臧懋循編選的《元曲選》。但由於其索隱派的少數派身份，馬若瑟的學術研究始終得不到同時代的耶穌會士同僚和歐洲上司的承認，馬若瑟被輕視，他的論文無法發表，〔註12〕他耗盡畢生精力寫就的漢語研究著作《漢語札記》（又譯《中國語札記》），費盡周折，幾經託付（包括多次寫信請求法國科學院院士傅爾蒙的支持）卻無法出版，直到死後百年的 1831 年才由英國傳教士在馬六甲出版。

　　通過對馬若瑟一生的簡要梳理，可以得出以下結論：

　　首先，馬若瑟同傅聖澤、白晉都屬於耶穌會士中的索隱派學者，這一派人數不多，屬於 17 世紀歐洲推理性神學思潮的變體。當時耶穌會內有一些學者主張世界各地都能找到基本的天主教義，並力圖以象徵式的聖經釋經學技巧來破譯各個民族的典籍。新思潮的領軍人物基歇爾（Athanasius Kircher, 1602～1680）神父就曾經出版過一本《埃及的底比斯王》（*Oedipus Aegyptiacus*），通過上述分析方法得出結論：埃及象形文字秘藏的「不是歷史，也不是對君王的頌詞，而是至高無上的上帝的奧秘」。這種索隱派方法應用到中國就產生

種長於抒情的語言，導致了中國文化中的詩化傳統及特殊品格」。李平著《西方人眼中的東方文學藝術》，第 4～5 頁。

〔註12〕例如：由於索隱派理論招致的反感，同為耶穌會士的郝蒼壁（Julien-Placide Herieu，1671～1746）是馬若瑟的頭號敵人，作為法國傳教會 1719～1731 年的會督，他拒絕馬若瑟發表任何一篇關於索隱學研究的文章。

了所謂的中國索隱學派，他們將應用於《舊約》中的索隱學或象徵學的釋經法應用於某些古老的典籍，形成了一整套複雜的解釋系統，於是他們相信這些古籍不屬於中國，而是屬於猶太基督教傳統，包含有上帝和彌賽亞。索隱派正是從中發現了將基督教播撒中國的某種希望。然而，這 耶穌會內的團體規模狹小，以白晉開始，傅聖澤和馬若瑟繼任，短暫即逝，僅僅在 17 世紀最後十年到 18 世紀中期盛行過，並且在 18 世紀二三十年代被歐洲學者廣為嘲笑〔註13〕，但索隱派的出現也可以視為法國漢學中獨樹一幟的派別。〔註14〕這種通過比喻或象徵而非歷史來解釋中國典籍的做法，可以視為將西方神學中的闡釋學傳統（Hermetism）移來中用，也誕生了一批很奇特的文本，白晉和傅聖澤都以索隱派的視角解讀過詩經，其中白晉用《聖經》解釋《詩經·大雅·生民》的情節，而傅聖澤也翻譯過《詩經》並醉心於這種穿鑿附會，後者歸國時帶走了大量漢籍，言談交遊之間還影響了孟德斯鳩、伏爾泰等西方思想家。〔註15〕儘管對具體問題的認識同白晉和傅聖澤有所不同，然而馬若瑟終其一生確是堅定的索隱派人士。

馬若瑟等索隱派教士是帶著某種尋寶般的神秘主義情節分析中國古代的哲學與文學著作的，從這些古籍中，他們看到的不是韻味悠長的故事，也不是發人深省的哲思或者細膩嫻雅的美感，而是直接的功利要求：瞭解中國語言的奧妙。馬若瑟對待中文的態度，就如同基歇爾在面對埃及象形文字時一般狂熱。在中文世界裏，馬若瑟找到了符合自己理念的證據，這種狂喜壓倒了他，使其堅定了自己的理論前提，並進一步將索隱派體系化。這是某種理念先行的傾向，其背後是歐洲人「以我觀物」的思維習慣，中國文字寫就的作品成了索隱派理論的實踐對象。這些漢學家很少想過對自己的理論做減法，滌除雜質，擱置價值判斷。

〔註13〕 例如雷慕沙就批評傅聖澤：「諸教士最盼在中國文字中發現基督教之秘跡者，莫愈於聖澤，彼謂其眩惑之極至於迷亂……竟謂中國古籍中之某山，即是耶穌被釘於十字架之山；譽文王周公之詞，即是譽救世主之詞；中國之古帝，即是聖經中之族長」。專業漢學誕生之後，科學壓倒了神學，索隱派很快銷聲匿跡，但這種思維慣性其實對當代西方漢學家也有潛在影響。轉引自費賴之著《在華耶穌會士列傳及書目》，馮承鈞譯，北京：中華書局 1995 年版，第556 頁。

〔註14〕 〔丹麥〕龍伯格著《清代來華傳教士馬若瑟研究》，李眞等譯，鄭州，大象出版社 2009 年版，第 5～9 頁。

〔註15〕 參見周發祥、李岫主編《中外文學交流史》，第 158 頁～159 頁。

在鴉片戰爭之後，馬若瑟式的索隱派情結也埋藏在漢學家群體當中。雖然博學的漢學家業已爲專業的學者所替代，研究者的雄心與虔誠已經轉化爲對歷史、文物的客觀研究與觀察，耶穌會士也被專業學者或新教傳教士所取代。饒是如此，索隱派餘孽猶存。1873 年，理雅各（James Legge, 1815～1897）在參觀天壇時脫鞋示敬，激怒了許多外國傳教士，理雅各則解釋說：我感到自己來到了「聖地」。理雅各貌似離經叛道的舉動，背後還是一種索隱派的情結。正是由於溝通中西方典籍的衝動，使得理雅各堅持認爲古代中國人已經在典籍中認識了猶太──基督教的「上帝」，也心安理得地將中國儒家經典中的「上帝」翻譯爲「God」。〔註16〕

索隱派思維也同當時歐洲的另一種尋找原初語言的熱潮結合在一起。基歇爾本人既是索隱派學者，也是原初語言的追求者。因此，索隱派思維就表現爲對非西方語言本身的高度重視，中國的文學不過是認識中文奧秘的窗口，中國人雖然擁有《易經》《詩經》這樣的古籍，但他們理解不了自身的傳統，更意識不到古籍文字中蘊含的天主教啓示，因爲中國人沒有掌握西方先進的解釋方法。馬若瑟將「本質──現象」的二元對立思維應用到了中國語言學習領域，於是提出對語法結構的高度重視，畢竟，浩如煙海、紛繁複雜的漢字只是假象，要掌握中文，必須要尋找到抽象的結構，就是最爲簡明扼要且實用的語法。透過現象要看到本質，透過語言現象要看到語法，在掌握了語法之後，就可能透過文字內容看到索隱派眼中的聖經啓示了。

在馬若瑟的一生中尤其是最後的日子裏，傅爾蒙扮演著特殊的角色。1725年，馬若瑟在一些過期的《特里武論文集》（Mémoires de Trevoux）中讀到了1722 年傅爾蒙的一次公開演說摘要，談到了華人黃嘉略的翻譯工作，以及傅爾蒙本人接續黃嘉略的研究而對中國語言所做的大量工作。馬若瑟懷著熱忱的希望接近傅爾蒙，從 1725 年到 1733 年間，馬若瑟給傅爾蒙寫了多封信件，其中也包括了前文提到的《趙氏孤兒》的翻譯，甚至將自己的《漢語札記》手稿託付給傅爾蒙出版，希望能夠借助傅爾蒙實現自己的夢想。正如歷史上記載的那樣，傅爾蒙不是一個可信賴的朋友，馬若瑟指望傅爾蒙改變自己被教會放逐和疏遠的潦倒命運，然而最終等來的是令人失望的《傅爾蒙先生著作目錄》（Catalogue des ouvrages de Monsieur Fourmont l'ainé），這份目錄表

〔註16〕〔美〕孟德衛著《1500～1800 中西方的偉大相遇》，江文君等譯，北京：新星出版社 2007 年版，第 169 頁。

明：其實傅爾蒙在和馬若瑟通信的過程中，完成了 856 頁《漢語論稿》，他壓根沒有想過幫助馬若瑟出版《漢語札記》。非但如此，為了避免馬若瑟的《漢語札記》先出版，1929 年 9 月，傅爾蒙竟然讓皇家圖書館管理員將馬若瑟的手稿保存起來。〔註 17〕

傅爾蒙的研究方法說起來很簡陋甚至天眞幼稚，就是將明代梅膺祚在《字彙》（1615 年）中發明的 214 個部首（今天的國內字典依然沿用）表述成為「可以用來組成短語」的詞語，「它們概括了人類始祖的歷史，他們的進化過程，以及其藝術等等」。如今，傅爾蒙充滿謬誤的手稿連同他飽受爭議的人品一樣靜靜地埋在圖書館的塵埃中。這段公案的意義超越了馬若瑟與傅爾蒙的個人恩怨，而涉及到知識背後的權力爭鬥。從知識論的角度看，馬若瑟代表的是科學的語言學，事實上，《漢語札記》具有簡便實用的特點，成為啓發後來西方人研究中國語法的先驅。〔註 18〕透過馬若瑟同傅爾蒙的通信，尤其是最後一封飽含憤怒與譴責的信，可以看出除了對於傅爾蒙的不忠實感到憤慨之外，馬若瑟更為不滿的是身為科學院院士的這種「公開造假」，因為梅膺祚的 214 個部首根本就無法組成什麼含有深意的詞語，傅爾蒙厚厚的《漢語論稿》只是漢字的堆砌而已，現象的堆砌掩蓋了本質，阻礙了對於一門語言文字的掌握。

從積極角度看，馬若瑟代表了科學精神的萌芽。18 世紀啓蒙運動取得的成果也在於這種追溯現象背後本質的理性，抽象化的過程也就是將具體與抽象、對象與規律區別開來，這種思維還體現為《漢語札記》中對書面語與口語的區分，用雷慕沙的話說，這是一次劃時代的進步。正因為馬若瑟將中文當成絕對特殊的象形文字，才得以跳出了印歐語系的定勢思維，避免了傅爾蒙式的失誤。

從當代語言學的角度看，這種研究方法沒有任何問題。關鍵在於，如果同索隱派神學的訴求結合在一起，從中就不難透視出早期漢學家重視文學尤其是

〔註 17〕　《清代來華傳教士馬若瑟研究》，第 24 頁。

〔註 18〕　馬若瑟的《漢語札記》並非第一部漢語語法書，早在 16 世紀天主教傳教士第一次來華時，多明我會傳教士就開始有意識地編寫過一系列語法書，包括最早的高母羨（Juan Cobo）著《支那語法》（Arte de la lengua China），此外還有徐方濟（Francisco Díaz）、黎玉範（Juan Bautista de Morales）、萬濟國（Francisco Varo）等，作者均為多明我會教士，這些著作均受到拉丁文語法的影響。轉引自劉禾著《帝國的話語政治：從近代中西衝突看現代世界秩序的形成》，楊立華等譯，北京：三聯書店 2009 年版，第 267 頁。

背後的「中文性」的眞正緣由。馬若瑟的眞正思路不妨概括爲以下幾個步驟：
　　梳理文學作品及語言現象——歸納中文語法——眞正掌握中文
　——讀懂中文典籍（甚至比中國人理解的更深）——掌握未被發現
　的神學啓示〔註19〕

透過馬若瑟的入思路徑，在那個特殊時代，神學與科學、信仰與知識之間的微妙關係也就不言而喻了。馬若瑟所開啓的以語言學爲目的研習中國文學的先例，在漢學專業界得到了回應。在法國，語言與文學的優先地位從法國第一位漢學家雷慕沙主持的歷史上第一個漢學講座就可見一斑。漢學研究中文學或者準確地說中國語言文學從一開始就佔據了重要地位。當時，雷慕沙開設的課程名稱恰恰是「漢語、韃靼、滿語與文學講座」，每周講三次課，內容包括中國的口語和書面語、六書、文體、語法和文學作品等。沿用了四年後，1818 年改爲「中國語言和文學」。這種對於語言和文學的重視，從一開始就成爲法國漢學的傳統。雷慕沙在馬若瑟被歷史和人爲耽誤的《漢語札記》於 1831 年出版後，對其進行了高度評價，並且雷慕沙本人的《漢文啓蒙》（*Elémens de la grammaire chinoise*）也在很大程度上受到了馬若瑟的影響：「我坦白地承認本書的不少例句都選自馬若瑟神父和其他一些人的著作，此後我會提及」。甚至雷慕沙死後兩年後，漢學家諾依曼（Carl Friedirch Neumann, 1793～1870）還撰文非難雷慕沙「他的《漢文啓蒙》只不過是耶穌會士馬若瑟那本偉大的、完整且博學的著作的摘抄本。雷慕沙曾在序言部分暗示過這一事實，但在另一個地方他又退縮了。」〔註20〕後來，保羅・戴密微將雷慕沙的書譽爲歐洲「第一部科學的從普通語言學的角度論述漢語語法的學術性著作」〔註21〕，而戴密微對《漢語札記》的評價則與雷慕沙的讚譽如出一轍：「這部語法著作劃清了白話與文言的界限，並把它們作爲兩個相連的章節進行論述；他的分析盡力擺脫歐洲語法傳統框框的束縛。」〔註22〕

〔註19〕文學一直扮演著外國人學習漢語的「工具」角色，在馬若瑟之前的耶穌會士高層范禮安就提出：傳教「最重要之條件，首重熟悉華語」，而馬若瑟之後，19 世紀英國外交官威妥瑪（Sir Thomas Francis Wade）編撰於 1867 年的《語言自邇集》就曾經收入《西廂記》的簡寫本——《踐約傳》，目的就是借助文學的樣板而學習中國語言。

〔註20〕《清代來華傳教士馬若瑟研究》，第 246～248 頁。

〔註21〕〔法〕戴密微：《法國漢學史》，見戴仁主編《法國當代中國學》，耿昇譯，北京：中國社會科學出版社 1998 年版，第 27 頁。

〔註22〕《漢籍外譯史》，第 165 頁。

正是在這種思想指導下，法國乃至整個歐洲漢學都格外重視文本分析和文獻考據。後來，當清王朝的大門被歐美列強的炮艦轟開，探險家斯坦因發現和掠走了敦煌文書，傳到歐洲後爲伯希和等漢學家的研究開啓了新的視域，現代研究方法與掠奪來的珍貴文獻相結合，成就了19～20世紀上半葉歐洲漢學一道罪惡的輝煌。這種對於語言、文學、材料的重視，直到美國漢學興起後也沒有衰落，而是構成了同美國中國學研究分庭抗禮的歐陸漢學傳統。〔註23〕在法國乃至整個西歐漢學研究中，語言與文學是並置且關係緊密的，語言文學是引領漢學前進的動力。另一方面，從後來出現的「Sinology」一詞的詞根來看，是由拉丁文的「Sinae」（中國）和希臘文的「Lógos」（λόγος）組合而成的，體現出語言研究對於早期專業漢學的重要意義。

三、語言中心主義的文化政治學反思

薩義德《東方學》啓示我們從「知識——權力」關係的角度審視西方學院體制內的「東方學」貌似客觀實證研究背後隱含的帝國主義因素，推而廣之，這種「知識——權力」分析方法可以應用於西方其他「非東方學」的學科當中，例如國際關係學、法學、語言學等等。正如劉禾在最近研究中提出的新思路一樣，從跨文化與跨語境研究的角度，有可能打破索緒爾語言學傳統所遮蔽的東西方文化關係對於現代國際秩序和人文學科的潛在影響，重新審視當代國際秩序的種種指涉、概念與符號背後所包含的殖民主義歷史氣息，這樣許多不言自明的「自然法」（natural law）有可能恢復其「成文法」（positive law）的一面，許多我們本以爲西方歷史自身孕育的學科有可能現出類似東方學般的色彩。劉禾借助了德里達對於索緒爾（Ferdinand de Saussure, 1857～1913）語言學的批判，在翻譯學的意義上提出了新的符號——衍指

〔註23〕必須注意的是，法國耶穌會士長期以來服務於清廷，在許多時候滿文學習任務要比漢文重得多，因此在當時產生了一種奇怪的現象，即耶穌會士的滿文水平比漢文水平要高，甚至產生了某種奇怪的論調，即滿文比漢語更接近西方語言。許多耶穌會士將西方的醫學、物理學著作譯成滿文，而從《耶穌會士中國書簡集》來看，介紹給歐洲讀者的許多中文書籍也是經由滿文本翻譯過來的。滿文成了17～18世紀中西文化交流的媒介語言，以當時歐洲漢學的入門者往往不是直接學漢語，而是先學滿語，也導致了戴密微所詬病的缺乏好的中文詞典與語法書的現象。耶穌會士雖爲19世紀漢學發展奠定了基礎，卻也引發了一段彎路。參見王毅、李景鑫「互識與溝通：耶穌會士與中西文化交流」，載《邯鄲學院學報》2006年第4期。

（super-sign）符號，這種符號跨越了單一語言範圍，體現出翻譯的不一致及其背後的西方中心主義色彩，例如英國人對於「夷／i／barbarian」的翻譯與定位，表現在《天津條約》中為「夷」字大動肝火，甚至明文規定今後清政府禁止使用「夷」字指涉英國人，將這一本不具有歧視色彩的字眼上昇為國際交往的尊嚴問題。其中，漢學家馬禮遜出於為東印度公司的現實利益考慮，將「夷」字由「foreigner」改譯為包含「野蠻人」涵義的「barbarian」，助長了英國人對於這一漢字的誤解，甚至起到了為戰爭推波助瀾的作用；而之後美國漢學家費正清等人主編《劍橋中國史》時，為論證古老中國的閉關鎖國與盲目自大，也推翻了理雅各等早期漢學家的正確譯法，將「夷」改譯為「barbarian」。

漢學家對於語言翻譯的中介作用不應被低估，有些極端情況下，翻譯甚至可能改變世界歷史進程，將兩個民族推向戰爭。這種思路也進一步拓展了薩義德《東方學》的傳統指涉，薩義德分析的焦點尚局限在那些明顯是以東方為研究對象的學科，但劉禾等人的研究表明，即使在西歐語言學內部，諸如語法問題、語言的來源和分類問題，其實也包含著帝國對於世界秩序的操縱慾望。

17 世紀尋找原初語言的衝動代表了人類尚未走出《聖經》所描繪的美好歷史，歐洲的現代性思維尚未成型，進步主義的歷史觀還未取得絕對統治力，因此包括韋伯、馬若瑟、基歇爾乃至萊布尼茨在內的學者們才會孜孜以求復歸「原初語言」。此時的「原初語言」隱含了萊布尼茨等歐洲學者較為平等的世界主義理想，當時萊布尼茨呼籲請求中國向歐洲派遣傳教士進行交互傳教。

馬若瑟當時對中文的迷戀體現了當時歐洲的思想風潮。正如孟德衛（David E.Mungello, 1943～）所說：「早期漢學家的觀點之一是堅信存在一種『漢語入門』（Clavis Sinica）或『漢語捷徑』，將會大大簡化和減少掌握中文所需要的學習量。發現這種入門的想法源於一種觀念，即存在一門原初且普世性的語言。對許多亞洲未知語言的發現重新勾起了歐洲人對《聖經》中因巴別塔而引起的語言增長說法的記憶，即認為上帝賜予亞當的原初語言因巴別塔的建造而不再具有普世性。一種學說認為，有朝一日這一普世性結構將被重新發現，其結果就可運用於對其他語言，諸如漢語的理解。」〔註 24〕尋求原初語言的衝動刺激了許多西方人的學術興趣，關注的焦點最早投射到了

〔註 24〕〔美〕孟德衛《1500～1800 中西方的偉大相遇》，第 122 頁。

埃及的象形文字上，前文述及的基歇爾乾脆認爲：埃及文化是中國文化的源頭，因爲埃及文字比中文更爲古老，更爲純粹，涵義更深（長期以來西方一直有種中國文化西來說，認爲埃及文字是漢字的源頭，經過考古發掘後證明這種觀點是錯誤的），繼而又開始將希望寄託於中國文字之上。即使找不到原初語言，也要創造出基於「實字」原則的共同語。〔註 25〕就連博學多才的萊布尼茨也認定漢語中含有這樣的「實字」，對「實字」的求索成爲 17 世紀普世主義的一大景觀。以積極的角度看，這代表了啓蒙運動結束之前歐洲文化優越論尚未成熟，有一種模糊的「文化平等主義理念」（孟德衛語），但實際上卻損耗了大批學者的精力。

1674 年，普魯士人安德爾斯・穆勒（Andreas Muller, 1630～1694）在一份名爲《關於適宜中文的一種識讀捷徑的構想》的四頁小冊子中宣稱自己發現了解讀中文的捷徑，最終因爲沒有獲得任何資助而心灰意冷，自焚其稿；1697 年，穆勒的繼任者克里斯蒂安・曼策爾醫生（Christian Mentzel, 1622～1701）也宣稱發展出了「漢語入門」，其實卻不過只是中國學者梅膺祚（1570～1675）出版於 1615 年的《字彙》翻版，曼策爾將梅氏的 214 個漢字形旁視爲漢語文言結構的秘密。這種「捷徑」熱還引發了萊布尼茨長期的關注。

英國人約翰・韋伯（John Webb, 1611～1672）則於 1669 年在倫敦寫出了譯本《一篇謀求一種可能性的歷史論文——中國帝國的語言是原初語言》的書，不僅將中國語言視爲原初語言，同時試圖調和中國歷史紀年同《聖經》紀年之間的衝突，提出諾亞和「堯」是同一個人，其兒子閃的後裔移居中國，因而保留下來原初語言。〔註 26〕

在啓蒙時代後期，隨著歐洲現代性日趨成熟，在古今之爭中，現代人取得了對古人的勝利，進步主義成爲統治西方的歷史觀。在面對中國乃至東方的時候，古今之爭與東西之爭開始了奇特的匯流，西方人依然將中國語言及其他漢藏語系的文字視爲「原初語言」或「原始語言」（the primitive language），然而卻由褒義轉爲了貶義，漢語開始代表野蠻、非文明、單音節、無語法的語言類型，除了人類學意義之外，與其他印歐語系文字相比成爲劣等語言。這一時期，對於漢語的指責和蔑視論調不絕於耳。

〔註 25〕奧匈帝國曾經試過將一個兒童放在一個無語言的環境中，以嬰兒吐出的第一個詞作爲原初語言的標誌，無果而終。

〔註 26〕〔美〕孟德衛《1500～1800 中西方的偉大相遇》，第 128～129 頁。

從國際政治的視野可以重新審視索緒爾語言學的淵源，甚至論證語言學與國際法學之間的格式塔相似關係：索緒爾同美國語言學家威廉・德懷特・惠特尼（William Dwight Whitney, 1827～1894）之間有過一段深入交往，從而將惠特尼所主張的語言社會性與慣用法論點與國際法的成文法成規聯繫起來，最終焦點落在了語言學尤其是語法學所象徵的主權身份上。歐洲學者對於印度古梵文的研究是為了提供所謂「印歐語系家族的理論假說」，語法學家將源於梵文的「雅利安」（ārya）與「雅利安人」概念演繹為「一個有關印歐雅利安人的家族情誼的故事，並如何在 19 世紀發展出一整套的語系家族的理論」，這是為了論證英國等歐洲國家與印度親密歷史的需要。正是在這一假說下，歐洲的語文學家開始按照進化等級的程度對各種語言進行等級定位，有些印度——日耳曼語研究者甚至勾勒出「單音節——黏著法構詞——曲折語形態」三級進化序列，漢語於是成了落後、劣等的「原始語言」。包括麥克思・繆勒（Max Müller）、威廉・馮・洪堡（Wilhelm von Humboldt）、弗雷德里希・馮・施萊格爾（Friedrich von Schlegel）等語言學家都將語言之間的優劣等級視為理所應當，並且紛紛將矛頭指向單音節的代表——漢語，體現出白人至上的觀念。〔註 27〕就在此時，在西方人種學的序列中，中國人也悄悄從「白種人」被劃歸到了「黃種人」。〔註 28〕

在 1840 年之後，西方人對於編撰漢語語法書的興趣日益淡薄，其重要原因就在於上述學者的看法：作為一門非曲折語，漢語不包含拉丁文和法語等曲折語那樣複雜的詞尾變化，而比較語法學派恰恰認為所有的文明語言都應該有類似的詞尾變形。〔註 29〕直到馬建忠出版於 1898 年的《馬氏文通》，中國才有了一部標誌性的語法著作，值得注意的是，馬建忠主要參考的是安托

〔註 27〕 參見劉禾著《帝國的話語政治：從近代中西衝突看現代世界秩序的形成》，第252～254 頁。

〔註 28〕 另據石橋（George Steinmetz）的研究，18 世紀著名科學家林奈（Carl von Linné）在其《自然系統》一書中，把支那人（Chinese）劃入了「怪物人種」（Homo monstrous）之列，描述其具有「錐形頭骨」，與歐洲人眼中典型的低等人種非洲何滕託人（Holttentots）屬於一類。劉禾恰恰由此指出 18～19 世紀末中國人被種族化甚至劣等化，牽涉到複雜的科學知識與公眾輿論動員過程，其中科學和想像的因素兼而有之。參見劉禾著《帝國的話語政治：從近代中西衝突看現代世界秩序的形成》，第 87～88 頁。

〔註 29〕 反諷的是，英語同法語、德語相比，同樣並不強調詞尾變化，為了避免人們在這一點上提出英語與漢語的相似性問題，19 世紀的許多英國語言學家還大費周折撰文論證英語是曲折語而漢語是非曲折語。

萬‧阿都諾（Antoine Arnauld）與克勞德‧朗斯洛（Claude Lancelot）合著的
《唯理普遍語法》（*la Grammaire générale et Raisonnée*），這本書並不強調詞尾
變化，而是堅信各種語言的深層結構根本一致，主張以拉丁文為範本，在所
有語言剔除不合邏輯的東西，用普遍法則衡量一切語言。劉禾認為馬建忠編
撰《馬氏文通》的行為本身，就是西方主權身份的一種體現，從馬建忠使用
的「字／word」衍指符號以及馬建忠批評中國小學傳統中只有訓詁、字韻和
字書這三科而獨缺語法研究來看，都能體現出西方語言學宣示的主權對於中
國學者內心造成的失衡與焦慮。需要補充一點的是，馬若瑟的《漢語札記》
也是馬建忠重要的參考資料。一百年後「語言學」和「語法」概念染上了鮮
明的西方中心論色彩，成為殖民者優越感的佐證，馬若瑟對於中國語法的熱
衷不僅隨著索隱派的退潮而沒落，同時更重要的是，漢語在新的語言學等級
論之下被嚴重扭曲與變形。

　　西方人對於東方語言的研究，無論是梵語或是漢語，都隱含著在遙遠而
無害的東方為歐洲語言尋找存在合法性的衝動。薩義德在《東方學》中已經
注意到英國語言學家威廉‧瓊斯（William Jones, 1746～1794）宣言式的論斷：

> 　梵語，不管其有多麼古老，具有非常美妙的結構；比希臘語更
> 完美，比拉丁語更豐富，比後二者更精細，然而無論是在動詞詞根
> 還是在語法形式上都與後二者有著極強的親和性，這一親和性不可
> 能純屬偶然；其親和性實際上如此之強，任何同時研究這三種語言
> 的人都不可能不相信它們有著共同的起源。〔註30〕

瓊斯對於梵語的偏愛一方面出於為歐洲語言尋找起源的衝動，另一方面也與
其英國學者的身份相符，服務於英國殖民印度的合法論證需要。同許多早期
英國東方學家一樣，瓊斯本人同時也是一位法律專家，這一領域對於東方學
具有象徵意義。1783 年瓊斯到印度加爾各答，並於次年召集成立了「孟加拉
亞洲研究會」並任首任會長，該會以研究亞洲的歷史、古物、藝術、科學和
文學為宗旨，學者與執法官的身份結合起來，也就使得知識與治理相得益彰，
用薩義德的話說：「將東方無限豐富的可能性塞入由法律、著名人物、習俗和
作品組成的『一套文獻全書』之中。」〔註31〕同樣值得一提的是，瓊斯同中
國也頗有淵源，年輕時期曾閱讀過柏應理出版的《中國哲學家孔子》，欣賞過

〔註30〕轉引自《東方學》，第 102 頁。
〔註31〕《東方學》，第 102 頁。

《詩經》譯文片斷，並在兩位中國人的幫助下掌握了一些中文知識，甚至留下一篇練習中國書法的臨帖。但這樣一位東方學者對待中文和中國的態度卻充滿了輕蔑，在瓊斯爲自己所掌握的東方語言列舉的序列中，中文屬於其自認爲「最不擅長」的一類，爲了論證中國人是印度人的附庸，瓊斯極力貶低中國文明，而他對於中國語言的論斷同其對梵語的推崇形成了鮮明對比。在1790 年的亞洲學會上，瓊斯發表論文說：中國文字嚴格說來還稱不上文字，不過是意象的符號。民間宗教是從印度傳來的，哲學處於原始狀態。科學完全是外來的，並且缺乏想像藝術。〔註32〕

瓊斯所處的時代已經是馬若瑟逝世半個世紀以後，18 世紀末的寰球，啓蒙運動已經圓滿落幕，科學方法、理性精神和進步主義理想爲歐洲軍艦遠征世界奠定了基礎，中國文化早已不再是模板或榜樣，而成爲反面形象的代表。耶穌會士描述的中國神話被類似安森（Baron George Anson, 1697～1762）這樣海軍官員撰寫的《環球旅行記》（*A Voyage Round the World, in the Years, 1740～1744*）和匿名出版的《1747 和 1748 年東印度遊記》（*A Voyage to the East Indies in 1747 and 1748*）等遊記徹底去魅，中國則成爲僞善、欺詐、懦弱、矯飾的代名詞。

四、民俗學視角：文學是瞭解中國人生活的窗口

馬若瑟開啓的翻譯與介紹中國文學工作，其出發點在於尋求對中國的「正確理解」，這種所謂的「正確理解」帶有那個時代的索隱派氣息，傾向於「求同」，論證中國與西方的相似性。這種思路也影響了雷慕沙以降的專業研究，雷慕沙延續了馬若瑟的語言學中心主義，關注的焦點集中在較爲抽象的、共時性的「語言」或「文字」上。

在翻譯《玉嬌梨》等中國小說的過程中，雷慕沙也敏銳地注意到中國小說的現實主義特性。在其爲自己翻譯的《玉嬌梨》所擬就的序言中，雷慕沙除了以翻譯家的嚴謹向法國讀者彙報翻譯《玉嬌梨》過程中的種種困難與處理方式，例如保持風格統一的困難、詩歌翻譯的不可能以及自己採取的忠實

〔註32〕此說法出自錢鍾書的英國牛津大學副博士學位論文「十八世紀英國文學裏的中國」。Ch'ien Chung-shu. *China in the English Literature of the Eighteenth Century*（I），載 1941 年北京圖書館英文館刊《圖書季刊》（*Quarterly Bulletin of Chinese Bibliography*）第 2 卷第 1～2 期，第 7～48 頁。

詞彙原義而非音節的翻譯準則之外，〔註33〕他將更多的筆墨花費在從文明盛衰的角度介紹成熟的中國文明孕育現實主義小說的必然性，並由此打開了進入中國人現實生活的窗口。

　　雷慕沙採取歷史學進化論視角闡釋中國小說的意義，在他的理念中，文明早期對應的是寓言、奇妙的故事與史詩，而成熟的文明則孕育出來現實主義的歷史小說和風俗小說。所以，被置於另一端的中國人在幾世紀以前就出現了今天這樣的小說，恰恰印證了雷慕沙的歷史觀：「眞正的小說只有在社會處於衰落，對世界事物開始失去信心的時候才會產生；正像我們所說的，只有衰落的民族才愛對內心生活的圖畫、對愛情的嬉戲、對感情的分析、對由利害衝擊以及公開的信仰所產生的衝突進行思考。」因此中國的小說風格類似於堂吉訶德、吉爾・布拉斯和棄兒湯姆・瓊斯的故事，不追求其餘，而是一種歷史式的現實風格。雷慕沙反覆強調中國小說與歷史的關聯性，「中國人，我們可以說甚至在其小說中也仍然是十足的歷史學家」，因此「小說家的描寫應該獲得更多的信任，因爲這些描寫不是他臆造出來的東西」。雷慕沙對中國小說的理解倒是與中國古人對於小說的理解——「稗官野史」——不謀而合，但其背後似乎更能看見啓蒙哲學的進步主義與理性主義影子。斯賓塞的文明進步論以及黑格爾的中國歷史停滯論，皆生成於歐洲的觀念土壤，將成熟的中國視爲「衰敗」和「停滯」同樣構成了雷慕沙闡釋中國文學的前提。他將中國小說視爲「歷史」也好，「遊記」也罷，無形中皆流露出了歐洲人的獵奇色彩，只不過雷慕沙並未刻意強調這一點，而是反其道而行，強調中國小說呈現出眞正的宇宙——舞臺場所，而不是歐洲人習慣閱讀的「大海和奇山的深淵或想像空間」。〔註34〕

　　當然，雷慕沙對於《玉嬌梨》等中國小說確實進行過極爲認眞的研讀，

〔註33〕例如雷慕沙強調自己「應當將一切都翻譯出來。我想說的是，我沒有拋棄任何一個原來形態的漢語詞彙，我總是用一些使人覺得可以接受的詞語或迂迴的說法來替代它們」，他不用「Mandarin」翻譯中國的行政官員，也不用「Li」翻譯「里」或者用「miao」來翻譯「廟」，雷慕沙反對用大量的陰陽兩性不分的怪詞破壞法語的純粹性，認爲用大量外來語擴大詞彙量只是徒勞無益的鬥奇取勝而已。這體現了他重視意義而不拘泥於詞彙的態度。參見〔法〕阿貝爾・雷慕沙「論《玉嬌梨》」，載錢林森編《法國漢學家論中國文學——古典戲劇和小說》，外語教學與研究出版社2007年版，第86頁。

〔註34〕〔法〕阿貝爾・雷慕沙「論《玉嬌梨》」，載錢林森編《法國漢學家論中國文學——古典戲劇和小說》，第66～67頁。

他還自覺運用了「平行研究」這一後世奉為圭臬的比較文學方法，將其與理查森、菲爾丁等作家的小說對比。雷慕沙把握到了中國小說似乎緩慢但讀完後反覺太快的節奏，並且坦言每次讀到結尾時都留戀不捨，因為自己「必須與這個令人愉快的社會分離了」。此外，雷慕沙對於中國作家手法讚賞的同時，也中肯地指出了某些單調的模式化「優美」，和藹的青年一定面如滿月，妙齡少女必然一汪秋水，等等。〔註35〕這些文本細節體現了這位漢學先驅的嚴謹。

漢學家對於異域作品的解讀存在著「誤讀」與「悟讀」兩種可能，但在很多情況下，兩者是同時相伴發生的，悟讀即誤讀，沒有誤讀也就沒有真正的悟讀。在誤讀背後往往有時代思潮和西方意識形態的影響，無論是文學家還是作為學者的漢學家，都無法超越自己的時代。然而，這並不意味著他者無權介入本土作品，不意味著只有中國人才有權闡釋中國文學，恰恰相反，幾百年來世界漢學的發展也是漢學「全球化」的過程，漢學家在不同文化背景間穿梭，打破了文化的所謂界限，創造了許多跨文化研究的成果，也擴大了中國文化的世界影響，構成了「文化中國」的有機組成部分，使得中國平添了許多「文化公民」。這一文化日益全球化與混雜化的過程，其實也符合後殖民文論追求超越身份與民族界限，回歸世俗與混雜世界的理想。雷慕沙對於文學交流意義的認知直到今天也沒有過時，並非只有「我」才能理解「我」，「我」的形象恰恰在「他者」眼中獲得了新的可能。

> 一個本國的人是絕對不會注意到這些現象的，因為周圍都是一些平凡事物。當人們瞭解到事物的真相之後，對事物的種種表面現象是不會注意的。同樣的道理，中國的小說中也沒有將中國的某些特徵給我們描繪出來，因為他們對這些特徵太熟悉了。不過，這些特徵並不具有十分重要的意義，而且旅行家們勢必會將這些特徵記錄下來。那種中國人難以看清的東西，那種透明難以深入瞭解的東西，事實上在中國的真正小說中都有。〔註36〕

雷慕沙傑出的弟子儒蓮進一步接續了將文學視為中國人日常生活風俗畫的念

〔註35〕〔法〕阿貝爾・雷慕沙「論《玉嬌梨》」，載錢林森編《法國漢學家論中國文學——古典戲劇和小說》，第68～69頁。

〔註36〕〔法〕阿貝爾・雷慕沙「論《玉嬌梨》」，載錢林森編《法國漢學家論中國文學——古典戲劇和小說》，第76頁。

頭，並將其與擴大漢學在學院之外影響的現實目的聯繫起來。他翻譯《平山冷燕》的時候，就同時抱有兩個目的，一是「讓歐洲人第一次瞭解這樣一部中國作品，它忠實逼眞，而且常常又能妙趣橫生地反映中國人的文學趣味和習俗」，「忠實逼眞」的定位繼承了雷慕沙對於中國文學的整體印象，明確地表明瞭經由文學瞭解中國習俗的目的；第二個目的則更爲學院化一些，「希望給意欲拜讀原版小說的法國學生指點迷津」，這些學生注定只是少數對中國文學與語言抱有研究興趣的人。〔註37〕

　　儒蓮的兩位學生巴贊與巴維，在翻譯《三國志》、《好逑傳》和《玉嬌梨》等小說的時候，坦言想介紹中國的「歷史和風土人情」，這一想法得到了儒蓮的讚賞。由此入手，儒蓮試圖擴大曲高和寡的漢學研究的社會影響力，他認爲：

> 我贊同他們的想法，同時我認爲28年來我有幸教授的課程不應當只局限在法蘭西學院的高牆之內，我應當竭盡全力把我的研究成果——如果可能的話——擴大到學院之外，我應當竭盡全力使漢語更容易爲法國人和其他外國人所理解。〔註38〕

馬若瑟的幽靈再次出現，儒蓮及其學生渴望擴大漢學在學院之外的影響力，他們試圖引導法國乃至歐洲讀者進入中國的風土世俗畫卷，但橫亙在畫卷之前的最大障礙依然是語言。中文之難令印歐語系的人們望而卻步，由於缺乏好的翻譯，單獨學習漢語愈顯困難。那麼怎麼解決這一難題呢？儒蓮忽發奇思妙想，熟練地運用起了馬若瑟《漢語札記》的「文言——口語」二分法，從而賦予了白話小說以新的意義，反而將障礙轉化爲工具：

> 中國人有兩種語言。一種可以叫做嚴肅書本用語，另一種可以叫做會話和輕鬆作品用語。……今天人們也已擁有許多辦法理解古文體的歷史書、高等文學作品、科學書籍或學識淵博的作品。但是，要聽懂白話或官話情況就不盡然了。歐洲人將比以往任何時候都需要官話，這不僅僅是爲了口頭或書面交流的需要，而且也是爲了閱讀現代作品的需要。若要徹底瞭解我們今後將與之共同生活、相互

〔註37〕〔法〕儒蓮「《平山冷燕》法譯本序」，載錢林森編《法國漢學家論中國文學——古典戲劇和小說》，第91頁。
〔註38〕〔法〕儒蓮「《平山冷燕》法譯本序」，載錢林森編《法國漢學家論中國文學——古典戲劇和小說》，第94頁。

往來的民族的風俗習慣和性格特徵，研究這些現代作品是十分有益
的，而且我們會感到熟悉這些作品也是十分必要的。〔註39〕

儒蓮認為：自己翻譯的《平山冷燕》並非一般的現代白話小說，而是夾雜了
許多優美的詩詞篇章，所以「只需弄懂一篇長達幾百頁的文章，爾後就可以
流暢地閱讀所有相同類型相同文筆的書」，馬若瑟式探求中文奧秘的決心躍然
紙上。可以說儒蓮同樣也是「最優秀的漢語語法書作者」馬若瑟神父的支持
者，然而他恰恰以子之矛攻子之盾，反過來也批評了馬若瑟翻譯的《趙氏孤
兒》和自己老師雷慕沙翻譯的《玉嬌梨》對於中文原作中的唱詞、詩歌、隱
喻、文學典故的「避而不譯」。〔註40〕通過這種有節制的批評，儒蓮強調了《平
山冷燕》譯本的文白兼備、雅俗共賞特徵，足有資格成為研究者學習漢語的
最佳譯本。儒蓮心目中對「上流社會」（指有一定身份地位又不以漢學為業的
高級讀者）的期望是：「借助《平山冷燕》討論中國風俗中不太為人熟識的一
個方面（即普遍的文學興趣以及所達到的熱烈程度）。」〔註41〕這就是儒蓮所
說的：擴大漢學在學院之外的影響。

儒蓮對於中國小說與風俗之間關係的理解要比雷慕沙複雜許多，他的思
路大致可以歸結為：

1. 小說是瞭解中國風土人情的窗口，也是學習漢語的途徑。

2. 鑒於漢語是如此之難，當前要更多重視第一種功能，擴大漢學的
   社會影響，引發全社會對於中國的興趣。

3. 漢語之難可以通過好的譯本來解決，因為現代小說最接近日常語
   言，熟悉小說也就熟悉了漢語。

4. 儒蓮本人翻譯的《平山冷燕》兼具高雅文言詩詞與現代白話，最
   適宜作為學習語言的工具，同時《平山冷燕》這樣的文人小說也
   能幫讀者認識到中國的某種文人風俗。

在儒蓮複雜的闡釋中，文學、社會與語言之間構成了相互促進、相互支撐甚
至交相滲透的關係。從雷慕沙到儒蓮，對於文學的現實主義特徵更為重視，

〔註39〕〔法〕儒蓮「《平山冷燕》法譯本序」，載錢林森編《法國漢學家論中國文學
——古典戲劇和小說》，第95頁。

〔註40〕在《趙氏孤兒》法譯前言與《平山冷燕》法譯本序中，儒蓮均表達了這一看
法。

〔註41〕〔法〕儒蓮「《平山冷燕》法譯本序」，載錢林森編《法國漢學家論中國文學
——古典戲劇和小說》，第98頁。

也促使漢學界反思自身的社會影響力問題，從語言的形式層面深入到作品的內容層面，最終達到的是語言與內容的互相促進。這也意味著專業漢學似乎正在嘗試走出傳教士漢學偏重「求同」的誤區，以「立異」作爲漢學研究的新起點；將焦點放在當時所謂「現代」中國人的風土人情上，頗類似於後來美國「中國研究」的社會學方法。然而，無論是雷慕沙還是儒蓮，集中探討的還是明顯最具有現實色彩的文學體裁——小說所體現的風土人情問題，而中國詩歌並未引起太多關注。

19 世紀儒蓮的學生埃爾維－聖－德尼（又譯德理文）侯爵是將中國詩歌介紹到歐洲的少數幾個先行者之一，他最大的翻譯成就在《唐詩》，同時對於《離騷》等也有翻譯。在「中國的詩歌藝術」這篇文章中，聖－德尼開門見山地表明瞭自己譯介中國詩歌的用意——在正史之外的傳奇、故事、詩歌和民謠中，找尋中國的民俗畫面，德尼恰恰認爲詩歌等民間藝術要比正式更爲眞實地反映了中國人的社會生活。

聖－德尼強調「中國與歐洲的情況截然不同」。中國是統一民族，從未變化和被征服過，特殊的地理物質使得中國雖然有征服和擴張的短暫歷史，但最終選擇的是恪守邊境，抵禦侵略。中國自成一體，所受外來影響不多，因此也很少天翻地覆的變化，其語言同樣如此，「在這個統一民族的文學中，一切都相互聯繫，前後相續，一切都讓人感到傳統在起作用，就像在其風俗習慣中表現出的那樣」。聖－德尼反問道：「仔細研究中國這個社會，從中國文學裏尋找社會風貌最突出的特徵，這不是很有意義的嗎？」〔註42〕

在這個意義上，《詩經》所呈獻給西方人的是一幅「最出色的風俗畫」，聖－德尼同意 E·比奧的觀點：「深信每一歷史年代彙集的詩歌是反映一個民族風俗人情的最忠實的鏡子」。通過閱讀《詩經》，人們能夠打破對於上古時代事實的懷疑，中國這時候作爲西方人的歷史證據出現，體現了中西方文明初期的共同之處。例如聖－德尼解釋《詩經·鄭風·女曰雞鳴》一首詩，認爲這反映的是人類歷史的初期情況：

> 這位要用箭射取獵獲物以滿足家庭需要的獵人，也許人們會想
> 像他是個每日辛勤耕耘的窮苦山裏人。不，這位獵人是個富人，因
> 爲詩歌末尾這樣唱道：

〔註42〕〔法〕聖－德尼「中國的詩歌藝術」，載錢林森編《法國漢學家論中國文學——古典詩詞》，第 4 頁。

> 知子之來之，雜佩以贈之。
>
> 知子之順之，雜佩以問之。
>
> 知子之好之，雜佩以報之。〔註43〕

而《魏風・陟岵》的思鄉與厭戰情緒則被聖－德尼拿來與《伊利亞特》這首西方史詩比較，論證同好戰的希臘人相比，中國人要更爲愛好和平。從中國古詩中，聖－德尼還發覺了宗教情感的變化與婦女地位的變化。他對於宗教的理解不同於馬若瑟索隱派，在《詩經》中沒有出現上帝，只是出現了一個「至高無上者」，從這個意義上講，聖－德尼認爲 18 世紀的傳教士將古代中國人的宗教比作原始希伯來人的宗教是恰當的，只是後來這種「宗教情感」本身在詩人作品中越來越少而已；另一方面，《詩經》中反映了男女平等，因爲在《鄭風・出其東門》中可以聽到丈夫的歌唱，在《鄭風・溱洧》中有男女心心相印的對話。但後來的詩歌中，情詩的抒情者只剩下了「婦人」，例如范雲和王僧孺的詩句。〔註44〕

這體現了他者的眞知灼見，後世以男子作爲抒情主人公表達愛慕之情的詩歌確實不多，反而是平添了許多悼亡詩。但也不能太過絕對，在聖－德尼的時代，詞與曲尚未引起漢學家的重視，沒有被歸入詩歌的體裁之中，此外在杜甫《月夜》（今夜鄜州月，閨中只獨看。遙憐小兒女，未解憶長安。香霧雲鬟濕，清輝玉臂寒。何時倚虛幌，雙照淚痕乾）等詩歌中也有對妻子兒女的思念。聖－德尼從中讀到的是「亞洲的多妻制的悲慘影響」，〔註45〕認爲中國婦女在中國社會的地位已經大大下降了，甚至出現了班昭擬就的《女誡》七篇這樣自我克制的文本。這體現了 19 世紀西方人偏愛從個體存在境遇的角度思考問題的時代特徵，而在後世西方人撰寫的中國文學史中，也往往延續了尋求「社會——個體」之間的衝突，將文學史與個體解放時聯繫起來的論述套路。

聖－德尼閱讀古詩帶有考古學與人類學痕跡，也爲後來葛蘭言的《中國

〔註43〕〔法〕聖－德尼「中國的詩歌藝術」，載錢林森編《法國漢學家論中國文學——古典詩詞》，第 7 頁。

〔註44〕聖德尼舉了范雲的「春草醉春煙，深閨人獨眠。積恨顏將老，相思心欲燃」與王僧孺的「月出夜燈吹。深心起百際，遙淚非一垂。徒勞妾辛苦，終言君不知」的句子，來論證後世妻子地位的降低。

〔註45〕〔法〕聖－德尼「中國的詩歌藝術」，載錢林森編《法國漢學家論中國文學——古典詩詞》，第 12 頁。

古代的節慶與歌謠》的社會學研究方法開風氣之先。同時，這種將詩歌當成現實的模仿來讀解的「現實主義」視角，也在無形當中削弱了對於中國詩歌真正審美特性的介紹。且不說介紹中國詩歌的文字美與音節格律等高難度且費力不討好的工作，從時代局限性來看開展這樣的工作爲時確實尚早，然而聖－德尼作爲當時漢學界研究詩歌的翹楚，卻沒有能從詩歌的意象、色彩、比興手法等角度解釋中國詩歌「非現實化」的一面，不能不說有些片面。將東方連同東方的文學視爲異域圖景，遙遠浪漫卻與本土無關，通過將中國文學現實化，其實也不知不覺間完成了將中國客體化。這個民族的一切都只是「客體」或「對象」而已，文學反映的是整體的中國日常生活，而不是技藝精湛、才華橫溢、富有創造性的作家。這種論述方式起到了消融主體性的作用。中國古典詩歌借用男子書寫的思婦詩漸漸剝奪了婦女寫作與發言的機會，而漢學家從現實主義角度譯介中國詩歌，在將其客體化的同時，也剝奪了中西文學傳統相互對話的可能。

在 18 世紀後半期的法國，已經有人從專業的角度對《詩經》的文學手法進行了介紹，西伯爾神父（Lepere Cibot）就曾結合法國的情況對《詩經》進行了說明，並介紹了「風、雅、頌」的涵義，觸及到了《詩經》的內涵與價值。進入 19 世紀後，法國出版了三種《詩經》的全譯本：沙爾穆神父（le pere la charme）的拉丁文譯本、漢學家鮑吉耶（G. panthier）的法文全譯本《〈詩經〉作爲正統經典的中國古代詩集》以及著名漢學家顧賽芬（Seraphin Couvewz）的法文、拉丁文、中文對照版《詩經》。同時也出現了從社會民俗學研究《詩經》的著作。在這些著作中，大部分漢學家是借用所謂「平行研究」的思路，重視《詩經》背後所體現的中西方民俗畫卷差異，採取的方法與視野多是社會民俗學與人類考古學。前述聖・德尼侯爵就將《詩經》的抒情詩傳統與《伊利亞特》的史詩傳統進行比較。這方面的巔峰之作就是 1919 年馬塞爾・葛蘭言（Granet, Marcel, 1884～1940）發表的《詩經》研究論著：《中國古代節慶與歌謠》（*Fetes et chansons anciennes de la Chine*，英譯 *Ancient festivals and songs of China*）。

葛蘭言將社會學與人類學的方法發揮到了極致，提出了一整套反對儒家傳統解讀方法的理論，認爲應該從鄉野、愛情、民俗的角度解讀這些農村歌謠，而不能像儒生那樣將其視爲複雜高雅且包含道德教化的文人詩。葛蘭言以「《詩經》中的愛情詩篇」作爲切入點，抓住愛情詩這一主題分析了歌謠與

　　節日民俗之間的關係，並且結合了中國及周邊其他少數民族的對歌習俗，驗證了「國風」是節慶儀式歌謠的論斷，繼而，葛蘭言以《詩經》中的歌謠爲依託推斷中國古代的四個季節性節日。葛蘭言的解讀打破了理學家注解《詩經》時容易犯的過度闡釋之誤，恢復了作爲古代歌謠原生態記錄的詩經本來價值。但必須指出，嚴格意義而言，葛蘭言的這部著作並非文學研究方面的著作，而是屬於社會學或人類學的範疇，前面所論及的現實主義傾向在葛蘭言那裡發揮到了極致，對於《詩經》的美學特質尤其是語言分析，葛蘭言沒有作爲重點討論。〔註 46〕

　　葛蘭言此書方法論上給人以耳目一新之感，時至今日也被中國學術界廣爲徵引。但葛蘭言的專業是社會學，其更傾向於對中國社會史的觀照，其另一部通史類著作《中國文明》（*Civilisation chinoise*，英譯 *Chinese Civilization*）中，對中國文學幾乎不置一詞。〔註 47〕而《中國古代節慶與歌謠》一書中的「詩經」也只是社會史的注腳而已，在理論與語文學的兩端的選擇問題上，過分偏重於理論有可能使得葛蘭言的研究建立在空疏基礎之上，甚至出現頗多謬誤。早在 20 世紀初此書剛剛問世之時，中國學者就以敏銳的視角和平等的心態對其進行了分析與批評，而不是一味贊同所謂漢學家的新穎視角。〔註 48〕

〔註 46〕 Granet, Marcel.*Ancient festivals and songs of China.* Translated by John Reinecke.Paris:〔s.n.〕, 1929.

〔註 47〕 Granet, Marcel.*Chinese civilization.*Translated by Kathleen E. Innes and Mabel R. Brailsford.London: K. Paul, Trench, Trubner; New York: A. A. Knopf, 1930.

〔註 48〕 例如王國維就在「二十世紀之法國漢學及其對於中國學術之影響」一文中對葛蘭言進行過批評：「葛氏書中亦頗多誤點。惟氏所用法，方在開始，史語方法訓練或有未精。然如繼起之人，能有沙、伯（注，指沙畹和伯希和）史語方法之深刻，再有葛氏社會學法之通達，則其著作必如葛氏諸書之言理持故左右逢源，且無葛氏之小訾，則混圓如一，自然顛撲不破的。」（《〈國立〉華北編譯館館刊》第 2 卷第 8 期）漢學家往往以其外在視角提出一些令人新穎看法，或者關注傳統中國學者不甚關心的問題，但由於經學方面根底不堅導致對原文把握的欠缺，也會露出一些可笑的「馬腳」來。後文談到美國漢學家何偉亞《懷柔遠人》一書引發的諸多爭議，也說明了這一問題。當然，中國文化要真正走向世界，本土中國學者也應積極籌劃汲取世界學術界的通用「語言」和交流機制，瞭解西方學界最新動向，才能真正將「獨語」變成「對話」。

第二節　英國漢學家翻譯背後的文學觀問題

出於地理位置、國家政策和宗教派別等方面原因，在 19 世紀之前，英國幾乎沒有向中國派遣過任何傳教士，同中國朝廷的直接交往也並不頻繁。英國人對中國的瞭解大多依賴於西歐其他國家旅行家和傳教士發回歐洲的報導。中世紀的英國出現了一本類似於遊記漢學的「幻想之書」，就是出版於 1357 年的《曼德維爾遊記》（*The Travels of Sir John Mandeville*），這本書實際上並非真實的遊歷記錄，而是參考了《馬可·波羅行紀》、維森特《世界鏡鑒》、柏朗嘉賓《蒙古行紀》、鄂多立克《東遊記》等史料後「撐著翅膀旅行」的產物，甚至 19 世紀後半期以來被許多人詬病爲「抄襲」。然而長期以來，作者曼德維爾對於「蠻子王國」和「契丹」的描述，強化了許多英國人對於東方的物質化想像：龍女、施魔法的人、富麗堂皇的宮殿、掛滿豹皮的牆壁、鑲嵌著珍石和黃金的碧玉寶座……對於中國文學，作者卻幾乎不置一詞：只是在描述大汗出行的盛況時，提到「行吟詩人走在他們前面，唱出不同節奏的歌」，這句話只是在將西方的行吟詩人形象機械移植到了大汗的王宮而已。〔註49〕

一、中國文學進入英國人的視野

據錢鍾書先生 1945 年在上海面向美國人發表的講演《談中國詩》的說法：「西洋文學批評裏最早的中國詩討論，見於 1589 年出版的潑德能（George Puttenham）所選的《詩學》（*Art of Poesies*）。潑德能在當時英國文壇頗負聲望，他從一個到過遠東的意大利朋友那裡知道中國詩押韻，篇幅簡短，並且可安排成種種圖案形。他還譯了兩首中國的寶塔形詩作例，每句添一字的畫，塔形在譯文裏也保持著——這不能不算是奇蹟。」錢先生描繪得很詳盡，應該是有稽可查，遺憾的是限於條件，國內很少有其他人見到過潑德能所譯的中國詩歌。其實錢先生的記憶有少許誤差，潑德能（George Puttenham, 1529～1591）確係 16 世紀英國的著名學者，然而其 1589 年出版的確切書名爲《英詩藝術》（*The Arte of English Poesie*），在本書中，潑德能第一次提到了英國古典詩詞格律的特點，〔註50〕並且撰述了一位長期在中國和韃靼皇宮遊歷的意大利「紳士」對於中國詩歌的看法：

〔註49〕〔英〕約翰·曼德維爾著《曼德維爾遊記》，郭澤民、葛桂錄譯，上海：上海書店出版社 2006 年版，第 89 頁。

〔註50〕參見吳結評著《英語世界裏的〈詩經〉研究》，成都：四川大學出版社 2008 年版；江嵐著《唐詩西傳史論——以唐詩在英美的傳播爲中心》，北京：學苑出版社 2009 年版，第 222 頁。

（這位紳士告訴我）他們很用心地創作詩歌韻律，然而不像我們那般冗長而沉悶地描寫，因此一旦有了靈感，他們就將其呈現為最簡潔的詩韻，寫成菱形詩或方塊詩之類的圖形，並依原樣刻在金、銀、象牙之上，有時甚至把五彩寶石做成的字詞巧黏在一起，點綴在鏈子、手鐲、衣領或腰帶上，贈送給情婦作為留念。這位紳士送給我幾首這樣的詩，我逐字逐句翻譯過來，盡可能接近原來的句子和形狀。這多多少少有些難處理，因為要受原來圖案的限制，不能走樣。起初，這些詩作似乎引不起英國聽眾的興趣，但時間和應用將會讓它們廣為接受，就像陳酒換了新瓶一樣，適合裝飾我們的外表。〔註51〕

這段話可以視為歷史上英國人第一次提到中國文學。這段話其實包含了兩層含義：其一，潑德能認為中國詩歌簡潔且講究押韻，並且具有一種圖案的整齊之美。按照拉赫（Donald F.Lach）的說法，潑德能在這裡描述的是一種在中國和波斯早已存在的「圖案詩」（pattern poems）的特徵。在後文中潑德能畫出了很多圖案詩的樣子，還專門舉出了幾首菱形詩、三角形詩和塔形詩，但沒有來自中國的例子，甚至確定不了其究竟讀沒讀過中國詩〔註52〕；其二是帶有東方主義色彩的獵奇想像，通過詩歌的中介，令人聯想到金銀、象牙和寶石，吻合了西方人在馬可・波羅和曼德維爾等人遊記影響下形成的神秘富饒的中國印象。但是，這段話在當時的英國並未產生太多實際影響。在17世紀，莎士比亞和玄學派詩人多恩（Donne, 1572～1631）的作品中出現了表示開化的異教徒的「契丹」（Cataian）和表示器物精美的「中國」（China）等詞彙，但其具體的含義還有待進一步考證。〔註53〕

〔註51〕 George Puttenham.*The Arte of English Poesie*. Edited by Gladys Doidge Willcock and Alice Walker.Cambridge, London: The University Press, 1936. pp.91～92.

〔註52〕 Ibid., pp.92～96.

〔註53〕 例如 China 一詞究竟是指「中國」還是「瓷器」？葛桂錄舉例認為莎士比亞《一報還一報》中的「They are not China dishes, but very good dishes」應該翻譯為「儘管不是中國的，可的確是上等的餐具」，而多恩在一首哀悼馬卡姆夫人（Lady Markham）的詩中那句「As men of China, after an age's stay/Do take up Porcelain, where they buried Clay」應該翻譯為「如中國人，當一個世紀逝去，／在瓷品中采集採進的瓷泥」，但是這兩句中的「China」翻譯為「瓷器」同樣能講得通，所以究竟是不是代表「中國人」，還有待進一步證據。參見葛桂錄著《中英文學關係編年史》，上海：上海三聯書店2004年版，第17頁。

　　18 世紀的英國依然停留在「前漢學」階段，主要依靠對法國耶穌會士的材料轉譯而獲得對中國文學的認知，尤其是杜赫德的《中華帝國全志》在英國有兩個英譯本。18 世紀英國翻譯的《好逑傳》是第一部傳入英國和歐洲的中國古典小說。〔註 54〕此書雖為漢學家托馬斯‧珀西（Thomas Percy, 1729～1811）最早於 1761 年發表，題為「Hau Kiou Choan」，副標題為「愉快的故事」（Pleasing History），但珀西本人其實不懂中文，據珀西 1774 年此書再版時所說，真正的翻譯者是東印度公司一名商人詹姆斯‧威爾金森（James Wilkinson），在其中文老師，一名葡萄牙朋友的幫助之下，威爾金森翻譯了此書，目的是為了練習中文。因此此書翻譯並不高明可想而知。作為編輯者和介紹者，珀西潤色了威爾金森的譯文，把剩餘四分之一部分的葡萄牙文轉譯成英文，添加了《中國戲提要》、《中國諺語錄》和《中國詩選》三個附錄後出版。（*Hau Kiou Choaan or, The Pleasing History. A Translation From the Chinese Language. To which are added, I. The Argument or Study of a Chinese Play, II. A Collection of Chinese Proverbs, and III. Fragments of Chinese Poetry. In Four Volumes. with Notes.*）珀西對此書評價不高，頗多對於中國小說和文化的謬見，語氣尖刻且輕蔑，例如批評《好逑傳》枯燥乏味，缺乏才賦，並聯繫到中國人的奴性、保守，束縛自己的頭腦，這種習慣「雖然促進了他們帝國的和平與安寧，卻鈍化著他們的精神，鉗制著他們的想像力」。中國人的想像力是無法同歐洲人相比的，不過只是比一般亞洲人更加接近真理而已，中國文學的價值在於合乎情理，沒有怪誕，布局勻稱緊湊。

　　珀西是英國第一個正式關注中國純文學的人，然而他對於中國詩歌和文學價值卻評價不高，皆因在珀西心中橫亙著一把西方的標尺：按照西方的戲劇定律要求的話，中國戲劇顯得無所適從，既不是悲劇也不是喜劇，近乎一種散文體的對話〔註 55〕；對於中國詩歌，珀西批評其以「費解、呆板」為美，是一種艱澀的小品，「以我們歐洲最健全的批評眼光看去，覺得那種詩體沒有價值可言。中國並無偉大的詩作，至少長篇史詩（epic）他們是沒有的；珀西甚至認為中國文學唯一的出路就是拋棄漢字，改用希臘文字。珀西拿《好逑

〔註 54〕　參見馬祖毅、任榮珍著《漢籍外譯史》，第 222～225 頁；周發祥、李岫主編《中外文學交流史》，第 183 頁。

〔註 55〕　1899 年威廉‧斯坦頓（William Stanton）出版的《中國戲劇》（*The Chinese Drama*），對於中國戲的舞臺、演員和唱法介紹更為詳盡，評價也更客觀一些。

傳》這部在中國小說中很一般的作品來想像中國文學和文化，本身就不太合理，他對中國文學的認識主要來自《安森旅行記》裏妖魔化中國的描述，伴隨著《好逑傳》的傳播，打破了耶穌會士對中國的頌揚態度，強化了當時英國人對於中國的偏見。〔註56〕

傳入英國的第一篇唐詩是由著名傳教士漢學家、以編纂漢英辭典和翻譯《聖經》著稱的馬禮遜（Robert Morrison, 1782～1834）翻譯的杜牧作品《九日齊山登高》，收入馬禮遜的《中文原文英譯，附注》（Translations from the Original Chinese, with Notes, 1815）一書當中，作爲翻譯者必然要向讀者指出自己翻譯的初衷以及這首詩的內容與價值。同法國漢學家類似，馬禮遜的著眼點與文學關係不大，而是強調其蘊含的社會內容，借助此詩來說明九月初九日是中國人的重陽節，有登高避邪的古老習俗，杜牧這首詩只不過是一個例子而已，其出現也頗具偶然性。〔註57〕

二、英國漢學學科建制特色

英國漢學的學科建制是圍繞著倫敦大學、牛津大學和劍橋大學三所高校展開的。其中倫敦大學亞非學院是英國的東方學中心，亞非學院的遠東部門設置了「中國學」和「中國及東亞美術」等專業，與「佛學」、「民族音樂學」、「日本學」、「朝鮮學」、「西藏學」是平級的。在英國本土，倫敦大學是最早設置中國學講座的，13 歲時曾經跟隨馬噶爾尼使團出使中國的小斯當東（G.T.Staunton）擔任了馬禮遜藏書的管理人和遺囑執行人，經過多方奔走終於 1838 年在大學學院（University College）設立了英國最早的中國學講座，作爲交換條件將馬禮遜留下的藏書捐給了倫敦大學，這樣東亞圖書館最早的漢籍收藏也進入了大學。後來講座中斷，小斯當東又多方募集資金，於 1846

〔註56〕英國保守主義的貴族傾向本身就阻礙他們對於異域事物的認同，漢學家們的推波助瀾更是強化了這種島國意識。1778 年約翰遜博士（Samuel Johnson）就在一次辯論中大發謬論，認爲中國沒有美術只有土器，沒有字母只有呆笨的方塊字，「好比石刀砍樹」。葛桂錄著《中英文學關係編年史》，第 64～65 頁。
〔註57〕作爲進入中國的第一位基督教新教傳教士，馬禮遜最主要的工作和最大貢獻是將《聖經》等基督教經典完整地介紹到中國，此外還編寫了《華英字典》和《漢語語法》等漢語學習方面的書籍。文學翻譯是馬禮遜的業餘工作，除了翻譯介紹唐詩之外，他還於 1812 年翻譯出版了《中國之鐘：中國通俗文學選譯》（Horae Sinicae: Translations from the Popular Literature of the Chinese），介紹了《搜神記》中的故事。

年重新恢復講座。中國學和漢語講座幾經變動和改制，最終併入了亞非學院（SOAS）。〔註58〕後來的亞瑟・韋利及其學生白之（Cyril Birch）都曾執教過倫敦大學，成為名噪一時的中國文學專家。

　　繼倫敦大學之後，牛津大學在 1876 年設置了中國學講座，首任教授就是著名的翻譯家理雅各（James Legge）〔註59〕，後來則有巴魯克（Barock）、斯特維爾（Soothill）等斷斷續續地主持中國學講座，值得一提的是陳寅恪曾於1939 年被任命為中國學教授，遺憾的是因為健康和戰爭的原因未能赴任。目前牛津大學的漢學主要由東方學部（Faculty of Oriental Studies）承擔，它分為近東和猶太教部、伊斯蘭部、印度部，中國部、日本部等，除此之外也有像聖安尼學院（St.Antony's College）的亞洲比較研究中心、沃德海姆學院（Wadham College）的現代中國中心等機構。劍橋大學的中國研究中心則是東方學部（Faculty of Oriental Studies），建制與牛津大學極其相似，分為中近東、伊斯蘭、印度、東亞四個部門，東亞部主要由中國學和日本學構成，中國學的首任教授是外交官威妥瑪（又譯托馬斯・韋德，Sir Thomas Wade, 1888～1895），從 1897 年起由翟理斯（Herbert Allen Giles, 1845～1935）繼任。本科生要選擇相關的語言進行學習和考試，還要選擇相關的國家進行現地實習。〔註60〕

　　從學科建制來看，圍繞著這三所大學為中心，英國漢學形成了基本的學院規範。首先是重視圖書館藏，這三所大學的圖書館保存了大量珍貴的中文文獻；其次，在學制上將漢學納入東方學的體系當中，無論在倫敦大學的亞非學院，抑或牛津大學和劍橋大學的東方學部，中國學和印度學、近東學、日本學一樣，都屬於廣義「東方學」的子項目，在級別上是平等的；而從教席人員來看，佔據講座教席的多為退休的傳教士和外交官，並不像法國漢學家那樣受過嚴格的學術訓練，也沒有更多的時間從事教育和研究，例如理雅各進入牛津大學東方學部，更多就是為了回國安享晚年。

〔註58〕《歐美漢學研究的歷史與現狀》，第 349～353 頁。

〔註59〕理雅各於 1861～1873 年組織編譯出版的五卷本《中國經典》（包括《論語》、《大學》、《中庸》、《孟子》、《尚書》、《竹書紀年》、《詩經》、《春秋》、《左傳》），這一艱辛卓著的工程為其贏得了世界聲譽，翟理斯評價其「譯作是迄今為止對漢學研究的最大貢獻，必將長期為後人所銘記、研究」，1875 年理雅各成為歐洲漢學界最高榮譽──「儒蓮獎」的第一位得主。葛桂錄著《中英文學關係編年史》，第 95 頁。

〔註60〕參見《歐美漢學研究的歷史與現狀》，第 353～359 頁。

這也導致了英國漢學與生俱來的實用主義。儘管在 1841 年鴉片戰爭之後，英國同中國的交往機會增多，從中國獲得的實際利益也加大。但英國漢學研究受政府影響，過於講求政治、外交和貿易的實際需要，流於趨時髦和非正規化。於是，同法國漢學和二戰後異軍突起的美國漢學相比，英國漢學成就不太引人矚目。目前英國漢學的全國學會是英國漢學學會（The British Association For Chinese Studies，簡稱 BACS），是個自由鬆散的協會，而在英國從事中國研究的人也爲數不多，據 1986 年朱泫源考證，當時英國國內有 140 位研究者，國外有 40 人左右，但在這些人中研究中國古代人文學問題（也是與中國文學最爲相關的領域）的人只有不超過三個人，可見英國漢學實用主義的傳統影響。這種狀況英國漢學家自身也有意識，例如外交官漢學家德庇時（Sir John Francis Davis）批評過英國政府急功近利的態度，導致對漢學研究重要性的忽略，從而使得英國漢學遠遠地被法國甩在身後。〔註61〕

從語源學角度來看，諸如 Oriental Studies 和 Chinese Studies 這樣的學科名目，對同爲英語國家的美國漢學學科建制是有影響的；英國漢學家偉烈亞力（Alexander Wylie, 1815～1887）編寫的中國圖書目錄學著作《中國文獻紀略》（*Notes on Chinese Literature*）結合了英國皇家圖書館分類編目法和中國「經史子集」的分類法，後來美國漢學家衛三畏的《中國總論》中對中國文獻的分類方法與其如出一轍；英國漢學實用主義的態度也很可能影響了美國漢學界從一開始對中國文學問題的忽視。〔註62〕可想而知，二戰之後美國所謂的「中國研究」（Chinese Studies）之所以偏離歐洲傳統意義上的人文研究軌道而同國防外交、政治經濟等國家利益直接掛鉤，也是與英國漢學的影響是密切相關的。

三、英國漢學家筆下的中國文學形象

學科建制上的缺憾並不代表英國漢學全然沒有建樹，英國漢學家對於中

〔註61〕江嵐著《唐詩西傳史論——以唐詩在英美的傳播爲中心》，第 281 頁。
〔註62〕例如 1902 年，在英國首屈一指的古典文學漢學泰斗翟理斯應邀到美國哥倫比亞大學東亞系開設六場講座，在爲期一年的時間裏，翟理斯講了中國語言、劍橋大學圖書館的中文書庫、民主中國、中國和希臘、道教、中國禮俗，卻偏偏沒有涉及到自己的專長——中國古典文學。問題肯定不在翟理斯，而在於美國漢學界的接受語境對「中國文學」的漠視。江嵐著《唐詩西傳史論——以唐詩在英美的傳播爲中心》，第 157～158 頁。

國文學的系統關注和研究雖然不多，但其在文學翻譯領域取得了較大成就，湧現出諸如瓊斯、弗萊徹、理雅各、亞瑟・韋利（Arthur Waley, 1888～1966）等大批優秀的翻譯家，在中文和英文間架起了溝通的橋梁。他們廣泛接觸和翻譯了大批中國古詩文，而在譯本的前言後記和字裏行間，也不乏對中國文學的評價。總體來看，誤讀與悟讀、真知與謬誤交錯並存。

　　英國漢學家瓊斯認為「任何民族在任何時代，對於人類的知識有特大貢獻的，它的語言都應當學習」。擔任亞洲學會會長期間，在 1785 與 1788 年間，瓊斯發表了一篇關於《詩經》的演講，引用了孔子關於「詩無邪」和「興觀群怨」的文藝理論，並且用英語翻譯了三首《詩經》——《淇奧》、《桃夭》和《節南山》，在散文譯本之外又參考英國民歌體採用了韻文翻譯的再創作。瓊斯翻譯詩歌的目的在於離開乏味的希臘和羅馬典故，提供新的意向、新的模型和新的園地。〔註63〕

　　對於中國詩歌翻譯，英國漢學家進行了多種嘗試，探索出了三種翻譯方式：直譯（力求體現詩歌原貌和韻律特色）、意譯（文學色彩相對厚重，譯者多精通漢語並對中國文化有相當瞭解）和創譯（多為非專業漢學家的詩人作家所為），在文學交流史上貢獻卓著。〔註64〕許多人在翻譯中國文學的時候深感中國人對於本土文學的研究不夠深入或缺乏科學性，於是或親自編寫更為系統扼要的《中國文學史》（如翟理斯），或者在譯本前後添加一些譯者的感受和引導文字，便於西方讀者形成對於中國文學的整體認識，這些構成了英國漢學家的中國文學觀的主要內容。

　　翟理斯著述《中國文學史》的初衷就是不滿於「中國的學者們無休止地沉溺於對個體作家、作品的評論和鑒賞，一直沒有成功地從一個中國人的視角，展開過對中國文學歷史的總體研究」，於是寫成了這一部最早的英文中國文學史。英國漢學家對於中國文學過於零散和個人化的批評方式有所不滿，

〔註63〕參見李平《西方人眼中的東方文學藝術》，第 136～137 頁。

〔註64〕例如：東方學家瓊斯在擔任英國亞洲學會會長期間，就曾試著翻譯了幾首《詩經》，總結出了所謂「擬作」的翻譯法：分為兩道工序，先用散文體直譯，後用韻文體意譯。亞瑟・韋利則從中國五言詩中發展出一種「彈跳式的節奏」，用「無韻體」翻譯中國詩歌，一個重度音節代表一個漢字，在每行譯詩中都含有一定數目的重讀音節和不定數目的非重讀音節。可以說，對中國詩歌的翻譯與介紹刺激了譯者的創新靈感，從而貢獻出了許多有價值的翻譯理論與方法。參見葛桂錄著《中英文學關係編年史》，第 64 頁、第 300 頁。

力求從科學性出發提出一個文學史的總體脈絡，在理論的優越感作用下，對於中國文學做出一些別出新意的評價是很自然的。和珀西一樣，翟理斯對漢語評價不高，認爲漢語屬於落後、原始和孤立的語言，中國詩歌缺乏明確的語法指向，所謂「言盡而意不盡」也使得中國詩歌內涵艱澀難解，這些帶有明顯的西方中心主義偏見。

有些漢學家在翻譯中國文學的過程中，對於文學家的喜好與品評不同於中國傳統觀念，這也可以追溯到本土環境甚至禮儀習慣。像約瑟夫・艾約瑟（Joseph Edkins, 1823～1905）雖然專門寫就了李白研究論文，開啓了英語世界對唐詩人專門研究的先河，也注意到李白天才的想像力和汪洋縱橫的氣勢，部分捕捉到了李白的藝術風格，但從英國保守主義文學與道德傳統出發，也批評了中國讀者一直推崇的李白形式自由和跳躍性強等特點。

英國著名翻譯家、漢學家亞瑟・大衛・韋利（Arthur David Waley, 1889～1966）是英國學術界中國古詩研究的專家，超人的語言天賦令其取得了翻譯上的巨大成就。他將中國詩歌的韻律特徵歸結爲霍普金斯（Manley Hopkins）所謂的「跳韻體」（sprung rhythm），與無韻體（blank verse）比較相近，都屬於英國讀者所熟識的詩韻。〔註 65〕由此突破了傳統的直譯法，代之以不押韻的散體形式，以英語單詞對應漢語單字，形成所謂的「彈性節奏」。

英國人所推崇的詩歌風格是洗練簡明（verbal simplicity），韋利的英國文化背景也影響到其對於中國詩的「惡評」，有些屬於「旁觀者清」，但有些也屬「無的放矢」。韋利第一次公開出版的漢詩英譯集《漢詩 170 首》（170 Chinese Poems）於 1918 年問世，分爲序、導言和正文三部分，而在導言中開篇便是「中國文學的局限」（The Limitations of Chinese Literature），他斥責中國詩歌的用典屬於矯揉造作，「典故從來都是中國詩歌的惡癖，最後終於把中國詩全毀了」。〔註 66〕而 1946 年出版的《中國詩歌》（Chinese Poems）收錄的中國作品更多，但總體評價和取捨標準一如《漢詩 170 首》，排除掉他所認爲的過度用典、需要大量注釋才能理解的詩作，聲明自己雖然偏愛翻譯白居易作品，但並非認爲白居易的詩歌就比李白、杜甫和蘇軾要高那麼多，只是因爲白居

〔註 65〕 Waley, Arthur. *Chinese poems: selected from 170 Chinese poems, more translations from the Chinese, The temple and the book of songs.* London: G. Allen and Unwin, 1946.p.5～6.

〔註 66〕 Waley, Arthur.*A hundred & seventy Chinese poems.* New York: A. A. Knopf, 1922, c1919.

易是最具「可譯性」（translatable）的中國詩人的緣故，期望不久會有一部真正意義的中國文學史問世。〔註67〕

　　本著這一習慣，韋利採取了推崇白居易，貶低李白的做法，認爲「白居易作品的深遠影響令全世界與他同時代的詩人們望塵莫及」，對白居易主張「形式服從內容」的現實主義傾向大加讚賞〔註68〕；而散漫不羈的李白則觸動了英國貴族和中產階級的道德神經，使得韋利對李白產生了驚人的誤讀與偏見，將李白視爲自誇自負、冷漠無情、揮霍放蕩的酒肉之徒，成了道德倫理方面「更高典範的對立面」和襯托高山的「山腳低地」。在《詩人李白》（The poetry and career of Li Po, 701～762 A.D.）一書中，韋利首先不厭其煩地搜集和引用了白居易、元稹、王安石、黃庭堅等人的貶李論點，對李白大加批評，這樣做並非由於其閱讀範圍限制，而是出於先入爲主的偏見，搜集有利於自己論據的材料，有時不惜望文生義甚至有意誤讀。〔註69〕雖然長期以來李白作爲中國詩歌乃至中國文學的代表，在西方爲人熟識，但韋利的有意誤讀對於李白乃至整個中國文學的形象聲響是有害的。

　　英國漢學家在翻譯領域取得了巨大成就，誤讀與悟讀並存，其對於中國文學的觀點大多體現在譯介的字裏行間，但英國漢學家的文學思想影響不大，其受眾面很小。〔註70〕作爲歷史悠久的保守主義殖民帝國，英國缺乏對於中國文學的內在需求，因此其翻譯缺乏回應和反響。反而是在同爲盎格魯撒克遜語系的美國，由於其建國較晚、族裔散居的「燴菜湯」文化特徵，汲取了英國翻譯家的許多成果，使得中國文學對於美國文學和社會文化產生了更爲直接的影響。

〔註67〕*Chinese poems: selected from 170 Chinese poems, more translations from the Chinese, The temple and the book of songs.* p.5～6.

〔註68〕Waley, Arthur. *The life and times of Po Chü-i, 772～846 A.D.* London: G. Allen & Unwin, 1949.

〔註69〕例如韋利只引用了白居易在《與元九書》中貶低李白推崇杜甫的話，卻置白居易《李白墓》一詩中「可憐荒壟窮泉骨，曾有驚天動地文」的句子於不顧，還將李白《古風》中「自從建安來，綺麗不足珍」的句子誤認爲是黃庭堅讀李白詩後的批判之語，令人啼笑皆非。Waley, Arthur. *The poetry and career of Li Po, 701～762 A.D.* London: G. Allen and Unwin; New York: Macmillan Co., 1950.

〔註70〕李提摩太（Timothy Richard, 1845～1919）曾經翻譯過《西遊記》，1913年上海基督教文學會出版了他翻譯的《聖僧天國之行》，前七回是全譯。譯本簡略，且有情節失眞之處。

第三節　德國漢學的中介意義

　　由於自身歷史與所處國際形勢，德國漢學的發展不如法國漢學那樣興盛，其學科體系建立相對較晚，漢學在整個德國東方學學科中的地位也並不突出。然而，德國漢學有其特殊的學科範式，其注重理論思辨與知識考證相結合的縝密學風，在 20 世紀初的一段時期內推動了中國學術體系的正式形成，並對美國漢學的誕生起到了中介作用。

一、德國漢學分期問題

　　關於德國漢學的分歧眾說紛紜，按照民國學者韓奎章在「德國人的漢學研究」一文中的說法，德國漢學大致可以分為三個時期，第一時期大致從 16 世紀末歐洲開始研究漢學到 1887 年「柏林東方語言學校」設立，第二時期則從 1887 年到 1912 年柏林大學添設正式的漢學講座為止，1912 年之後則是第三時期。李雪濤在總結了中外諸家學者分期後，建議將德國漢學分為四期：19 世紀以前的前漢學時期，19 世紀到 20 世紀初的濫觴與醞釀期，20 世紀上半葉的發展期和 20 世紀下半葉的轉型期。〔註71〕

　　專業漢學之前，德國雖有湯若望、紀理安、戴進賢等傳教士在華工作，但對於漢學研究推進不夠，缺乏有分量的著作，另外，生於德國富爾達（Fulda）地區的基歇爾曾編撰漢學界里程碑式的著作《中國圖說》，萊布尼茨曾借助同耶穌會士的通信瞭解中國並著書《中國近事》，將中國納入了世界文化大背景，但對比整個德國學術界，漢學或曰中國知識引發的反響寥寥無幾。後來的米勒、門採爾、巴伊爾和魏繼晉等人多以實用主義態度編撰與研究漢語言文字，於中國的思想與文學傳統關注不夠。可以說，專業漢學之前的德國漢學只是法國漢學的附庸而已。

　　就專業漢學而言，我們不妨對照一下法國漢學的年表，法國漢學設立第一個漢學教席是在 1814 年，而德國直到 1909 年才在漢堡設立了第一個漢學教授席位。德國早在 1846 年就成立了「德國東方學會」（Deutsche Morgenländische Gesellschaft），標誌著以近東為研究對象的東方學的建立，而漢學相比之下發展十分滯後，且附著了濃厚的東方學色彩。1913 年波恩大學

〔註71〕參見李雪濤著《日耳曼學術譜系中的漢學——德國漢學之研究》，北京：外語教學與研究出版社 2008 年版，第 6～8 頁。

建立東方學系（das Orientalische Seminar），就是大名鼎鼎的東方學者施萊格爾（August Wilhelm von Schlegel, 1767～1845）、殖民主義地理學家李希霍芬（Ferdinand von Richthofen, 1833～1905，他同黑格爾一樣堅信古老的中國將日期沒落，新興的德國將走向輝煌）等開創的東方主義傳統下的產物。專業漢學建立之後，德國漢學已經出現了一批專業人才，但這些漢學家缺乏本土平臺，只能移師到其他國家進行漢學研究，例如克拉普洛特（Heinrich Julius von Klapproth, 1783～1835）曾同法國漢學先驅雷慕沙在巴黎創辦亞細亞協會和以亞洲語言文化爲對象的專業刊物《亞細亞學報》，而 1851 年荷蘭萊頓大學在設立漢學教授席位時也是請德國學者霍夫曼擔任的。1919 年留法中國學者李思純（1893～1960）指出「西人之治中國學者，英美不如德，德不如法」，〔註72〕此語基本概括了德國漢學在西方漢學中的地位，缺乏專業機構使得中國語言的教育滯後且缺乏連續性，長期以來德國漢學只能停留在業餘水準。19 世紀德國出現了帕拉特（Plath, 1802～1874）、紹特（W.Schott, 1807～1889）、賈柏蓮（von der Gabelentz, 1840～1893），對於中國的關注點多在於語言（包括漢語、蒙語和滿語等）、交通、地理等問題，只有紹特的《中國文學的描述性綱要》（*Entwurf einer Beschreibung der chinesischen Literatur*, 1853）一書，約略介紹了中國文學，而其閱讀原文和翻譯水準卻並不可信，其譯作《論語》甚至還招致了克拉普洛特的批評。

　　然而在 20 世紀初期，兩次世界大戰之間的德國漢學由於國內形勢劇變，尤其是希特勒上臺之後推行了一系列排猶主義政策，使得以猶太人爲主體的知識界大受衝擊，漢學家們也概莫能外。因此，20 世紀初期開始的德國漢學家兩大遷移爲漢學學科帶來了一些奇特的變化，可以概括爲「中德學界對話」和「德國漢學移美」這兩大趨勢。

二、中德學界對話史的啓示

　　德國漢學家整體的東移，開啓了中西學術對話的先河，對今天的中國學界對待漢學家的態度具有較大的借鑒意義。一戰以後中國收回膠州灣，基本解決歷史遺留問題，1921 年北洋政府與德國簽訂了平等的《中德協約》，一時之間中德關係突飛猛進，更由於戰后德國通貨膨脹導致的成本降低，許多留

〔註72〕轉引自李雪濤著《日耳曼學術譜系中的漢學——德國漢學之研究》，第 57 頁。

學生赴德深造，包括陳寅恪和姚從吾等人都接受過德國漢學的系統訓練。德國和西方則深受戰爭創傷，隨著德國思想家斯賓格勒（Oswald Spengler, 1880～1936）《西方的沒落》一書的出版，20世紀20年代前後歐洲確實有了一段「中國文化熱」。1927年南京政府成立後十年間，中國與德國進行了長達十年的軍事與政治合作蜜月期，直到抗戰爆發，即使在希特勒政府上臺早期也未改變對華友好的國策，據統計1929年到1937年間，中國政府派駐德國留學699人，僅次於美國位列第二，其中也包括了宗白華、陳翰生、傅斯年、羅家倫、季羨林等知名學者，留學人員的努力使得中國學術進入了世界語境並且與世界平等對話。

希特勒上臺後頒佈了一系列法律，剝奪了「非雅利安人」尤其是猶太人的工作權利，導致了德國漢學界的災難，猶太漢學家紛紛流亡，非猶太漢學家也面臨著非正義面前的艱難抉擇。於是，北平成為漢學家進行學術避難與繼續研究的首選之地。據統計，包括衛禮賢、艾鍔風、石坦安、衛德明、李華德、鮑潤生、福華德等幾十位漢學家均在中國尤其是北平的大學或學術機構任教，他們同陳垣、張星烺、英千里等學者一起創辦《華裔學志》（Monumenta Serica）等漢學期刊，設立了「中德學會」（Deutschland-Institut）等機構，開創了中西學術會通的一段輝煌。

這一時期中國學術界深受德國漢學家的影響，其治學理念和思路對於中國傳統學術頗有啓發，例如在留德林語堂的推動下歷史比較語言學在中國產生了影響，也給了胡適等人借用西方理論「整理國故」的信心，這些從西方材料中總結積澱的經驗運用到中國材料當中，產生了巨大推動力，從而催生了中國現代學術之建立。此外，德國漢學家較為謙虛謹愼的態度也贏得了中國學者的好感，方志浵就寫文章批評過英國漢學家理雅各的翻譯，認為西洋翻譯派的缺點在於武斷，同時方志浵卻對德國漢學家衛禮賢（Richard Wilhelm, 1873～1930）十分尊敬，認為「衛禮賢教授也是屬於翻譯派。然而他能虛心地領教於中國學者，坦懷地容納中國文化……眞是又信又達又雅。原因是他能體驗華人的邏輯，深悉漢文的風格」。〔註73〕

當然，對於某些堅持西方中心主義觀點，強行將中國歸結為某種模式，不尊重實際情況的學者，中國學術界也進行了激烈的批評。例如1935～1937年，當時已經移居美國的德國漢學家卡爾‧魏特夫（Karl August Wittfogel, 1896

〔註73〕李雪濤著《日耳曼學術譜系中的漢學——德國漢學之研究》，第82～83頁。

～1988）以哥倫比亞大學國際研究所主任的身份進行社會學調查，同顧頡剛等中國學者有過交往，但中國學者認爲其一西方觀念駕馭和組織中國史料，見解武斷，不太願意與其合作。事實上，魏特夫確實是對中國充滿偏見的人，此人早年加入德國共產黨，對於納粹政權頗多批評，而 1939 年蘇德互不侵犯條約簽訂後，魏特夫轉而批判蘇聯和共產主義，將其視爲專制主義的洪水猛獸。魏特夫在學術界提出了著名的「東方專制主義」，試圖爲現代極權主義找到東方專制主義的源流──既然蘇聯在西方人的傳統觀念中屬於東方，那麼通過將現代極權主義視爲東方專制主義的復辟，將中國視爲黑暗的東方專制主義的核心，魏特夫完成了最爲自然不過的結論：

> 治水社會的建設、組織和爭斂財富的活動往往把一切權力集中在一個指揮中心：中央政府和最後集中到這個政府的首腦即統治者手裏。自從治水文明開始以來，國家的不可思議的權力往往集中在這個中心……〔註74〕

魏特夫自稱是懷著憂患與使命感寫作《東方專制主義》一書的，並聲稱受到了馬克思「亞細亞生產方式」概念的影響，但後者的論述中其實沒有提到中國，魏特夫對於中國「治水世界」的概括充滿了西方學者的偏見：從大禹治水到毛澤東，從文明的起源到文明的現狀，魏特夫完成了對中國文化的徹底否定，其理論依據不過是中國的大禹治水傳說和美國地理學家 E.C.山普爾在《地理環境的影響》（1911）一書中的猜測，魏特夫將這一猜測現實化，強化了西方人對於中國的概念化認識。

　　回看這段歷史，當時中國學術界對待德國漢學和整個西方漢學是平視對話的態度。方志澎在 1940 年介紹衛禮賢時，大膽地將西方漢學分爲考證派和翻譯派，在肯定考證派其對於西域及四裔之學的成就同時，也批評「其末流免不了皮毛之譏，甚至於有抄襲書目爲職者。這派的特徵，就是自信力太大，所以酷愛攪死槓」，而翻譯派雖然實力宏大，根基紮實，但像理雅各等人也「對中國文化有頑固無比的偏見」。〔註75〕類似這種清醒的批評在今天的中國學界卻極爲稀少，這也使得中西學術對話無法正常進行，從根本上妨礙了西方漢學家自身的進步。今天的中國學者更缺乏陳垣式「把漢學中心奪回中國，奪回北京」的雖顯誇張卻不乏氣魄的理想。其實從中德學術界在 20 世紀早期的

〔註74〕參見〔美〕卡爾・A.魏特夫：《東方專制主義》，徐式谷等譯，中國社會科學出版社 1989 年版。
〔註75〕李雪濤著《日耳曼學術譜系中的漢學──德國漢學之研究》，第 94～95 頁。

交往來看,中國學者對待漢學的態度應爲正視、肯定並學習其優點,而對其不合規範和偏見之處則予以反駁,不自傲亦不自卑,在肯定他者闡釋必要性的基礎上恪守本土立場的正當性與價值,這是德國漢學對我們的啓示。

三、德國漢學移美與美國漢學起源

　　從前述魏特夫本人的經歷折射出德國漢學與美國漢學之間的複雜聯繫。20 世紀初德國本土漢學專業與漢學職位屈指可數,而歐美其他國家的漢學研究相對興盛,在這一風氣下,德國漢學家往往到這些國家任職,並促進了後者漢學的繁榮。20 世紀中期美國漢學的「區域研究」異軍突起,其背後也似有德國漢學潛在的影響。正如 1934 年賀昌群所說:

> 其間足以爲斯學生色而大放光明者,二三十年來惟三人耳:一爲哥倫比亞教授夏德（F.Hirth）,二爲加利佛尼亞教授阜克（A.Forke）,三即洛佛爾氏（Berthold Laufer）也。此三人皆條頓種,生於德國,學成於德國。〔註76〕

正是在這段歷史基礎上,李雪濤注意到了德國漢學家移居新大陸對於美國漢學建立的促進作用,提出:「早期美國學院派漢學的創立得力於德國漢學家的鼎力相助,也可以說是在歐洲大陸漢學在北美的延伸。」〔註77〕這種觀點開創了審視美國漢學起源,重構西歐與美國漢學關係的可能性,當然還需要更多地旁證予以支持。至少,李雪濤在採訪當代德國漢學巨擘顧彬時提到的 20 世紀 60 年代波鴻魯爾大學建立東亞學院所開創的「區域研究」（Area Studies, Regionalstudien）,就可以視爲與美國同時代（或者更早）的「區域研究」與「中國研究」思路相通的依據。

　　在目前,我們依然保守地認爲美國漢學的異軍突起是主要源於美國內因的事件,包括美國政治、軍事、經濟和文化勢力在二戰前後的迅速提升。但從學術史與思想史的規律來看,一個有影響的學術風潮或趨勢的興起,往往不是某個區域或團體孤立的創造,而是多種聲音與思想碰撞的結晶。20 世紀初期美國大學校園中也確實沐浴過德國學術精神的洗禮,源自英國的盎格魯——薩克遜式貴族博雅教育學風收到了德國式嚴謹細緻的專業劃分挑戰,甚至引發了一段關於「什麼是正確學風」的爭議,許多大學校長和學者紛紛參

〔註76〕轉引自李雪濤著《日耳曼學術譜系中的漢學——德國漢學之研究》,第41頁。
〔註77〕同上。

與了這場爭論。從一個側面也表明了文化間交流造成的學術思想相互滲透甚至模糊界限，從而形成強大的「文化間性」與「學術間性」是有跡可循的。這也不由得讓我們思考，從赫爾德到黑格爾等德國思想家將理性精神與人種地理的偏執論結合起來，對中國文明做出的悲觀主義和種族主義論斷，是否對於美國漢學的現代化模式和拯救主義情結產生有所影響？

雖然萊布尼茨在 1705 年寫給白晉的信中就提出要重視中國文學的意義：「一個人要是不先明白了古代中國的文學（這是幾年才能做到的），他是否能正確判斷他們和他們的學術？」，但總體看來，萊布尼茨至今，德國漢學界對於中國文學的研究至今仍基本停留在文學史譯介這一初級階段，局限於宏觀的介紹與概括領域，尚未邁入專業成熟的文學批評階段。文學史的編寫與出版佔據了絕大多數，例如 1854 年紹特的《中國文學的描述性綱要》，1902 年格羅貝的《中國文學史》，衛禮賢在 1930 年出版的《中國文學》，范佛神父翻譯日本人長澤規矩也的《中國文學史及其思想基礎》，奧特・豪瑟爾（Otto Hauser）1908 年出版的《中國詩學》，施寒微 1990 年出版的《中國文學史》，2004 年艾默力教授牽頭共同編撰出版的《中國文學史》。

二戰之後，東西德國分裂，東德以葉乃度（Eduard Erkes, 1891～1958）為首的萊比錫為漢學中心，西德則以北部傅吾康為首的漢堡與南部傅海波為首的慕尼黑構成了兩大漢學中心。1964 年以後，隨著波鴻大學在區域研究的設想下成立東亞學研究員，德國漢學發生了範式轉換。傳統西歐漢學的語言學與歷史學研究，讓位於更注重現當代中國和文化研究的廣義「中國學」（Chinawissenschaften）。〔註78〕

目前德國漢學對於中國文學的研究的重鎮在波恩大學，而執漢學牛耳者則是漢學系主任顧彬（Wolfgang Kubin, 1945～），顧彬的漢學研究從一開始就以中國古典文學為中心，其 1973 年的博士論文即為《杜牧（803～852）的詩歌創作》。顧彬於 1995 年接替陶德文教授擔任波恩大學漢學系主任後，通過著書立說、組織學術活動和招收培養包括中國學生在內的漢學研究者，為德國漢學的繁榮做出了貢獻。其最新編著的十卷本分體《中國文學史》〔註79〕，

〔註78〕 參見李雪濤著《口耳曼學術譜系中的漢學——德國漢學之研究》，第 9 頁。

〔註79〕 包括中國詩歌史、中國長篇小說史、中國短篇小說史、中國散文史、20 世紀中國文學史、中國文學評論史、中國戲曲史、中國文學作品德譯目錄、中國文學家小傳（辭典）以及索引。叢書部分已經由華東師範大學出版社譯為中文出版。

據稱「乃是迄今為止卷帙最為浩繁的一部文學史巨著」「突破了傳統文學史按王朝年代順序的敘事方式，按照分專題分別論述的方法，更集中地梳理出中國文學應有的脈絡」，被視為德國漢學家在中國文學研究領域的突出成就。沸沸揚揚的「顧彬事件」之後，顧彬的名字走入了中國文化界，但對於顧彬的閱讀和瞭解依然並不充分，其實顧彬本人對於中國文學研究發自肺腑的熱情，其傾注的心力和所取得的成就，是值得肯定和寄予希望的。

第三章　美國漢學家的中國文學觀範式問題

誕生於 1814 年的歐洲專業漢學多以古典中國爲研究對象，專業條分縷析，注重文本分析與文獻考據，屬於少數學者的畦畛，多少顯得曲高和寡；1877 年 6 月，耶魯大學設立漢學教授席位則標誌著美國漢學的誕生，二戰之後以費正清爲代表的「中國研究」（Chinese Studies）逐漸興盛，費正清學派偏重現代中國，社會科學的方法壓倒了歐洲學派的人文學或語文學（philologos）方法，關注焦點轉移到了經濟、政治、人口、資源等現實性較強的領域。相比於歐洲漢學，美國漢學具有如下特點：實用性較強，直接服務於美國政府的遠東政策；普及性和整體性研究更多，從業者由少數天才普及到一般學者，全面但缺乏深度；研究方法上更具現代色彩，社會科學風格壓倒了人文學風格。

對於美國漢學的異軍突起，學術界評價不一，從費正清開始的美國漢學家語言學天賦、文獻處理能力以及人文學修養普遍不及沙畹、伯希和等法國漢學家，更多借助於二戰之後的美國政府資助以及集團協作組織管理而蔚爲大觀，因此有學者認爲美國「中國研究」在一定程度上是倒退而非凱歌式行進，使得漢學界對中國的認識重回「封閉與停滯」，更將中國研究由對人類文化的認識降爲「功利目的的工具」。〔註 1〕

〔註 1〕詳參桑兵著《國學與漢學：近代中外學界交往錄》，北京：中國人民大學出版社 2010 年版，第 36～37 頁。

第一節　美國漢學家的中國文學觀溯源

費正清（John K. Fairbank, 1907～1991）爲代表的美國漢學異軍突起有其歷史原因。二戰之後美國成爲西方世界的中心是不可忽視的原因，當時整個歐洲經濟的復蘇都要依賴於馬歇爾計劃，美國於 1958 年通過「國防教育法案」（National Defense Education Act）後，美國政府和福特、洛克菲勒等財團大量投入資金資助本國漢學。以法國爲中心的歐洲古典漢學研究自然無力與大洋彼岸的新興學派競爭，世界漢學中心漸漸由法國轉移到了美國。就學理層面而言，美國「中國研究」的區域研究範式也絕非一朝一夕之功，而是經歷了幾代學者的積澱，包括費正清的老師、《中華帝國對外關係史》（*The International Relations of the Chinese Empire*）的作者馬士（Hosea B. Morse, 1855～1934，費正清就受馬士影響以海關問題作爲博士論文題目）。〔註2〕而早在美國漢學正式誕生之前，衛三畏（Samuel Wells Williams, 1812～1884）就以其《中國總論》（*The Middle Kingdom: A Survey of the Geography, Government, Literature, Social Life, Arts and History of the Chinese Empire and Its Inhabitants*, Rev, ed., New York: Charles Scribner's Sons, 1883.）等系列著作奠定了美國漢學研究的模式。

一、博物學視野下的「觀察中國」

一位本想成爲博物學家的美國青年，因爲一架印刷機的召喚遠涉重洋來到中國，爲教會刊印傳教書籍，逐漸成爲傳教士漢學家，後來又成爲美國外交官員，晚年又回到母國，1877 年成爲耶魯大學首位漢學教授……經歷豐富的衛三畏見證了古典中國到現代中國的歷史轉折，在宗教、學術、外交等多種領域遊走，更成爲傳教漢學到專業漢學轉型的標誌。從衛三畏身上可看出漢學史的複雜性，新教傳教士相對於耶穌會士先驅所面對的歷史境遇迥異，其遭遇的問題不同，採取的策略反應也不同；而遊記漢學、傳教士漢學和專業漢學的三段論劃分，不應僅視爲對歷史事實的描述，更應視爲在所有歷史時期共有的模式。〔註3〕

〔註2〕費正清的精神之父是馬士，此外他還深受韋伯斯特（Charles K. Webster）、蘇慧廉（William E. Soothill, 1861～1935）、蔣廷黻、拉鐵摩爾（Owen Lattimore, 1900～1989）等中外學者的影響，其中蘇慧廉曾寫過傳教士漢學家李提摩太（Timothy Richard）的生平傳記，蘇慧廉（William E.Soothill）著《國外布道英雄集第六冊：李提摩太傳》，Issac Mason 節譯，上海廣學會 1924 年版。

〔註3〕從利瑪竇入華到今天，三種漢學之間並非嚴格的承繼和取代關係，而是在每一段時期共存、交叉和重合，衛三畏的經歷證實了每一段時期的傳教士漢學

衛三畏在漢學領域的兩大成就，一是編撰了《漢英韻府》，成爲馬禮遜《華英字典》之後又一部專爲外國人學漢學編寫的著名工具書，且實用性上有所突破；二是根據自己在中國的經歷，以博物學的方法撰寫了《中國總論》。在費正清看來《中國總論》的價值和歷史影響要遠遠超過字典，尤其是其副標題「關於中華帝國及其居民的地理、教育、社會生活、文藝、宗教等的概觀」完全可以作爲地區研究的「課程提綱」（syllabus）來使用。〔註4〕衛三畏對於博物學的熱愛暗含著其描繪中國的方法與目的，並對後來「中國研究」思維理念的影響更爲深遠，作爲一名博物學和科學愛好者，衛三畏善於觀察植物，收集植物標本，在華幾十年間，就像觀察植物和搜集標本一樣觀察中國並搜集漢語和中國的信息。

衛三畏本人對於中國的評價是：「在所有不信教的國家中最好」，曾論證過中國人優於印第安人，中國是可愛的，因爲她比那些野蠻民族要好，但中國並非完善和完美的，因爲沒有基督和上帝的光芒照耀。聯繫到同時代的英國傳教士漢學家李提摩太將中國視爲「馬」這樣的低等動物〔註5〕，對中國的這一定位似乎是那個時代英美漢學家的共識。在《中國總論》裏，中國還是對象，是和西方人不一樣的人，是介於西方人和野蠻人，或者說眞正的人與非人之間曖昧的存在物。在《中國總論》的開篇，作者還是像描繪一件文物那樣介紹地理位置、山川河流和民族構成，而論述中國人的性格式，也有一些類似明恩溥《中國人的性格》那樣的臆斷之語，雖然衛三畏本人一直抱著善良的願望，但善良並不能代替理解。

衛三畏對於法國專業漢學家中國文學研究方面的成就十分欽佩，認爲英美學者在這一領域不及法國漢學家，原因在於從政府那裡得到的支持不同：

和專業漢學是可以共存的，直到今天也不能說專業漢學就完全取代了遊記漢學和傳教士漢學。甚至在美國專業漢學內部，「中國研究」或「中國學」也並非就一統天下，1955 年哈佛大學東亞研究中心建立，可以作爲新模式誕生的標誌，但 1928 年建立至今，哈佛燕京學社一直堅持傳統漢學研究的立場與方法，集中研究古典中國，方法也是微觀上的文獻考證，據說費正清早期還是因爲未能申請到哈佛燕京學社的獎學金才決心另起爐竈的。顧鈞著《衛三畏與美國早期漢學》，北京：外語教學與研究出版社 2009 年版，第 4～5 頁。

〔註4〕轉引自顧鈞著《衛三畏與美國早期漢學》，第 130 頁。

〔註5〕李提摩太如此評價中國人：「因爲人的學識不足，不知應用，受了不當受的苦，如送快遞的馬，有時趕的甚急，受累而死，若用電報，一發即至。」《國外布道英雄集第六冊：李提摩太傳》，第 95～96 頁。

「法國漢學家在中國文學領域的工作是值得高度讚揚的，相比於他們，英美學者在同一領域所做的工作實在是太少了，我們尤其要知道，法國與中國的貿易以及法國來中國的人數，都比英美兩國少得多。法國人這種對文學的關注在很大程度上應該歸功於法國政府自路易十四以來的支持和培育，以及皇家圖書館豐富的中文藏書……」衛三畏敏銳地看到了學術研究與政治之間的聯繫，不過並未消極地等待著本國政府的「支持與培育」，而是利用自己的現有資金和資料條件，嘗試做一些中國文學的翻譯、介紹與研究工作。在《中國叢報》發表一篇關於茶葉文章（Description of the Tea Plant）的時候，他就特地將《春園採茶詞三十首》翻譯成了英文。文學翻譯是漢學研究的「尖端領域」，詩歌翻譯尤難，衛三畏的翻譯體現了自己的漢語水平和自信。

除了主辦《中國叢報》，編撰《漢英韻府》，以及發表了關於扶桑和中國少數民族的幾篇論文之外，衛三畏一生的學術成績就體現在《中國總論》這一鴻篇巨製中。這是一部從傳教士漢學到專業漢學過渡的標誌性著作，對於後世美國漢學家有著深刻影響。其中對於中國文學的相關論述尤其值得深入分析。衛三畏對於中國文學的關注主要集中在三個問題：一是中國語言文字的結構；二是《詩經》背後傳達的中國人生活與道德；三是中國的雅文學傳統。

二、中國語言文字論

在《中國總論》中，衛三畏詳細介紹了中國語言文字的結構，包括六書、五體和永字八法，同時對中國書法的材料以及印刷書籍的細節也有所提及。他對中國語法時態的缺點提出了批評，但更強調中文區別與印歐文字的獨特之美：

> 儘管有嚴重缺點，中文也擁有驚人的美。在熟悉其組合部分之後，這種文字的表現特色，句子的含意能夠使人觸目生情，從簡潔而生銳氣，全然沒有西方語法的詞尾變化，偏於使用語助詞，為其風格增添氣勢，這是任何拼音文字難以達到的。〔註6〕

衛三畏反對不中不西的洋涇浜（pigeon），認為要學習地道的中國話，這樣可以消除中國人對於西方人的戒心：

〔註 6〕 〔美〕衛三畏著《中國總論》，陳俱譯，上海：上海古籍出版社 2005 年版，第 430 頁。

　　　　中國語言文字的知識是取得人民信任的護照，外國人一旦學會
　　了，當地人就會卸下偏見和歧視。作爲學習的動機，學者和慈善家
　　有可能用中國語言文字使人類的這一龐大群體受益，得以幫助中國
　　人提高思想，純潔心靈，增進理解，增強學習更多知識的願望，他
　　們有機會做許多事來抵消鴉片貿易的滔天罪惡，就是説，教導中國
　　人怎樣才是克制的唯一堅定基礎，同時使他們熟悉西方國家在科
　　學、醫藥和藝術上的發現。〔註7〕

這段話中包含著美國漢學家對於中國歷史的認識和期望：承認中國內在的優
點與不足，將中國形象還原爲日常的、可理解的形象而非臉譜化的可笑形象，
集中強調中國文明缺乏與外界的交流，需要「來自海外的新動力」，這就開啟
了後來漢學家以「衝擊——反應」模式將西方視爲通過各種手段（正義的和
非正義的）引導中國走向現代化的力量的先河。這也使得衛三畏的歷史觀中
出現一個根深蒂固的矛盾：《中國總論》的後半部分主要篇幅在於介紹兩次鴉
片戰爭的始末，作爲虔誠的基督徒，衛三畏對於鴉片深惡痛絕，他從基督教
普遍教義出發，大力譴責第一次鴉片戰爭的非正義性質，這在當時是難能可
貴的；但爲了傳播福音起見，他又必須爲戰爭的結果即中國的開放感到振奮
和鼓舞，於是陷入了一種奇特的「假設歷史」理論，聲稱戰爭是唯一能打破
北京政府自負的手段，認爲如果中國人的禁煙鬥爭勝利的話，「他們不過將國
家封鎖起來，……他們致力於清除的是同別國人民在商業、知識、政治上的
自由交往」。這種對「未曾發生的歷史」的設想只是表徵出嚴謹的學者在人類
道義與民族偏見之間的二難抉擇。

　　《中國總論》面向的讀者是美國人和西方人，因此衛三畏盡量用簡明扼
要的筆法全方位地介紹「中華帝國的地理、政府、教育、社會生活、藝術、
宗教及其居民概觀」〔註8〕，這啟發了後來費正清等的寫作體例——百科全書
式的宏觀勾勒。衛三畏關於中國文學的介紹不多，且多出自雷慕沙等西歐漢
學家的研究成果。不過衛三畏提出的中國「雅文學」的概念，突破了以往過
於偏重俗文學介紹的窠臼，對於中國詩歌、文章等雅文學進行了介紹，儘管
在實際的介紹文字中依然擺脫不了偏重「俗文學」的故事化傾向。

〔註7〕　《中國總論》，第 432 頁。
〔註8〕　這也是《中國總論》的副標題。

三、文學故事化的《詩經》解釋模式

　　《詩經》並不屬於衛三畏心中的「雅文學」，衛三畏是以《四庫全書總目》為嚮導全面介紹中國文獻的，按照經、史、子、集的順序逐個介紹，其中「經」分為九類，「詩經」屬於其中第三類。衛三畏將其視為「頌歌之書」，指出它對於民族心理的影響非常重大。他將《詩經》單獨摘出，也不是從純文學的角度評價《詩經》價值，純文學屬於「集」的範疇，衛三畏將其譯為Belles-Lettres，即「美麗的文字」之意，服從整個四庫全書的體例。他對於《詩經》的介紹比較詳盡，先介紹了篇幅、詩歌數目、地域及風雅頌的分類（分為國風、小雅、大雅、頌四部分），接著依據理雅各的譯本，介紹了《國風》中的《甘棠》、《雄雉》、《靜女》、《漢廣》，《小雅》中的《斯干》，大雅中的《瞻卬》等篇章，除了《漢廣》一篇採用原文音譯與意譯並列之外，其餘一般採用意譯的形式。對於《詩經》的介紹，衛三畏幾易其稿，初版中用的《蒹葭》、《谷風》、《凱風》等再版未收入，而補充了《甘棠》與《斯干》。

　　在具體闡釋文本時，衛三畏並不著眼於美學價值，而是希望借助《詩經》能瞭解到中國人的日常生活與禮儀，即重在「詩的影響」，由於閱讀對象多是西方普通讀者，衛三畏更加不可能從賦比興的藝術手法角度來深入詩經的文學技巧（儘管在我們看來衛三畏應該、也有能力這樣做）。因此他闡釋《詩經》一般有三個角度：

　　1. 指出其道德、倫理與社會學意義，輕視《詩經》的想像力等文學因素。從下段話中衛三畏主張和贊成的觀點可見一斑：

> 　　　　很難估計這些詩給後代學者灌輸了多少力量——如果沒有提高他們的想像力，也不至於貶低他們的道德。如果說其中沒有達到荷馬的壯麗，或是維吉爾與品達的甜美，卻避免了莫斯科斯、奧維德或玉外納的鬆散放蕩。沒有描寫英雄事蹟的詩歌，甚至沒有較長的敘事詩，表現人類在發展中的激情也不多。隱喻和舉例奇特有趣，有時很幼稚，偶有可笑的。《詩經》的主要特點，如公認的年代久遠，含有宗教特徵，對早期中國人習慣和感情的解說，引起我們的注意，確認研究的價值。巴黎的俳優……說，這些作品令人沉思，「安詳地觀察中國早期社會的原始狀態，發現它同歐洲、西亞多麼不同」。〔註9〕

〔註 9〕《中國總論》，第 441～442 頁。

2. 以西解中，選擇西方讀者最為熟悉的詩篇或典故來構造《詩經》的形象。為了想像孔子當年面對《詩經》的感覺，衛三畏引用了 17 世紀英國詩人喬治‧赫伯特的詩句：「一首詩會使他因啟示而飛騰，將喜悅轉變為供奉」。在解釋的過程中，衛三畏也屢屢採用這樣「以西解中」的方法——中國的「《XX》」類似於我們的「《ＸＸ》」——以喚起西方讀者的興趣：《甘棠》「所含感情使我們聯想起莫里斯的詩《伐木人，饒了樹吧》」……《瞻卬》中的褒姒「是災禍的主要責任人，就像羅馬與拜占庭歷史上的阿格麗品娜和普爾喀麗亞一樣」。衛三畏還引用了理雅各的看法，認為《文王》與《聖經》中的《詩篇》文字與結構相似：

> 在第三部分的第一篇（指《文王》）和《詩篇》第一百二十一篇之間，在文字上相似，一段的最後一行通常和下一段的第一行重複，這一特徵有點像《海華沙》（指朗費羅所寫的讚頌印第安酋長的同名長詩）。〔註10〕

從相似性的角度理解異國文學傳統，是不同國家文學交流的普遍形式。相似性使人將遠方的存在物理解為「似我」，而差異性又幫助人意識到對方「非我」，在「似我」與「非我」之間，自身的主體性得以確立。就這個意義而言，文學交流中的雙方也呈現出某種微妙的「互為鏡象」關係。問題在於這種比擬與求同過程往往伴隨著劃分等級的價值優劣性判斷，本來文化中介只是用自己熟悉的東西來幫助我們理解他者，但又很容易引發出一個慣性：世界要以自我為標準，他者文化中的因素都是本土文化不完美的變體或者拙劣的模仿。

3. 偶而會觸及音調、節奏等問題，但語焉不詳。對於《詩經》中各篇，衛三畏認為「詩歌中的最高境界在第四部分」，將「頌」視為《詩經》的最高境界，從文學價值上來看，這一點頗值得商榷，這裡明顯偏重於作為「典籍」的《詩經》所具備的歷史學與倫理學價值。

前文衛三畏介紹《詩經》的文字中，能看出其對中國文學「文學性」的某些輕視——這是與西方傳教士和漢學家對於單音節韻律和象形文字的一貫輕視態度一致的，當然衛三畏也並非對於中國文學毫無讚賞，他也認識到了某些優點，可惜缺乏足夠的論據支撐：

> 對於只熟悉西方語言生動多變的節律的人來說，單音節語言的

〔註10〕《中國總論》，第 447 頁。

> 韻律顯得十分平淡乏味；但是中國人在民歌和小調中表現出活潑輕
> 快和抑揚頓挫，比我們將這些古代遺作翻成我們的文字強。……詩
> 韻和聲調，兩者構成中國詩的基本要素，用我們的文字只能很不完
> 全地表達出來。〔註11〕

衛三畏意識到語言間巨大的差異對理解中國詩歌造成的困難，讀者本應期待
他在後面的介紹中詳細解釋：中國語言的「韻律」如何「抑揚頓挫」，其意境
與情感究竟有何特徵？但衛三畏並沒有在這裡花費太多精力，他對於詩韻和
聲調問題避而不談，在後面介紹「純文學」或「雅文學」時，也不涉及文本
細讀，只是將文學「故事化」，通過介紹情節和作家生平，他依靠的是敘事學
而不是美學來吸引西方讀者，這對於後世宇文所安和倪豪士等人把握中國文
學研究訣竅，應該說也有一定啓發意義。

四、從雅文學指向「文明的停滯」

在《中國總論・中國的雅文學》中，衛三畏介紹了中國的史學、戲劇和
小說，講到了李白杯酒戲權貴的故事和《三國演義》中的王允巧施美人計故
事，另外還是西方最早和翻譯過《聊齋誌異》段落（《種梨》和《罵鴨》）的
人。後來，衛三畏還嘗試著將《東周列國志》翻譯成英文，共完成了 19 回，
其中前兩回發表在《新英格蘭人》（*New Englander*）雜誌上，可以說較早觸及
了「歷史小說」這一「幾乎不爲人所知的領域」。而且其中一些翻譯，如「幽
王烽火戲諸侯」等頗能傳達原書神韻。〔註12〕當然對於中國雅文學的介紹也
存在一些問題。

首先是「中國的雅文學」這一章嚴格按照《四庫全書總目》的順序介紹
了史、子、集三部，衛三畏雖然統一名之爲「雅文學」，但眞正的文學其實只
有「集」這一部分。衛三畏意識到了「雅文學」的地位，卻依然停留在「使
歐洲人洞察他們的習俗和思想」的思想範圍內，未能稍稍走出，眞正以純文
學的態度來觀照中國純文學。

其次，在介紹所謂「雅文學」及詩歌傳統時，衛三畏所承諾介紹的東西
與實際介紹的東西有些不一致，他正確地認識到「集部」即雜集之意，提及
的主要著作是詩集，占總數近三分之一，且分爲楚辭、別集、總集、詩文評、

〔註11〕《中國總論》，第 446～447 頁。
〔註12〕《衛三畏與美國早期漢學》，第 95 頁、第 144～146 頁。

詞曲五類，他也提出最早的詩人是屈原，而更著名的三大詩人是李白、杜甫和蘇東坡，但他卻沒有舉一首相關的詩歌。典型的例子就是李白，衛三畏泛泛地將李白的詩作一語帶過，卻迅速地將話題引到李白的奇遇上——「除了詩作以外，他的奇遇也同樣聞名」，接下來就是《今古奇觀》中關於李太白識番書、戲權貴的故事了。這是一種將文學故事化的傾向。

總體來看，衛三畏對於中國詩歌特徵的研究主要是得益於德庇時、理雅各和斯登特等漢學家的已有成果，只是忠實地復述，創見不多。從以下幾段話中都能看出當時西方人對於中國詩歌的概念化認識：

> 矯揉造作的詩篇並不罕見，其音韻比意義更引人注意；有大量的同音字，較其它語言有更便利的條件去講求音韻，從而嚴重削弱了高度感情的表現。缺少文字的曲折變化，聽不到我們耳中所熟悉的流暢聲律，這樣的詩行由眼睛來看比用耳朵來聽更能激發靈感……

> 同一部首的字所構成的詩行也有這樣的現象，其音調對意義起輔助作用。然而這種稀奇古怪的式樣被看成只適合於學究式的人物。〔註13〕

這些描述並非全無依據，中國詩歌確乎有過分講求技巧的一面，中國文字也確實具有象形特徵，重字形而不重語音，文字的統一主要是指書寫的統一。但衛三畏的抱怨說明他未能深入理解中國真正雅文學——詩歌的本質，對於雙聲連綿、同部同首等語言現象也缺乏關注的熱情與耐心。可以想見，他倘若讀到諸如杜甫「香稻啄餘鸚鵡粒，碧梧棲老鳳凰技」（《秋興》）或韓愈「舞鏡鸞窺沼，行天馬渡橋」（《雪詩》）等不合乎語法規範的句子，又會是怎樣的態度。

第三，他對於詩歌史的理解也與其實際所舉的詩句不太統一。根據前人的成果，衛三畏介紹說：唐代是詩歌和文學的全盛時期，也是中國文明的輝煌，這時歐洲文明是最黑暗的時期。但他卻並未舉出像李白、杜甫等任何一首有名的唐詩，取而代之的卻是一些俚曲風格的作品，甚至是同代的一般詩人隨便題贈給西方人的即興詩歌，例如《張良笛》、《蘇蕙頌》、《春園採茶詞》等，希圖用這些作品來強調詩歌對於中國人生活的重要意義。接著，他又花

〔註13〕　《中國總論》，第489頁。

費大量篇幅介紹了中國的戲曲，甚至全文翻譯了民間幽默戲曲《補缸記》〔註14〕，這就更與「雅文學」的主題漸行漸遠了〔註15〕。最終在「雅文學」這一章中，衛三畏呈現出的只是對雅文學的泛泛而談，沒能呈現出中國詩歌的真正面貌。

　　最後，衛三畏對於中國文學的理解是與其對中國文明封閉、落後、停滯的認識相統一的。他認為詩歌是文人雅士顯示寫作技巧的遣興方式，對於韻律又格外追求，因此內容較為空洞，更注意的是「音韻鏗鏘，結構精緻，而不是情感的提升和內容的豐富」；各種各樣的即興詩應用於多種場合，中國人又格外喜愛格言警句（衛三畏列舉了許多），尤其是文學成為人們考試繼而進入仕途的依據；這樣無處不在卻又高度發達的詩歌傳統帶給衛三畏的印象卻是：令人厭煩，因為既缺乏實用性，又過於呆板：

　　　　就總體而言，這是人類辛勤工作的了不起的不朽功業，然而從教導讀者學到有用知識來說，可以適當地和他們的長城相比擬，既不能抵禦敵人，也不能給長城建造者任何真正的用處。缺點是顯而易見的。找不到外國地理的專著，也沒有旅行海外的真實記述，更沒有一點外國人民的語言、歷史和政治的著述。對帝國以外的其他語言的語言學著作一無所知，由於本身語言的特點，這一工作要由外國人來做。……神學幾乎一片空白。人民的性格主要由古代書籍塑造而成，這樣的相互影響趨向於抑制（儘管還不是毀滅）追求真理的獨立研究。

話題由文學歸結為關於中國人性格的套話，固定的「長城」形象再次出現，專制統治加上壓抑真理，論證了中國人制度上的缺陷。至於沒有「外國地理的專著」或者「神學」之類的批評純屬苛求。歸根結底，衛三畏是要論證：中國文化是存在致命弱點的，而只有引進西方，才有出路。外來的西方因素能夠改造中國文學背後這種不實用且令人厭煩的文化：

〔註14〕似為當時民間獨幕劇，原劇本已經失傳。根據衛三畏譯本，講述了走街串巷的修補工牛周和年輕姑娘王娘相遇後的幽默調侃之後互生情誼，最終喜結連理的故事，最後牛周脫掉上衣變成漂亮青年的情節頗類似於《格林童話》等一些西方故事的結尾。

〔註15〕上述作品在中國文學史上實在影響不大，以至於一個世紀以後，《中國總論》的中譯者費盡心思也無法找出上述衛三畏所譯「雅文學」的中文出處，可見這些「雅文學」真是名不符實。

　　　　對文學的主要部分所作的研究可以看出政府支持的效果，在我
們看來呈現出令人厭煩的一致性。新的觀念、論據、主旨現在應當
從外部世界進來，而且要在同一不變的渠道之上逐漸提高人們的思
想。〔註16〕

中國雅文學的停滯最終指向了中國文化的呆板，在衛三畏的結論裏，彷彿能
看到後世費正清、列文森等「中國研究」學派的影子，甚至五四一代中國知
識分子經由「審父」而啓蒙的邏輯也似乎躍然紙上。衛三畏對於中國文學的
看法雖然不多，但這種「不多」本身就包含著一種價值判斷和意識形態，他
對中國文學的分類、定位、舉證與評價，對於後世美國漢學家研究中國文學
的立場取向有著深刻的影響。

第二節　「中國研究」學派對於中國文學材料的使用

　　二戰以後，歐洲處於經濟復蘇和重建過程中，馬歇爾計劃成爲歐洲復興
的支柱，歐洲各國也因此漸趨接受了美國的全球霸主地位。與此同時，漢學
中心由歐洲轉向美國，美國漢學在學術體制、學理依據和社會影響力上都向
經典的西歐漢學提出了挑戰。在「中國研究」模式下，美國漢學對於東亞和
中國的研究，從屬於更爲廣闊的「區域研究」，研究中國的目的在於瞭解這一
潛在對手甚至敵人，這種研究背後是中情局等官方乃至軍方的資助。〔註17〕
歷史的二律背反在於，在這樣一項「罪惡」的事業之下，卻也能結出某種客
觀的學術碩果，這就是在五六十年代以費正清爲代表的「中國研究」學派的
興起，受麥卡錫主義影響〔註18〕，費正清等人的學術研究遭遇了不少波折，「中
國研究」的研究範式卻一直保留了下來：在學術體制上，美國大學相繼成立

〔註16〕《中國總論》，第 499 頁。
〔註17〕例如夏志清（Hsia, Chih-tsing, 1921～）的《中國現代小說史》，是服務於美國
　　　　國防部的。就此意義而言，這一時期的漢學研究作用同本尼迪克特爲方便美
　　　　國國防部統治日本而撰寫的《菊與刀》沒有二致，將這一區域納入觀照的視
　　　　野，瞭解對手以便戰勝對手，帶有濃厚政治色彩。See Hsia, Chih-tsing .*A history
　　　　of modern Chinese fiction, 1917～1957*. New Haven: Yale Univ. Press, 1961.
〔註18〕麥卡錫主義（McCarthyism）是在 1950 年代初，由美國參議員約瑟夫·麥卡
　　　　錫（Joseph Raymond McCarthy）煽起的美國全國性反共「十字軍運動」。他任
　　　　職參議員期間，大肆渲染共產黨侵入政府和輿論界，促使成立「非美調查委
　　　　員會」（House Committee on Un-American Activities），在文藝界和政府部門煽
　　　　動人們互相揭發，許多著名人士受到迫害和懷疑。

了東亞系、遠東系或東亞研究中心等學術機構，區域研究致力於將東亞和中國作為特殊的研究對象；在學科建設上，呈現出多種領域的繁榮，例如費正清、列文森對於現代中國歷史的研究、牟復禮、史華茲對於中國思想史的梳理、艾爾曼對於乾嘉學術史的闡釋以及宇文所安、蘇源熙、倪豪士等人的中國文學史與文學批評等等，幾十年間成果豐碩；最後，在思想範式上，美國「中國研究」也從內部有所突破，尤其是 1984 年保羅・柯文（Paul A.Cohen）頗有影響力的《在中國發現歷史——中國中心觀在美國的興起》一書，系統反思了費正清開創的「中國研究」的「西方中心主義」學科範式，呼籲打破帝國主義、現代化和馬克思主義這三種學術研究的套話，代之以真正以「中國」作為中心的研究思路，並轉化為現實的學術成果。

在「中國研究」的大環境下，出現了一些弔詭的現象，一是美國漢學界對於中國古典文學尤其是唐代文學及其思想的研究頗為用心，相反對於現代以來的文學思想缺乏關注；二是在美國人書寫的中國文化史中，文學尤其是文論佔據的分量很少，且多為佐證中國傳統模式失效的例子；三是對中國文學的分析同對整個中國文化的研究彼此隔絕，研究中國古典文學多從語言、音節、形式美等角度進行考古或美學式的分析，很少旁及政治史、軍事史和文化史，有流於形式化和獵奇的危險，而研究文化史與思想史的又多對文學置若罔聞。

一、「社會——文學」與「西方衝擊——中國回應」

費正清開創的「中國研究」具有濃重的「經世致用」色彩。出於珍珠港事變後的現實需要，費正清從一個超然的研究者演化為中國命運的關切者，提出了對傳統歐陸漢學語言中心主義研究方法與內容的批評，指責「歐洲漢學家普遍拘泥於一種成見，他們認為一位研究中國問題的西方學者，必須要求能夠嫻熟地閱讀中國經典原著，必須全靠自己大量利用中文工具書和文獻材料。這一來顯然看不到在中國沿海地區的傳教士和領事們所作的漢學研究的價值。這些人在遇到困難時總可以在屋後找到可靠的老師提供指導，就像我們曾經做過的一樣」〔註 19〕，認為他們「如果不是語言的奴隸，也已成了語言的僕人」，應該「去使用語言，而不是被語言所使用」，要讓學術為現實

〔註19〕桑兵著《國學與漢學：近代中外學界交往錄》，第33～34頁。

所用。正如余英時所言，費正清對於中國的所有預言幾乎都是錯的，這卻沒有妨礙他成爲美國漢學的執牛耳者，甚至政府制定對華政策的重要參考。

費正清是站在西方人的角度審視中國文明特徵的。他最初是要將中國歸入所謂「東方式」的社會，他借用了魏特夫「治水國家」理論描述早期中國的文明特徵，這種社會與印加、阿茲臺克和瑪雅文明極其相似，缺乏希臘和羅馬那樣的個人主義，而是靠政府來統攝一切和管理一切；不過費正清補充說，他不同意魏特夫認爲中國是唯一殘存至今的東方社會的觀點，而堅持「中國並不是那些多少世紀都毫無變化的世界早期帝國的殘存實例」，在中古期，「中國是世界上最先進的社會」，物質高度進步，城市和商業極其發達，但很遺憾的是中國沒有能產生「經營企業的城市住戶的新階級，即資產階級」，而是產生了「一個大不相同的新階級」——士紳階級。士紳階級的保守性使得中國文明沒有能走上現代化的道路。〔註20〕

費正清的思路有曖昧和矛盾之處，他一方面承認早期中國文明的「東方」特徵，貶低其淵源，但又讚譽中古時期中國所取得的成就，最後又遺憾中古時期中國錯過了產生資產階級和資本主義的良機。這種一波三折的態度背後是費正清以西方理論套取中國材料的「韋伯化」傾向。費正清眼中的中國文學具有兩面性，首先文學代表了士紳階層和文人的趣味，從根子上就存在缺陷，表明中國缺乏走向現代化的基因；其次，文學藝術還在一些場合引起惆悵與欷惋，因爲它表明了中國有城市化和商業化的歷史，又昭示著走向現代化的可能痕跡。在費正清的整個史學系統中，他對文學和藝術問題著墨不多，更爲關注宏觀、實證和現實的中國，文學需要承擔的論證任務並不繁重，而是恰到好處地點綴並佐證關於中國文明的整體觀點。

對於中文，費正清肯定過漢字的優點——引起複雜性及象形特徵而具有美學價值：

> 漢字本身還具有一種字母文字所缺乏的生動性……與硬性規定的字母文字相比，漢字似乎具有更豐富的內涵以及更微妙的韻味，這就使得漢語詩歌和散文具有一種字母文字難以望其項背的簡潔生動性。一經掌握，漢字甚至比字母文字更易於閱讀。〔註21〕

〔註20〕〔美〕費正清著《美國與中國》，張理京譯，北京：世界知識出版社 2008 年版，第 28～31 頁。

〔註21〕〔美〕費正清著《中國：傳統與變遷》，張沛等譯，長春：吉林出版集團 2008 年版，第 20～21 頁。

但費正清對於漢字的整體印象就是「難」。漢字古老而又繁多，必須依靠視覺而非聽覺來認知，與印歐語言大相徑庭。由中文的特徵，費正清引申出的結論是：首先，漢字不如西方字母文字簡便，他預言在印刷術發展的時代漢字會暴露出問題；其次漢字能夠克服方言等障礙，有助於國家統一；最後，漢語的書面文字優於口語，但也導致其較難掌握，而「這也是使中國直到 20 世紀仍束縛在儒家的陳舊模式裏的一個因素。中國語文妨礙中國人與外國社會的順利交往」，中國文字「是鑽研學問的障礙而不是助力」，妨礙了農民等下層階級獲得眞理和知識，導致文盲率偏高，塑造了一個文士階級，強化了人與人之間的不平等，使得文人放棄了體力勞動，無法取得像歐洲科學那樣的發明進步。費正清甚至說「中國的語言體系是權力主義的天然基架」〔註22〕，中國雖然有些變化，但總體格局呈現出超穩定結構，萬變不離其宗，這一切漢語難辭其咎。

在總結晚唐到宋代的文藝狀況時，費正清將繪畫藝術與文學藝術進行比較，認爲中國人更推崇後者：

> 儘管繪畫藝術對於中國精英階層來說是一種難能可貴的天賦，漂亮的書法和文學技能（尤其是詩才）卻是他們的必備才能。文字向來是備受尊崇，而作爲獲求功名之主要途徑的科舉制度更是擡高了它的地位。10 世紀時私學與書院的數量大增，加上印刷術的發明，自然也推動了各種書寫用具的發展，而文學、學術亦因此獲得了全面的發展。〔註23〕

在費正清的心目中往往將「文學」與「學術」（例如司馬光的《資治通鑒》及其續篇）並置，他以教科書般的筆法簡要介紹了唐代詩歌的「高峰」地位和自由揮灑的形式特徵，提到了李白、杜甫、白居易和蘇東坡，繼而描繪了詩歌衰落後詞曲的相繼興盛，提到了韓愈的古文，以及戲曲與傳奇兩種文學樣式的出現。費正清用晚唐至宋時期代表中國文學的特徵，但他介紹得過於簡約，寥寥不過一千字而已，況且沒有舉出哪怕一首具體的文學作品。費正清更願意將文學作品視爲社會的某種「徵兆」或「象徵」，例如戲曲與小說這一類大眾文藝的發展就表明了「教育程度和中國文化都市化程度的提高」。此外，費正清也從中國「士人」的業餘性身份角度論證文學創作的特徵，這一點可能啓發了弟子列文森後來的研究：

〔註22〕〔美〕費正清著《美國與中國》，第 74～75 頁。
〔註23〕〔美〕費正清著《中國：傳統與變遷》，第 111 頁。

> 晚唐與宋代文學有一個突出的特點，即大多數的詩人、詞家與
> 學者都屬於士大夫階層（儘管有些人懷才不遇，如李白和杜甫）。反
> 過來，大多數大政治家亦是傑出的文人，像政壇強人王安石就是一
> 位有名的詩人。先前詩人、學者、官員這二種身份是涇渭分明的，
> 但宋代儒學發展出的理想人格卻是身兼學者、詩人、政治家甚至哲
> 學家與畫家的全才型人物。〔註24〕

費正清傾向於從社會現實的角度來論證文學現象的產生，從作家面臨的社會
現實和生存狀態角度來分析文學樣式的變革，在論述元代統治下中國文化的
狀況（沒有輝煌的發展，也沒有衰落）時，他就舉出了雜劇與小說興起的例
子，這兩種文學樣式的出現恰恰反映了中國文人士大夫階層地位的下降：

> （雜劇和小說）這兩類文學作品為了接近當時的都市觀眾或讀
> 者，均採取了口語體的創作方式。元朝政府的誥令亦使用類似口語
> 的文體，以便於沒有文化的官員能理解誥令的意思。漢族官員由於
> 仕途渺茫，其文學修養無用武之地，於是他們轉而將精力投入到文
> 學創作上來……〔註25〕

沒有作品的名字，沒有作者的名字，也缺乏具體某段情節和唱詞的分析，費
正清只是順理成章地完成一位現代史家的介紹工作，做到不遺漏「中國文學」
這一事實即可。作為呈現給西方讀者的教科書，他往往借助簡單類比來介紹
中國文學，例如中國的戲劇「類似歌劇」「像伊麗莎白一世時期的英國戲劇一
樣，雜劇的布景和道具十分簡單」，小說則類似結構鬆散的「薩伽」（saga）式
故事。如果仔細推敲的話，這些類比有隨意和簡單化之嫌，但作為一部宏觀、
簡易的中國歷史著作，能注意到中國文學的某些整體化特徵（儘管是人云亦
云的泛泛而談）也就不容易了。

　　費正清體現出的是「社會——文學」思路：每一種文學樣式的興起都是
社會價值觀和思潮的表徵，也反映了文學創作主體——文人士大夫階層地位
的變化。費正清從來沒有將中國作家視為純粹的「創作者」或「詩人」，而是
將其視為社會的精英階層，「士人」地位是社會的風向標。雜劇和小說逐漸取
代正統的詩文，在費正清的解釋體系中，文體學有著社會學隱喻的功能。

　　進入明代的論述，費正清沒有提及文學，只是談到了科舉制度、蒙學讀

〔註24〕費正清著《中國：傳統與變遷》，第112頁。
〔註25〕費正清著《中國：傳統與變遷》，第135頁。

物的出現以及皇帝對於文學藝術的獎掖和提倡，僅僅告訴讀者「明代皇帝重視文學」，對這時期的所有作家作品絕口不提。進入清代後，依然是將文學與繪畫並置在一起加以考量，將中國藝術視為「充滿人文精神的藝術」，完美體現了道家和釋家的精神。費正清舉了幾部小說作為例子，如《聊齋誌異》《紅樓夢》《水滸傳》《金瓶梅》，分別用寥寥數語介紹了內容，像後兩部作品連作者名字都沒有介紹。在費正清看來，這些小說最重要的價值在於其「現實主義」品格，能夠幫助人們瞭解都市生活、中國家族生活的世態百相。

　　費正清的論證思路是：假定有一個儒家聖賢的教條與道、釋精神的對立，這是公共領域與私人生活的對立，繼而將繪畫和文學視為儒家聖賢夾縫中的私人化生活風格，也就是反壓抑的雛形。費正清認為「個體的性靈」就是對公共生活的逃避，當然局限於上層人士之中，他們用來消遣的書中描繪的生活，變成了自己親身實踐的日常生活，理想被現實化了。費正清的思路頗具有一些西方人尋求個體意識萌生並脫離群體脈絡的慣性，進一步推演就會得出文學標誌著個人性靈和精神解放，繼而具有反叛和解放作用的結論，當然費正清沒有走到這一步，列文森也沒有走到這一步。在他們的分析框架中：中國文人階層、中國文學的意義只在於表明了某種未能實現的可能性，未能實現的根源則要歸結為中國文化乃至藝術的骨髓裏的衰敗。兩相對比，費正清認為中國晚清時期的文化甚至不如日本：

> 　　今天人們往往將中國在帝國晚期的文化與同時期日本的情況相混淆。但前者給我們的總體印象是根植於傳統之中的豐富文化，是對傳統文化的總結批判而非創新發展，在某些方面甚至有重複和沒落的跡象。以建築為例，明清的宮殿建築與古代幾無二致：漢白玉的基座，紅牆綠瓦，雕梁畫棟。但這時的建築已呈現出衰敗的跡象。唐宋建築以複雜的大型斗拱同梁柱一道支撐屋頂，這種集實用、審美於一體的建築式樣今天在日本奈良尚可見到，但到了明清時，斗拱漸小漸繁，已失去了支撐建築的功能而淪為一種純為美觀考慮的裝潢。〔註26〕

中國文化是悠久的卻是停滯的，其傳統成就也在束縛著後人，使得後人無法擺脫這一超穩定結構，只能重複而已；久而久之，文化必然失去現實功能而淪為無用的裝潢，變成古董、文物。字裏行間，由斗拱樣式窺見文明脈象，

〔註26〕費諾羅薩也有類似的看法，費正清著《中國：傳統與變遷》，第181頁。

費正清從文藝和文學樣式中硬生生地總結出了中國傳統文化缺乏創新發展這一命題，於是西方新思想的進入、新勢力對這片土地的喚醒和改造就成爲無比正當的事情了。後來的中國文學就出現了更多西方的新式因素，費正清正是在這個意義上使用魯迅等現代作家的例子，認爲「文學在鼓動工作中帶了頭，表現在用白話文寫成的小說和短篇故事上面」，此時的文學擺脫了傳統的「情思綿綿」，而比較關心社會，代表就是魯迅的《狂人日記》。中國文學是費正清中國史學中的晴雨錶，其中國史研究中對文學材料的挑選、處理和使用，是與其強調「西方衝擊——中國回應」的學術模式相一致的。

二、「中國研究」學派文學觀的內在一致性

美國「中國研究」學派的專長在於歷史研究而非文學分析，體現出重視歷史、政治與經濟，而忽視文學作品自身的美學特點。文學從屬於史學，是歷史學所要觸及和引證的材料，費正清及其弟子對於文學材料的選擇也是有傾向性的。一般而言，選擇一些有代表性的文學現象，寥寥數語概括之後，很少列舉作品，更很少進行單個文本的分析。這種處理方式成爲了費正清學派不言自明的慣例。

作爲美國漢學的開山鼻祖，費正清對於中國文學的觀點與態度影響了美國其他漢學家。費正清的學生羅茲·墨菲（Murphey Rhoads, 1950～）在《亞洲史》中以中國文學爲例論證亞洲教育和印刷技術的發達，認爲中國有一個「有學識的上等人集團」，而作爲紙和印刷術的發明者，中國的各類著作能夠更爲順暢地流通。墨菲還指出，傳統的口述傳播造就的是經營文學和高貴的文人階層，而口語化的大眾文學、包括公案小說和戲劇等出現和傳播，都是因爲印刷術的出現。關於中國詩歌，墨菲在談及中國的黃金時代「唐朝」的輝煌時，引用了李白和杜甫的作品。對於李白，則列舉了《靜夜思》、《越女詞》、《春日醉起言志》和《月下獨酌》這四首小詩，介紹只有一句關於李白醉酒撈月而死的附會傳說。〔註27〕

費正清學派的文章可讀性和故事性往往很強，美國漢學家更爲關注「事

〔註27〕 值得一提的是，在列舉杜甫的詩歌時，墨菲犯了一個錯誤，將白居易的《紅鸚鵡》誤認爲是杜甫的作品而列出，顯得不夠嚴謹。〔美〕羅茲·墨菲著《亞洲史》，黃磷譯，海口：海南出版社和三環出版社 2004 年版，第 75 頁、第 192頁。

件」，在種種邏輯清晰、娓娓道來的敘事背後，暗含著對材料有意的過濾，皆是爲了暗合費正清學派的「衝擊——反應」模式。這種模式傾向於將 19 世紀以前的中國視爲停滯和腐朽的形象，並希望中國文學的題材、體裁和風格能幫助漢學家論證這一點，當然文學也不會承擔太多的論證功能。在費正清主編的《中國的思想與制度》一書中，關於文學藝術的兩篇論文被放到了最後。其中一篇就是衛禮賢之子衛德明（Helmut Wilhelm, 1905～1990）的「士不遇：對一種類型的『賦』的注解」，作者開篇就否認自己要分析「賦」的詩體學特徵，而是強調要從「士不遇」這一焦點出發，透視賦中所暗含的君臣關係亦即統治者與官員之間的關係，最後的結論是「士不遇」後往往選擇「知其不可爲而爲之」，而「正是這種態度使中國官僚制度的實現成爲可能」；另一篇就是列文森（Joseph R・Levenson, 1920～1969）的著名文章「明朝和清朝早期社會的士大夫理想：繪畫中的表現」，後文會專門論述列文森的文學觀，茲不贅述。這兩篇文章承襲了費正清的中國文學觀：地位上只是史學的附庸，功用上則是中國停滯的證據。〔註 28〕

不過在 1978 年之後到 1991 年逝世前，費正清對自己以往的中國研究進行過嚴肅的反思與清理，在美國，「衝擊——反應」模式更多是費正清學派在某一時段的共識，這一學派內部的許多學者也提出過一些不同的研究思路。許多美國史學家都參與了費正清所主持的「劍橋中國史」系列著作的編寫工程。以美國兩位女學者韓書瑞（Susan Naquin）和羅友枝（Evelyn Rawski）合著的《十八世紀中國社會》爲例，這本書本爲《劍橋中國史》的其中一章，後獨立成書，其中一些思路不同於費正清史學的「衝擊——反應」色彩。〔註 29〕她們借鑒了法國年鑒學派的長時段觀念，但又拒絕年鑒學派以「社會史」代替「政治史」的思路，而是盡力做到社會與政治並重，尤其是借用施堅雅（G.W.Skinner）的「大區」觀念，對於龐大的清帝國進行了分區研究，發現南方、北方和邊境地區有著不同的特點，不能一概斥之爲「停滯」，此外也採取了綜合時間的視角，將 16 世紀以降的中國視爲一個整體，最終通過分層、

〔註 28〕〔美〕費正清編《中國的思想與制度》，郭曉兵等譯，北京：世界知識出版社2008 年版，第 360 頁。

〔註 29〕這兩位學者，特別是韓書瑞同費正清學派頗有淵源，其畢業於耶魯大學，博士導師爲史景遷（Jonathan Spence），後者的老師又是芮瑪麗（Mary Wright，費正清的至交好友，與費正清和列文森並稱爲美國近代中國史研究的第一代先驅）。

分地域和分時段等做法論證了十八世紀中國所具備的活力。不過，她們對於中國文學的材料使用依然是「費正清」式的，喜歡用簡筆勾勒出文化背景下的戲曲行業發展，將其視爲城市通俗文化的信號，用來論證所謂十八世紀的「活力」；而十八世紀中國的畫壇和文壇也有了像袁枚這樣有個性的詩人。在美國漢學家眼中，個性是和城市化的趨勢一致的，滯拙的文人則象徵著保守的農業社會。城市被高度肯定，並成爲中國活力的標誌，「在此過程中，已形衰落的文人藝術及其捍衛者幾乎全部湧進 18 世紀城市文化的大海，雖被沖淡但或許又以更爲大眾化的通俗形式被重新激發起來」，這一點明顯是從美國乃至歐洲文明的進程「比擬」出來的結果。〔註 30〕儘管她們對 18 世紀做出了相對肯定的社會學描述，認爲「當代的中國有許多地方都要歸功於其近代早期的歷史」〔註 31〕，但其以社會史爲綱以文學爲佐證的論證思路深受費正清影響。

　　中國形象的變異大致是以 1750 年前後爲轉折點的，在此之後無論漢學家抑或普通西方人對中國的看法一落千丈，中國成了野蠻、落後和停滯的化身，但其根源應該從西方人自身尋找，中國的十八世紀究竟進步還是停滯，評價的根源也應從西方現代性自身的成長與變異尋找。韓書瑞和羅友枝並未能完全超越費正清學派的語境，這也是包括柯文（Paul A. Cohen, 1934～）、史景遷（Jonathan D.Spence, 1936～）在內的當代美國漢學家的共同特徵。〔註 32〕

三、經由中國文藝闡釋儒教命運

　　在費正清開創的美國「中國研究」中，他的弟子列文森相比於其老師，思想更爲天馬行空、才華橫溢，對於文學、文化和思想問題也更多關注，以至於費正清在讚賞其天分的同時又告誡其他學生不要以列文森的學術路徑爲

學習榜樣，因爲他是獨一無二的天才。列文森在的名作《儒教中國及其現代命運》（*Confucian China and Its Modern Fate*）開篇蕩開一筆，大張旗鼓地討論明代以來的中國文人書畫的流變，以此來分析中國文化中的「業餘性」問題。中國儒生對待詩詞歌賦書畫都視爲閒暇消遣，並不把其當成謀生職業，而一生期望成爲官員，這也導致了他們對於技法、專業的東西本能的排斥。這是否成爲制約了中國文化內在突破的瓶頸？

從整體上看，列文森的觀點是符合費正清學派「美國中心」或「西方影響」的敘事策略的，這位不可重複的「莫扎特」式歷史學家，研究中國歷史問題的範式卻是馬科斯・韋伯（Max Weber, 1864～1920）意義上的「現代化」觀念，其著作幾乎可視爲韋伯《儒教與道教》的現代中國版。像韋伯所分析的那樣，中國沒有產生像清教徒那樣的現實與理想不一致的困境，也就沒有清教倫理，無法產生現代思維，而只能活在古典時代的沒落中沉睡。直到西方打開中國國門，爲其送來現代資本主義因素，中國文化上才能眞正覺醒，產生符合現代社會要求的種種制度、思想和文化。

從韋伯到費正清再到列文森，都關注「中國爲什麼沒能實現現代化」和「中國如何才能實現現代化」這兩大問題，而其結論也多是文化宗教的內在制約性，沒有西方的外在刺激因素，中國是無法走上現代化之路的。費正清關心的是歷史，而列文森更多賦予了歷史以意義，其筆下的中國現代史成爲一部觀念、思想、宗教互相交鋒與衝突的歷史，而其關注中國藝術與美學的目的則在於探尋其背後的「意義」：歷史是有意義的，這些意義能夠在超越時空限制的藝術品中顯現出來。

在《儒教中國及其現代命運》一書中，列文森開篇以極大篇幅分析明末清初中國繪畫藝術的特徵及其訴求，這樣寫的目的是從一個小的角度切入中國知識分子或文人的心理，論證其對於「古法」根深蒂固的信仰，而隨著本書的展開，列文森越來越自信地引入了「衝擊——反應」模式，即古老的中國因爲過於迷戀傳統而無法從內部產生變革的因素，只有在西方衝擊下，中國知識分子才一步步吸取了現代化的經驗，繼而完成變革。也就是說，中國繪畫藝術的創作理念和風格傳承，在列文森那裡成了佐證其西方衝擊中國反應的旁證和引子。

列文森高超的審美感受力保障了「歷史」與「價值」之間的深刻聯繫。正如列文森的同窗好友史華茲（Benjamin I. Schwartz, 1916～1999）所說「作

爲一個具有特別審美感受力的人，他能夠立刻對出自所有時代和地域的藝術作品作出評價。他當然會相信審美價值可能既是超越時間也是超越文化的。然而，列文森也絕不是一個唯美主義者，他頑強地拒絕將審美價值擡高到倫理和思想價值之上。」聯繫到列文森本人對於猶太文化的認同，從歷史中發現價值，同時又賦予價值以普遍性，而不是迷戀於地方性和民族性，這也使得他以中國藝術和審美問題作爲思想史佐證，同時又拒絕過分擡高藝術的功能與意義，其眞正關注點仍在於思想史本身。正是由於列文森對於哲學、思想和文藝的重視，以及天馬行空般不拘一格的寫作方式，同美國「中國研究」（包括其老師費正清）過分關注史實的社會科學以及「社會史化」特徵顯得有些若即若離。

在《儒教中國及其現代命運》的第一卷，清理了中國近代（在列文森的觀念裏是指十七～十八世紀）出現唯物主義思想家未能改變自身的文化價值，從而無法振興科學之後，列文森蕩開一筆，開始舉出明清兩代繪畫史所體現的文人理想，來論證孔子「君子不器」的儒學傳統觀念的超穩定性。列文森首先敏銳地發現：中國文人輕視職業化，而是持有一種人文主義的反世俗品格，從業餘性生發出了對現代性條件的思考。所謂藝術、文學、知識的業餘性，今人看來只是逝去的輓歌。聯繫到葛蘭西與薩義德對於「有機知識分子」與「傳統知識分子」的類似分類，其實列文森關注儒教問題本身就帶有一絲書寫輓歌的悲情色彩。

接下來，列文森從思想與藝術共同體的角度論證了一個奇怪的現象：中國文化和藝術內部以陳規反對固守陳規的悖論，雖然自謝赫六法〔註33〕以來，中國藝術始終在強調創新與直覺，反對墨守成規，然而其語言形式卻始終沒有西洋畫式的突破，列文森概括爲：「西方的反墨守成規對古人內在精神的追求，證明應該放棄古人的外在形式；而中國的反墨守成規對古人外在形式的追求，證明應該忠實於古人的內在精神。」〔註34〕而其背後的深層社會根源在於：中國藝術家多爲官紳知識分子，屬於統治階級，一方面，無法脫離傳統和前輩藝術家，而是以得前輩大師的精神爲榮，另一方面則和前面所

〔註33〕　南齊謝赫在其著作《畫品》中提出畫有六法：氣韻生動、骨法用筆、應物象形、隨類賦彩、經營位置、傳移模寫。關於六法的解釋歷來頗有差異，可參考張彥遠《歷代名畫記》。

〔註34〕　〔美〕約瑟夫・列文森著《儒教中國及其現代命運》，鄭大華等譯，廣西師範大學出版社 2009 年版，第 24 頁。

說的「君子不器」的群體共識有關，同思想家一樣，中國藝術家們體現出前後的矛盾性：

> 這些人是統治階級的一部分，是傳統主義者和人文主義者，在本質上是反對職業化傾向的。沒有別的社會像它這樣更偏愛「創造力」這個墨守成規的死敵；也沒有別的社會像它這樣不敢去實踐它所倡導的東西——甚至不敢倡導它曾宣稱已經做到的東西。這個不是在哲學上和邏輯上而是在社會學上很自然地走向反墨守成規的社會，是權威、教條和常規的庇護所。〔註35〕

在列文森看來，中國的因循守舊並非源於不能而是由於不為，之所以不為的根源則在於社會因素，一個超穩定的、自我完善的儒教共同體存在，是維護陳舊的審美觀、導致種種折中主義、抵禦徹底的藝術與思想突破的保障。

列文森選擇明清繪畫的另一層原因是論證在這樣一個已經將所有繪畫技法熔於一爐的時代，而技巧的融匯最終服務於紳士官僚這樣的少數派自我炫耀的目的，綜合、大成的時代也就意味著衰敗的開始。通過論證繪畫史與藝術史的綜合——衰敗，列文森自然而然地能夠接續費正清的主張，論證其 19 世紀後期以來西方壓力對中國「變化」的刺激性作用，在一個超穩定的社會走向巔峰同時也是衰敗之時，外來文化是促使其變遷的催化劑。隨著西方的衝擊，「非職業化」觀念漸趨被「專業化」所取代，以天下為理想的中國文人也開始漸漸萌發民族主義意識，「進儒退道」的往昔人生理想已經破滅。19 世紀後期以來的中西交流，西方開始扮演主導角色。

從列文森的著作中可以感受到某種張力意識，一種思想或派別總是在同周圍思想或派別的聯繫、衝突與調和中生存壯大，他雖然指出儒家「愛有等差」觀念在專制王權的反對之下漸漸失去了維護儒家官員群體尊嚴的意義，但在面對中西文化交流問題時，列文森卻以一個實用主義者的姿態論證著中西雙方的等級差別。列文森特別重視他者文化能否從根本上改變本土文化，而不是僅僅粉飾與豐富本土文化，在他看來，「早期耶穌會士給中國帶來的是一種優美文化，從而修飾和豐富了它固有的並受到全世界尊敬的文明。而後來的歐洲人強加給中國的卻是一種毋庸置疑的外國異端。」〔註36〕正是因為十七、十八世紀耶穌會士帶來的科學對於儒家而言只是一種觀念上而非實際

〔註35〕《儒教中國及其現代命運》，第 27 頁。
〔註36〕《儒教中國及其現代命運》，第 40 頁。

上的威脅，導致科學價值與商業價值依然被儒家陰影所籠罩，於是任何具有資本主義萌芽性質的革命性衝動紛紛流產。

　　按照列文森的這一闡釋模式和邏輯，只有西方打開中國大門後，眞正的變革才會到來，〔註37〕不過其中也附著了列文森本人的論述特徵：高度重視社會群體的現實地位與作用。列文森不僅將儒家視爲一種學說，更將其視爲一種事業，甚至類似宗教群體。他反覆強調儒教的共同體性質，並從中西歷史比較的角度論證了中國歷史的特殊性：儒家官僚、專制王權與群眾之間的深刻聯繫，導致了儒教官僚群體與王室相互制約而又彼此依存的超穩定結構。〔註38〕這樣，在儒教的論證下，以往的朝代更迭甚或異族入主只不過是「天道輪迴」的歷史循環而已；只有到了近代，在多種社會運動衝擊下（尤其是太平天國運動的徹底非儒教化性質），儒教漸趨邊緣化和非功利化，成爲類似法國大革命前對社會毫無貢獻的貴族階層，也與末代王朝產生了疏離，儒教的沒落與古老中國的結束同時發生，隨著君主制度的消亡，中國知識分子不再是有著高度道德操守和業餘品格的臣子，而是成爲韋伯式的現代社會專業化官員群體。儒教，伴隨著現代中國的興起而退入歷史成爲博物館的文物。

　　美國漢學家的研究成果歷來有爲當局獻計獻策之嫌，列文森的著作也絕非爲中國讀者寫就，而是有著美國學者自身的價值立場和現實訴求。他所強調的是，古老的中國已經消逝，在共產主義中國，儒學已經被博物館化，因此美國政府在同中國打交道時必須認識到共產主義者對待傳統、文化與民族主義的態度，這種態度背後包含著中國爲何經過百年奮鬥，最終

〔註37〕正因爲這種費正清學派的衝擊——回應模式，列文森也會陷入某種可笑的論證當中，例如認爲1842年開闢通商口岸之後，買辦的地位上昇以及通商口岸的安全與風氣，鼓勵了買辦們將其商業利潤投資到商業之中而不是滿足傳統的成爲紳士官僚的渴望。爲了論證通商口岸和西方國家的作用而將買辦視爲新的中國商人社會核心，列文森顯得有些草率。《儒教中國及其現代命運》，第41頁。

〔註38〕列文森進入歷史細節考量了王權、民主、平等諸概念特殊的「語境意義」，儒教主張愛有等差，專制君主爲了同儒教官僚爭奪權力，卻往往意圖將所有社會階層劃爲毫無二致的臣民，聯合包括外戚、貴族甚至平民群體與官僚階層鬥爭。中西方歷史上這樣的例子頗多，例如法國路易十四聯合平民削弱貴族勢力，雍正、乾隆等強調「忠」高於「孝」，都體現了君、臣、貴族之間對於權力的反覆爭奪。而透過歷史細節，抽象的概念也顯示出多重面目，價值也就失去了絕對性。

選擇了共產主義，以及美國政府對華政策爲何失敗的深層原因。另外，列文森還希望美國人注意到今天的共產主義中國同儒教之間的「斷裂」，這種斷裂是被當代中國對文物、傳統的重視所掩蓋了的。列文森自問：「新的中國政權只是另一個王朝嗎？對歷史進程極爲關心和在外觀上取代了儒家的共產黨人，會重蹈儒家那個永恒的歷史模式的覆轍嗎？」他很快做出了否定的回答：「無論中國共產黨人贏得了什麼，它都不是『天命』作用的結果。」〔註39〕同其他「中國研究」的著作一樣，列文森的研究也有一種鑒往知來的現實目的。

在列文森著作的最後，時常流露出悲觀與留戀意識，儒學的博物館化就引發了這位熱愛古典中國學者的哀歎：

在曲阜，修整一新的孔廟和孔林被保護起來。1962 年 4 月傳統的清明節，成千上萬的祭拜者湧到那裡，官方設計的從孔林到孔廟的沿線途中，猶如趕集一般（有人曾建議將孔林作爲麥加和耶路撒冷那樣的儒教祭祀聖地）。而且這種虔誠的行爲（與確認它是「封建」的並不矛盾）體現了共產主義者阻止毀滅歷史文物的綜合意識……當現行社會的共產主義者運用馬克思主義的歷史主義分析方法相對地「恢復」孔子在古代社會的地位時……將他保存在博物館，使其與現實生活完全脫離，這恰好證實了先前社會忽視孔子的行爲。〔註40〕

這些論斷背後是列文森試圖解決卻最終迷失其中的那個難題：歷史的意義問題。在同種種歷史主義論辯的過程中，列文森形成了一種模糊的「歷史意義」概念，他不滿意於歷史學家僅僅提出問題而不提供自己的認識和答案，而是如同湯因比一樣希望在變幻不已的歷史星空中尋覓到某些永恒性的可供借鑒的規律來——這就是所謂歷史的意義。列文森不同意相對主義的歷史觀，當然也不願意成爲絕對主義的獨斷論者，他以一種「中庸」意識試圖溝通「相對論者」與「絕對論者」。時代不能成爲辯護無意義的作品的藉口，創造必然要和價值連接在一起，這是列文森對儒學問題研究過程中昇華出的歷史觀。

這種歷史觀返回到中國文化問題上，就打破了所謂歷史化的迷障，列文

〔註39〕《儒教中國及其現代命運》，第 340 頁。
〔註40〕《儒教中國及其現代命運》，第 322～323 頁。

森不同意對許多事物不進行價值區分便假定其具有同樣的歷史意義。歷史意義不是藉口。他舉了《紅樓夢》和《儒林外史》兩部文學作品做例子，認為紅樓夢除了其歷史意義外，還有其審美的意義，而《儒林外史》則「只有」歷史的意義。這是一種相對主義的措辭，列文森的舉證未必絕對正確，但我們還是能大概感受他的用意，即從價值對比的角度評估《紅樓夢》較高的美學意義，後者更能超越時代的界限。列文森內心深處是不喜歡馬克思主義的歷史觀的，在他看來，中國共產黨人全盤接受了這種視一切傳統經典（例如儒教）為相對價值，將其當做中國歷史悠久的證物而博物館化的行為，以一種線性進步的歷史觀（原始社會——奴隸社會——封建社會——資本主義——社會主義）來評價長河中每一點的相對價值，在指出孔子相對於自己時代的進步性的同時，歷史意義已經從標準變為相對，於是，從逃避歷史轉向書寫歷史，反而成了另外一種逃避。儒學被博物館化，儒教最終成為死去的歷史，意味著歷史已經超越了儒教：「固有的古典學問，亦即源自經典所記錄的有關抽象的人如何創造永恆歷史的那種實踐不起作用了。外來的古典學問——亦即關於一個具體的人如何在一個注定的歷史過程的某一階段中創造歷史的預言——進來了。」〔註41〕從中不難看出列文森對於儒學被歷史化後前景的悲觀。

　　這種哀歎無疑可以引發我們對這位才華橫溢的漢學家的無限同情，然而儒學的博物館化，乃至整個中國文化的博物館化，並非是中國人自身的行為。伴隨著中國打開國門而進來的漢學家們也對此負有責任，從法國漢學家對於文物、文獻、上古語言等問題的興趣，再到列文森書寫《儒教中國及其現代命運》中對於儒教自我變革可能性的百般批評乃至嘲諷，讓人感慨本應具有獨特價值的漢學研究緣何似乎總被某種無形的「前見」遮蔽了雙眼。其實，列文森的寫作行為本身就是對儒學和中國文化的一次「博物館化」，甚至是更為本質的博物館化，輓歌體的哀歎，真誠的追憶，掩蓋不了衝擊——反應模式對於中國文明武斷的蓋棺定論：

　　　　只有當近代西方的衝擊動搖了那些像定出稅率一樣定出藝術風格的紳士——官僚——文人的地位時，也只有在這時，「非職業化」觀念才會不知不覺地為「專業化」觀念所取代，那些為傳統主義者

〔註41〕《儒教中國及其現代命運》，第 340 頁。

　　　　和古典主義崇拜者所珍愛的東西，才會被生活在科學和革命之時代
　　　　的新青年斥之爲矯揉造作。〔註42〕

無論是列文森還是費正清，似乎還是低估了中國文明和儒學自我完善的潛
力，經歷了百年的西方文化壓抑後，儒家的哲學、美學、道德以及文藝理想，
正在伴隨著中國和平崛起而走向世界。國人對待傳統的態度也從激進主義的
審父到反身而誠的審己，以儒家文化爲代表的中國文化不僅要自我保存和完
善，也開始了文化輸出的「走出去」步伐。文化交流從來不是自然而然水到
渠成的事件，而是主動設計逆流而上的實踐過程。倘若列文森看到這樣一個
時代的現實，也許不會斷言「儒教中國」的現代命運。

　　同費正清一樣，列文森被柯文列爲衝擊——回應模式與現代化觀念的典
型予以批評。列文森有一種源於美國文明優越感的不對等交流意識，極力貶
低「觀念上」的印象，而強調「實際上」的影響，其得出的若干結論「西方
給予中國的是改變了它的語言，而中國給予西方的是豐富了它的詞彙」〔註43〕
更流露出明顯的西方中心主義色彩。此外，列文森對於漢學自身未來處境的
高度自信，相信「東方學」相對於西方學的優越性，也體現了列文森理論與
實踐的脫節，歸根結底，他認爲活潑生動的歐洲人是站在死去的傳統中國對
象之外的主體。〔註44〕拋開「政治是否正確」的問題，從學理上看，列文森
對於文化交流中的人爲策略因素重視不夠，未能洞察其背後的政治外交博弈
玄機，其中的西方優越感以及韋伯式理念先行的痕跡過於明顯，也因爲此，
其著作問世以來也飽受非議。當然，從費正清到列文森，美國漢學界的研究
範式也有了微妙變化：從社會史過渡到思想史；從歷史問題進入文化藝術問
題；從百科全書式的研究進入到專史研究。列文森莫扎特式宏觀大氣的寫作

〔註42〕《儒教中國及其現代命運》，第35～36頁。
〔註43〕《儒教中國及其現代命運》，第132頁。
〔註44〕列文森用一種戲謔的筆法描繪了儒教中國不斷衰落成爲「歷史意義」上的歷
　　　　史的標誌：那就是「漢學」成爲西方對儒教文明興趣的集中體現。而後面的
　　　　說法則帶有了那個時代特有的優越感：「中國人也對來自西方資源的，並且沒
　　　　有歷史界限的各門科學（最廣泛意義上的）特別感興趣。但他們追求的主要
　　　　是抽象意義的知識，而非西方思想中的知識。在一個『東方學』大會將定期
　　　　召開的世界裏，召開『西方學』大會的想法無疑是異想天開。」但我想，隨
　　　　著中國國力增強，世界文明間交往尤其是學術界交流機會的擴大，列文森的
　　　　這一論斷正在失去效力，未來如果召開「西方學」大會的話，也不一定就是
　　　　「異想天開」。參見《儒教中國及其現代命運》，第356頁。

風格在費正清學派中成為獨一無二、不可重複的另類，也被許多人視為一種獨特的漢學研究範式，對美國漢學界的中國文論研究範式產生了深刻的影響。〔註45〕從費正清到列文森，也為後來柯文等人「以中國為中心」的範式突破埋下了伏筆。

第三節　漢學家個人化詩歌解讀的意義與局限

宇文所安（Stephon Owen, 1946～）的唐詩研究代表了美國當代漢學家的中國文學觀的最高成就，呈現出與「中國研究」傳統不一致的某些特徵：宇文所安在分析唐詩與中國散文時更像是一個熱衷於自己遊戲的孩子，而不是被某種西方闡釋學視角束縛住的刻板學究。他對於唐詩爛熟於心，甚至超過了許多中國本土的治唐詩學者，同時他又以一種高度遊戲化、精緻化和技巧化的文體將唐詩還原為一幅幅生動有趣的故事場景。有人讚賞他在闡釋中國古典文學時有意無視西方理論的態度，頗為其性靈的文字所折服，從《追憶》以降，宇文所安的著作不斷譯為中文出版，在國內頗為暢銷。批評者則認為宇文所安的著作不能看成嚴格意義上的「研究」，學術意義不大，其遊戲筆墨背後隱含著漢學家的某種身份優越感，他在推翻西方概念化的主體的同時，卻又將人格化的主體——即宇文所安自己——橫亙在了文本與讀者之間，試圖將自己構造為理解唐詩與中國古典文學不可替代的中介。

對於宇文所安的批評主要集中在以下問題：

1. 有意壓抑西方理論，拒絕使用文學比較手法，避而不用任何已有的「技術性」詞彙，這種做法顯得虛偽且幼稚，在面對真正的專業批評時無能為力，這種無能為力又強化了中國作為漢學「畦畛」的素質，從而肯定了西方對於中國的圖像化認識。（朱耀偉）

2. 將文學批評視為「學術沉思」的精巧遊戲，其論著個人化色彩過濃，雖然宣稱「通過詩人的眼睛看世界」，但最終使得宇文所安將自己化身為「閱

〔註45〕在《擺脫困境——新儒學與中國政治文化的演進》一書中，墨子刻（Thomas A. Metzger, 1933～）就具體分析了西方「中國研究」的五種方法，即新韋伯主義的、人本主義的、人類學的、行為主義的以及思想史家的。他區分了列文森與費正清學派，認為前者代表了「思想史家」，後者則被歸結為「行動主義者」。我同意這種區別，但認為列文森也具有新韋伯主義的特徵。參見鄭家棟「列文森與《儒教中國及其現代命運》」，《儒教中國及其現代命運》序言第13頁。

讀規範」，不知不覺間佔據了閱讀霸權的位置，結果是「通過宇文所安看中國」。（朱耀偉）〔註46〕

3. 厚古薄今，受新批評理念影響，他認爲好詩不能翻譯，尤其輕視中國當代詩歌，認爲北島這樣的詩人已經被「國際化」了，爲遷就國際市場而自我「論述商品化」，寫出了「高度適合翻譯」的詩歌，是一種西方論述凝視之下的「中國詩」，失去了傳統中國文化歷史的價值和魅力。這種「不能翻譯」的思路，是漢學家的一種自我保護，在維護中國文化神秘性和純粹性形象的同時，也強化了自身的學術地位，折射出漢學家希望中國永遠保持博物館色彩的「窺視」感與「獵奇」感（周蕾）。〔註47〕

平心而論，宇文所安堪稱較爲客觀也較少西方中心主義理論優越感的漢學家，他不光以對於初唐詩、盛唐詩和晚唐詩的專業研究名世，且憑藉紮實的漢語功底，難能可貴地做到了深入詩歌的音韻與形體之美的本質，眞誠體悟唐詩的美感而不是僅僅將其視爲「第三世界文學」，在闡釋的過程中，也力圖擺脫西方漢學乃至整個學術界的套路，淡化任何前見和前理解，將唐詩眞正看作唐詩，滌除一切雜念而進入文本。此外，他對於中國古代文學批評傳統也較爲重視，主編了《中國文論：英譯與評論》，提醒美國大學生們重

〔註46〕從某種角度來說，對漢學家自身顯赫地位的批評有些吹毛求疵色彩，但宇文所安對自己的身份確實也有著清晰的建構與描述：他在闡釋中國詩歌的過程中，有意識地抹去國族和文化的差異，希望自己能融入中國傳統，成爲登上木筏直上天河的「流星」，這是他值得尊敬的美學理想，但也顯得有些幼稚，如同不諳世事的美國牛仔（這似乎也是美國國民性的體現？）；另一方面，他對於自己閱讀位置的定位與解釋確實有些不講邏輯，他說：我活在一間沒有窗子的黑暗房間之中。你則從一個隱閉的耳筒中聆聽。有人從隔鄰的房間通過牆上的小洞自說自話。我不能判定聲音之後的存在。我不停講話以引誘他作出回應，但聲音卻只在喜歡之時才斷續出現。我知道我所聽到的可能只是自己的狂想，但當聲音來的時候，我感到它是屬於某人的；他有自己的身份和想講的話。我明白我不是在說那些話。但正如我曾講過的，我知道我可能已被騙。然而，在旁聆聽的你卻不會被騙。這段似是而非的論述被香港學者朱耀偉批評爲：要通過宇文所安才「不會被騙」。其實我們仔細分析就會發現，在這段話中宇文所安能確定的是「自己不會騙人」，而不能確定的則是隔鄰房間的聲音（中國詩歌傳統），還原過後就是：我也不知道自己能不能把握這種聲音，但至少我告訴你們的是我所能把握的聲音。這段冗長的辯解指向的只是漢學家個人的道德而已，不屬於學術或文學批評範疇。參見朱耀偉著《當代西方批評論述的中國圖象》，北京：中國人民大學出版社2006年版，第154～155頁。

〔註47〕朱耀偉著《當代西方批評論述的中國圖象》，第113頁、第157頁。

視東方獨特的詮釋體系。這是宇文所安區別於一般漢學家可貴之處。

　　饒是如此，宇文所安引發的爭議反而折射出國際學術交往過程中的最新矛盾與問題，漢學發展的未來趨勢究竟如何？中國學術界的認可與批評對於漢學家而言有何影響？這些問題都可能超越漢學本身的範圍，而深入到理解他者的可能性與技術性層面，值得深思。

一、文體：形式的優越感

　　在我看來，宇文所安的最大特徵在於其獨特的文體。從早期的成名作《追憶》開始，到《初唐詩》、《盛唐詩》、《晚唐詩》和《中國「中世紀」的終結》等一批研究專著，儘管在學術規範上有所差異，但都服膺於《追憶》所開啓的「essay」理想，這種將個人興趣、閱讀感受、學術研究與浪漫想像結合在一起的體裁，恰恰是宇文所安的追求。

　　《追憶》中的宇文所安，徜徉在中國文學「文章不朽」的海洋中，隨性擷取自己喜愛的文本、段落和句子，沿著想像力的脈絡展開文字遊戲，涉及到的詩文極其豐富且蕪雜，杜甫、李賀、李商隱與孟郊的詩歌，從莊子到李清照、王守仁和沈復的散文，正是從石碑、黍稷、骨骸、死亡、金石中，宇文所安敏銳地捕捉著回憶的氣息。在他的筆下，每一段文字背後都承載著獨特的體悟與記憶，這種回憶是高度個人化的，而讀者只有進入文本才能窺視一二。回憶與真實的故事之間呈現出錯綜複雜的關係，作家的文字成為對自己的復現，寫作令會議成為藝術，而在字裏行間宇文所安的文字所有意編造出的那種歷史的迷茫感又讓人流連其間，始於回憶繼而終於回憶。這種美麗的「曖昧」是宇文所安刻意希望達到的文字效果。我們很難為《追憶》定位，它絕非嚴格的文學研究論文，因為沒有預設和命題，沒有論證與例證，更沒有定論；似乎像是龐德《神州集》、艾米·洛厄爾和弗洛倫斯·艾斯庫的《松花箋》，既像是研究，更像是獨語體的散文，徘徊在學院寫作與創造性寫作之間。

　　宇文所安借助這種散文化文體直接進入歷史，不經由任何知識與史實的媒介，只是憑藉文本細讀就直接「讀透」了中國古代作家或詩人的心靈，很有自信地揣摩著他們的喜怒哀樂甚至心靈隱私，這一點令許多中國研究者望塵莫及。例如《追憶》一書中的《復現：閒情記趣》有段文字，試圖經由《浮生六記》的文本直接還原沈復寫作時的心靈狀態：

　　　　沈復的一生都想方設法要脫離這個世界而鑽進某個純真美妙的
　　小空間中。他從家墓所在的山裏取了石頭。他想用它們構建另一座
　　山，一座他和芸能夠在想像裏生活於其中的山。這個舉動又多少同
　　家庭問題、家世日衰問題、子女婚嫁問題以及重建一個小天地的熱
　　望等問題卷在一起。但是，他的世界始終是一種玩物，一種難免破
　　碎厄運的玩物。……

　　　　沈復老是想要逃進山裏，長久居住在其中，在生活中和文字裏
　　都寫下一個有妥善結局的故事。敘事的故事在回憶錄中是一種藝術
　　衝動，它堅定不移地朝事情的結尾發展，朝整一性、可以預見的轉
　　機和完整的結構發展。敘事的故事力圖要把重複排斥在外。把內在
　　的生活轉化為寫到紙上的故事，再把這些故事轉化回到病人的生活
　　世界裏，這是弗洛伊德心理分析工作中最基本的見解。我們總是希
　　望敘事的故事能有一個完滿的結局，以幫助我們從重複中擺脫出
　　來。沈復的故事始終沒有完整地結束過；沈復之「復」，在中文裏的
　　意思就是重複。〔註48〕

在這段引文中可以發現三個問題：其一，宇文所安對於自己與沈復之間溝通
的可能性高度自信，他將孟子所謂「知人論世」與「以意逆志」兩點發揮到
了極致，搜集了大量關於沈復的資料和沈復自己的文本後，他認為自己能夠
讀透沈復，不僅讀到了沈復希望呈現給讀者的東西，更透視了沈復的內心「想
方設法要脫離」、「老是想要逃進」等只有本人才能體會到卻不願示人的衝動，
但這裡必然出現一個問題，沒有給出清晰有力的說明，只是憑藉自己文字的
靈性或閱讀時瞬間的體悟就輕易地將一些個人感情化因素強加於沈復這樣的
中國作者，這是否有些過於草率？宇文所安之所以能令許多中國讀者眼前一
亮，也恰恰在於天馬行空般的自由寫作，想像與論證不分彼此，讀出許多我
們聞所未聞的另類情愫，這就是宇文所安文字的魅力；然而其中也隱含著以
中國文學作為畦畛或跑道，放飛西方人遊戲般的想像力的可能。這種魅力對
於中國文學的形象而言是福是禍，這一點還是未知數。

　　其二，宇文所安有意識地避免任何容易引起誤解和麻煩的西方術語，淡
化闡釋方法所引發的爭議與麻煩，從表面上看這似乎跳出了漢學家以我觀

〔註48〕〔美〕宇文所安著《追憶：中國古典文學中的往事再現》，鄭學勤譯，北京：
　　　　三聯書店 2004 年版，第 118～119 頁。

物、以西解中的誤區，然而他在進入沈復的回憶後迅速以自己的文字置換了沈復的原文，從而使得宇文所安本人作爲一個創造性寫作的作者形象擋在了其要解釋的文本之前。沈復成了傀儡，所有的中國詩文都只是啓發宇文所安這樣西方人思辨靈感的材料或泥土。他以個體的西方代替了整體的西方，但身份意識的優越感依然存在。

其三，宇文所安在不經意間依然流露出西方理論的優越感，在這段文字中偶而閃現出敘事、玩物、衝動等西方化的詞彙，有些強加於沈復的味道。尤其是對於弗洛伊德的運用，折射出宇文所安一貫的傾向（在《迷樓》一書中表現最爲明顯）：總是試圖用精神分析的方式切入到中國詩人的內心。精神領域是莫可名狀的，但宇文所安筆下的中國詩人，從李商隱、李賀、王維、李白再到李清照，內心深處總是有某種「自我美化」的情節，並且只有宇文所安才能發現。這種對於精神分析學的濫用往往會造成過度闡釋。

宇文所安對自己的文體高度自信，並且非常聰明地通過宣揚文體而逃避任何來自學院派學術規範的指責：

> 《追憶》是嘗試把英語「散文」（essay）和中國式的感興進行混合而造成的結果。……《追憶》可以說代表著在一種英語文學形式裏對中式文學價值的再創造。

> 英語的 essay 是一種頗有趣味的形式。它和現代中國散文有所不同：現代中國散文強調作者的主觀性和文體的隨意性，而英語的 essay 則可以把文學、文學批評以及學術研究，幾種被分開了的範疇，重新融合爲一體。作爲一種文學體裁的 essay，必須讀起來令人愉悅；而且，既然屬於文學的一部分，它就應該時時更新，不能只是一成不變。作爲文學批評的 essay，則應該具有思辨性，至少它提出來的應該是一些複雜的問題，這些問題的難度不應該被簡化。作者面臨的挑戰是把思想納入文學的形式，使二者合而爲一。最後，essay 必須展示學術研究的成果。我們的學術寫作，通常喜歡使用很多的引文，很多的腳註，來展現作者的知識範圍。而寫一篇 essay，學者必得隱藏起他的學識，對自己所要使用的材料善加選擇。〔註49〕

宇文所安這段話說明了《追憶》的文體特徵：同時具有文學和文學批評體裁

─────────────

〔註49〕《追憶》，「三聯版序言」第 1 頁。

的 essay。在很多場合下，他都將這種文體視爲理想〔註50〕，並認爲《追憶》部分實現了這一理想，實際上如果去除所有注解的話，宇文所安的《盛唐詩》到《晚唐詩》等學術著作，同樣具有很明顯的英語 essay 特徵，代表了宇文所安的文風與文體。值得注意的是，宇文所安介紹英語 essay 時有意避免流露出的西方理論優越感，essay 是專屬於英語文學的形式，是一種「把思想納入文學」的形式，與現代中國散文過分強調主觀和隨意不同，英語的 essay 要展現學識同時隱藏學識，既要有文學的可讀性，也要有思想的辯論與材料的提取。這種散文化寫作方式的後果是複雜的，從積極的方面看，可以將其視作跳出枯燥的學術文體之外的一種「思想性與學術性、文學性與審美性兼容」的寫作方式，將中國文化視爲本質直觀的生命體驗而非死板的分析材料；〔註51〕但從另一方面，這種文體形式會造成寫作主體自信的無限膨脹，只是一種西方理性和理論的隱性表徵，並不能避免對中國文化的誤解與隔膜，宇文所安沒有強調卻隱含其中的，恰恰是西方人對自身「文體」普遍有效性的滿足感與優越感。

二、後現代語境下的文本細讀

宇文所安的出現是後現代主義寫作語境的特殊產物，他面對中國文本時明顯表現出一種徹底的不信任態度，質疑中國作者在散文中對自我形象的美化（如李清照的《金石錄後序》、沈復的《浮生六記》），質疑「原初文本」的可能性（任何流傳的文本都如同《玉臺新詠》一般被知識分子選擇和過濾），質疑文學史分期與文學流派的真實性（認爲陳子昂的復古主張來自京城貴族詩派的現實壓力），他筆下的文本和文學史成爲一部知識分子通過寫作、加工和選擇作品而完成自我塑造與美化的歷史，換句話說是一部權力博弈的歷

〔註50〕例如在爲江蘇人民出版社的《他山的石頭記》書寫自序時，宇文所安同樣強調自己的文章不是「論文」而是「散文」，後者的目的在於「促使我們思想，改變我們對文中討論的作品之外的文學作品進行思想的方式」，也就是說論文重在知識，散文重在思想：論文較爲枯燥，而散文則帶來高層次的思想樂趣。宇文所安無疑更爲推崇散文，他認爲論文太多，屬於知識大廈不斷添磚加瓦，但缺乏思想尤其是對方法和論斷的自我反思，而作爲散文則有可能造成一個開放性的空間。參見〔美〕宇文所安著《他山的石頭記——宇文所安自選集》，田曉菲譯，南京：江蘇人民出版社 2003 年版，「自序」第 2 頁。
〔註51〕鄔廣勝「後現代語境下的中國古典文學研究——宇文所安中國古典文學研究的幾個基本主題」，載《學術月刊》2008 年第 9 期。

史。經此闡釋，中國文學史變得更爲開放，但其前提就在於古典氛圍被去魅，宇文所安最終以西方漢學家的身份帶領中國學者和詩詞愛好者「走出古典」：

在人文學科領域，我們需要某種類似從牛頓物理學到量子物理學的飛躍。我們現在的學術實踐就好像牛頓物理學一樣，從直覺上來講十分合情合理，而且舒舒服服：作家和作品都是身份清晰的個體，都屬於可以辨察的歷史年代，個別的文本之所以有意義，不僅因爲我們知道它們從哪裏來，而且因爲我們知道它們會導向什麼樣的其他文本。與此相反，量子物理學就完全違背直覺，甚至實在有點兒奇怪：⋯⋯在與量子物理學平行的文學研究和文學史寫作中，我們發現我們以前一直藉以理解文學的種種具象逐漸變得模糊，邊緣和疆界逐漸融化。我們以前一直覺得十分明確和穩定的「時代」、「作品」和「作者」原來都可能只是一些複雜的變化過程。如果我們經過思考以後，對此得出肯定的結論，那麼我們就必須找到新的辦法來解釋這一事實。〔註52〕

推崇量子力學的反常識和反直覺性，代表了宇文所安希望打破學術界（主要是中國古典文學研究和傳統漢學研究）「範式」的想法，他對於中國學界的文學史斷代、作家的歸類與評價等規範始終保持著懷疑態度，從不相信前人的範式與定見，主張依靠自己的閱讀與感受不斷對這些成規提出挑戰。他心中的文學史是流動不居的歷史，包含了每一位中國作家從展開創做到作品完成再形諸墨跡的種種細節活動，文學不是抽象的觀念，而是同包括物質文化與社會歷史等現實因素緊密結合在一起的活動。作家並不知道後世對自己的評價的，寫作具有當下性與即時性，而評價與分類往往是後世文學史家根據現實需要而「建構」出來的結果。就此意義而言，一切歷史都是當代史（克羅齊語）。

宇文所安雖未明言，但其文學史觀中不確實有些美國新歷史主義理論的痕跡。新歷史主義將歷史與文學視同共同的「文本」，模糊「史學」與「文學」的界限，將一切文本的產生視爲個體同時代談判的產物，因此格外重視歷史細節，往往通過對於兒童讀物、旅遊指南、尺牘、信件、教育手冊、首飾、招貼畫乃至日常衣物等對象的解讀，得出許多與正史迥異乃至有顚覆色彩的結論。宇文所安繼承了這種頗具解構色彩的歷史觀，在中國古典文學史的諸

〔註52〕《他山的石頭記》，第5～6頁。

多問題上見所未見、疑所未疑、發所未發，提出了令人拍案叫絕的問題，例如：對機械劃分朝代（唐詩中的「初盛中晚」）和體裁（「溫詞」的提法）等研究習慣的質疑與顛覆，強調要區分開詩作中「事件」的時間、寫作的時間與流傳的時間；鼓勵運用「歷史的想像力」提出一些實際問題，不斷詢問自己的假設是否犯了違背歷史時代的錯誤，比如造紙術發明之前屈原怎麼可能攜帶大堆竹簡以繁複的文字書寫《懷沙》，但如果是口耳傳授記錄者與抄寫者又是誰？從同音異形現象中推斷《詩經》的口頭文學特徵？對於後人的選本的歷史背景要保持警惕，對於編寫文學史時強行灌注的「整體性」與「延續性」也要予以解構。溫庭筠不知道自己寫的詩是後世所說的「詞」，初唐不知道自己是要開啓盛唐的那個「初唐」，這些顯而易見的問題卻往往爲一般的文學研究者忽視。〔註53〕

於是，宇文所安眼中的中國詩人不是寫完一首詩後就瀟灑離開，而是有意識地經營著作品、文集和自我的形象，有意識謀劃著自己文學事業的一批人。宇文所安通過晚唐手抄詩集傾向證明了詩人都在進行著自我定義（defines himself as a「poet」），尋求對藝術品——不僅僅是詩，而是一部詩集——產生過程的控制。〔註54〕

這種懷疑精神令宇文所安在漢學研究界顯得卓爾不群，贏得了包括中國讀者在內的許多讚譽。然而，這樣一番拆解後，渾然一體的文學史瞬間破碎成了百衲衣。宇文所安坦言自己的問題不可能帶來什麼方便與收穫，反而會爲歷史的書寫平添許多困難，原本簡單的問題會變得更加複雜。宇文所安對自己提出的問題也有「解決之道」，那就是拋棄前見，擯棄任何固有的理論模式與框架，直接進入文本細節，「以意逆志」的同時「知人論世」，從字詞的縫隙處讀出歷史的眞實片斷。宇文所安將其名之爲「文本細讀」或曰「細讀文本」，其精髓就在於「以文本爲中心」：

> 「細讀文本」（close reading）不像有些人想的那樣是眾多文學
> 批評和理論立場之一種。它其實是一種話語形式，就像純理論也是
> 一種話語形式那樣。雖然選擇細讀文本本身和選擇純理論不同，算

〔註53〕《他山的石頭記》，第 10～23 頁。

〔註54〕Owen, Stephen. The late Tang: *Chinese poetry of the mid-ninth century（827～860）*. Cambridge, Mass.: Harvard University Asia Center: Distributed by Harvard University Press, 2006. pp.569～570.

不上一個立場，但還是有其理論內涵。而且，任何理論立場都可以通過細讀文本實現（或者被挑戰，或者產生細緻入微的差別）。

偏愛文本細讀，是對我選擇的這一特殊的人文學科的職業毫不羞愧地表示敬意，也就是說，做一個研究文學的作者，而不假裝做一個哲學家而又不受哲學學科的制約。無論我對一個文本所作的議論是好是壞，讀者至少可以讀到文本，引起對文本的注意……

……文本是一個學者和世界及外因會面之處，是歷史與思想的交界點。〔註55〕

宇文所安的學術立場首先是將細讀文本視爲一種「話語形式」而非單一的方法論，以此作爲自己的寫作風格；其次，強調從事文學研究的中心——文本的地位，明晰自己作爲文學研究者的立場、特殊性與自豪感，不做空頭理論家和哲學家；最後，宇文所安也坦承個人寫作時的經驗，他的一切寫作是以「文本」爲中心的，每考慮一個題目，「一個特定的文本就會進入腦海」：這也意味著，不是現有一個理論框架存在，繼而拿中國古典文學去填充這一框，而是以文本自身延伸輻射開來，通過較爲自由地隱喻、暗喻和想像，而形成一篇「宇文所安」式的「散文」。

這是新批評式的自我宣言。20世紀20至50年代以T.S.艾略特（T. S. Eliot, 1888～1965）、蘭色姆（John Crowe Ransom, 1888～1974）、瑞恰茲（Iror Armstrong Richard s, 1893～1979）、沃倫 Warren RP, 1905～）、布魯克斯（Brooks C, 1906～1994）等人爲代表的英美新批評（The New Criticism）活躍一時，同宇文所安一樣，他們恰恰是以詩歌研究（主要是英美詩歌）作爲起點。新批評最大的特徵也正是「以文本爲中心」的「文本細讀」：「他們的注意力集中於考察作品的文本。他們強調一部作品的獨特性，認爲作品是相對獨立於其歷史、作者生平和文學傳統等多方面背景的。在這種將注意力轉向文本，強調作品的有機整體性，拒絕把文學歸結爲純因果關係的結果這幾個方面，我們可以發現新批評派的共同特徵。」〔註56〕

儘管作爲流派的新批評如今早已退潮，但在英美文學研究界依然有很大影響，而作爲美國文化與文學土壤中成長起來的漢學家，宇文所安深受的新批評影響可想而知。我們可以將宇文所安這種文體視爲漢學家可貴的自我突

〔註55〕 《他山的石頭記》，第293頁。
〔註56〕 韋勒克「美國的文學研究」，轉引自《文學理論批評術語彙釋》，第323頁。

破,以現象學式的擱置還原,撿棄前理解和固有模式,以素樸之我直面文本本身,最大程度地避免所謂「以西解中」或「以我觀物」。從某種意義上看,這種「直接通過文本講述思想」的做法,可以在某種程度上避免「框架、方法及觀念先行造成的剪裁弊病的缺陷」,部分呈現出中國文學思想的本來面目。〔註57〕

但宇文所安的實踐與主張之間也存在著裂痕乃至鴻溝,前述散文化的寫作形式與文本細讀的價值取向之間本身就存在不一致,加上宇文所安本人秉持的後現代主義理念,通過不斷的懷疑與解構,沖刷掉所有歷史的真實性,從「先行建構」的角度將文本視為個人自我辯護和表徵的證據,使得文學史和文本呈現出「量子力學」式的混亂特徵,這些都是與文本細讀相矛盾的。

三、傳記式寫作的故事化傾向

文本細讀指向的是「文本」的自足性,與其矛盾的是,在宇文所安介紹中國詩歌的作品中,很多時候文本細讀只是成了其表面的一種姿態,反而呈現出新批評所摒棄的文學外部研究視角。

一方面,在研讀詩歌的過程中,宇文所安高度重視字、詞的豐富涵義,體現出對於漢語的敏銳把握能力,讀出了詩中的回響、隱喻、換喻和轉喻,例如解讀杜甫的《對雪》:

> 戰哭多新鬼,愁吟獨老翁。
> 亂雲低薄暮,急雪舞回風。
> 瓢棄樽無綠,爐存火似紅。
> 數州消息斷,愁坐正書空。

熟諳中國陰陽五行哲學之後,宇文所安察覺到此詩的寫作時間(長安淪陷,唐軍潰敗)與季節循環象徵(冬天黯淡消沉卻又允許再生)之間的契合,後面逐聯的解讀也頗為精細,例如:

> 首聯以列名的方式重複了主要的對立:外面,在天邊的戰場上,有許多「新」鬼,年輕人未到時間就非自然地被殺死;裏面,是孤獨的「幸存者」,本來符合死亡年齡的老年人……自我孤獨地處於無人的或鬼魂出沒的世界,這是杜甫詩歌的典型場景……

〔註57〕韓軍「跨越中西與雙向反觀——海外中國文論研究反思」,載《文學評論》2008年第3期。

> 在次聯中⋯⋯亂云是「叛亂的雲」,「混亂的雲」,急雪是「戰爭
> 緊急的雪」,「急迫的雪」。這些雙重含義標誌著人類世界與無人景象
> 的神秘對應。詩人面對著一個無秩序的世界,夜晚日益增加的黑暗
> 中又出現一片白色,而黑與白、暗與明的突出呈現,仿傚了(如同
> 杜詩在其他地方所表現的)宇宙力量的交互作用⋯⋯

這樣的解讀代表了宇文所安的嚴謹。雖然面對的文本語言是獨特的漢字,宇文所安依然表現出了不凡的語言功底,這將其同許多過分依賴翻譯文本的漢學家區分開來,他對於漢字尤其是古文的認知、判斷與體驗能力毋庸置疑。〔註58〕這些對於字、詞的朦朧性、多義性與隱喻性的把握與澄清,也頗能看出新批評影響的痕跡。

與之相矛盾的另一方面是,宇文所安對於中國詩歌的解讀中往往會呈現出某些故事化的傾向。在介紹初唐、盛唐、晚唐的諸多詩人時,他往往採取一種獨特的敘事散文體,以詩人的身世浮沉、宦海起落來串聯起整篇文章,選取分析文本時往往將更多地關注點投注到更具「敘事」色彩的詩歌上,而在解釋詩歌時又往往偏愛傳記體式的敘事寫法。這一點也許是「散文」體裁的慣性使然,也不排除有吸引讀者眼球的嫌疑,漢學家窺視某種東方「故事」的欲望並將其傳達到西方讀者面前。在解釋王維與孟浩然表面相似之下氣質和詩歌個性的根本區別時,宇文所安就採取了一種「傳記式」的解釋方法,在我們看來多少顯得隨意:

> 王維詩的樸素是一種拋棄的行爲,産生自深刻的否定動力;從
> 文學史的角度看,這種否定力量與官場詩的華麗修辭和矯飾規則相
> 對立。王維在少年時曾被迫接受後者的訓練,並成爲這一模式的巧
> 匠;但一旦獲得抒寫個人詩和日常詩的自由,他就徹底洗淨了宮廷
> 修飾的外表痕跡,在平靜的、非個人的面罩下隱含著深刻的對立。

> 孟浩然是一位地方詩人,這一點極大地影響了他的詩歌藝術
> 觀。從少年到成年,在他所屬的世界裏,詩歌都是一種娛樂,而不
> 是社交需要。⋯⋯他從未注意到正規風格和日常風格的基本對立,
> 所以他的詩歌中找不到王維的否定動力⋯⋯〔註59〕

〔註58〕〔美〕宇文所安著《盛唐詩》,賈晉華譯,北京:三聯書店2004年版,第229～230頁。

〔註59〕《盛唐詩》,第93～94頁。

同樣的做法體現在宇文所安對晚唐詩人不同風格的讀解中。他認為唐詩中的「形式」（form）對於白居易、賈島和杜牧而言的意義迥異，中唐時期的白居易現實主義文學觀追求「救濟人病，裨補時闕」，形式意味著最少的舒服，僅僅與長度、韻律、合適的語調以及栩栩如生的再現相關；賈島對語言文字的苦吟則源於其底層家庭出身，無法仰仗天才（talent），而只能依靠後天的勤奮學習，賈島團結起了一個流派，並成為後來無數底層詩人的典範；出身名門的杜牧則先天屬於上層階級，從不為衣食發愁，只是偶而關心一下國家的興衰（其實也未起到更多作用），體現在詩歌中青樓、女子、歌酒的意象頗多，杜牧屬於典型的風流才子，是過了氣的「李白」，無法成為白居易和賈島那樣的標誌性詩人，其倜儻風流的生活卻為後人所嚮往。不同的出身和追求，決定了詩風的迥異。〔註60〕

從《初唐詩》、《盛唐詩》到《晚唐詩》，大段從作者身世沉浮來解讀內容與風格的文字，能感覺到宇文所安高度自信地以作者為中心解讀文本，又同樣高度自信地以自己為中心讀解作者的心理。這些對比是建立在《新唐書》等史傳資料基礎上的，不能說毫無根據，然而同樣借用宇文所安的邏輯，僅僅「知人論世」，只能幫助我們猜測文學的可能性。歷史的細節過於複雜，資料本身的真實性拋開不論，我們如何能確定孟浩然和王維、賈島和杜牧的內心必如宇文所安設想的那樣對於自己的時代與身份做出「自然而然」的反應，繼而這種反應影響了其詩歌風格？換句話說，宇文所安如何能夠對自己這種「以意逆志」的策略予以合法性的說明？

作為新批評的方法，從 1929 年瑞恰茲《實用批評》中的主張開始，「細讀文本」首先反對的就是將文學批評與作家傳記混淆。按照美國批評家威爾弗雷德・L・古爾靈等人的描述，文本細讀包括三個過程：「對文本中的詞、對這些詞的所有直接意義和內涵意義有相當的敏感。瞭解詞的多重意義」、「找出詞和詞之間的相互關係」、「辨認語境」。與之相對，「細讀」排斥諸如起因謬見（社會中心，genetic fallacy）、意圖謬見（作者中心，intentional fallacy）和感受謬見（讀者中心，intentional fallacy）這樣的「非文本中心」視角。按照維姆薩特等新批評派的觀點：意圖謬見在於將詩和詩的產生過程相混淆，

〔註60〕 Owen, Stephen.*The late Tang: Chinese poetry of the mid-ninth century*（827～860）. Cambridge, Mass.: Harvard University Asia Center: Distributed by Harvard University Press, 2006.pp.568～569.

這是哲學家們稱爲「起因謬見」的一種特例，其始是從寫詩的心理原因中推衍批評標準，其終則是傳記式批評和相對主義……就衡量一部文學作品成功與否來說，作者的構思或意圖既不是一個適用的標準，也不是一個理想的標準。〔註 61〕在我看來，宇文所安對於唐詩等古典文學的解讀多少陷入了意圖謬見之中，過分迷戀講述和作者有關的「故事」，故事性在其著作中所佔據的篇幅壓倒了文本性，甚至動輒以傳記揣測作者寫詩意圖，類似於中國舊紅學中的「索隱派」，導致其主張的「細讀文本」有些名不符實。

雖然按照新批評的觀點，傳記式的視角會帶來意圖謬誤的危險，但新批評已成明日黃花，自然無須以其爲標尺約束宇文所安。不過令人憂慮的是，這樣一種「故事中心主義」和前述「散文」體結合在一起，會使中國文學的形象變爲故事的承載者或串聯者，中國文學不是因爲「文學性」自身而是因爲宇文所安極力編織的「敘事」性而爲西方讀者所接受。枯燥的文字隱喻性不如生動有趣的故事更能引發西方人讀唐詩的興趣，可是宇文所安對於故事性的濫用是與其文體的自由交織在一起的，他從故事的角度將《詩經·生民》解讀爲關於起源的故事，用獵奇甚至偵探小說的筆法將《左傳》《戰國策》《史記》的故事重新排列，成爲扣人心弦、起伏跌宕的傳奇，而爲了透視《漢書·李夫人傳》與正史間的微妙差異，甚至揣測漢武帝與李夫人間的後宮對話，選取豫讓、卞和等「自殘」故事來串聯起關於上古中國人身份問題的文章，還將李商隱的《燕臺》詩再現爲讀詩的場景……這些處理方式除了展現宇文所安本人的才華以外，是否也對於上述文學作品的本來面目構成了某種歪曲？——畢竟故事一般被視爲平面化的消遣——尤其看到類似以下歷史小說式的文字後，我們應該會有所擔憂：

> 755 年 12 月，在李世民寫下上述詩篇的一個多世紀之後，天尚未破曉，杜甫便已從京城出發，前往長安北面的奉先縣看望他的家人。〔註 62〕

文體的曖昧帶來視角的含混，在美國漢學界絕非偶然。史學家史景遷模糊了歷史與歷史小說的界限，文學批評家宇文所安則抹去了論文與散文的差異。在史景遷將歷史文學化的同時，宇文所安則將文學歷史化或故事化了。將詩歌還原爲故事，將文學史還原爲作家傳記史。微小的瑕疵背後，令人憂慮中

〔註 61〕轉引自《文學理論批評術語彙釋》，第 323～326 頁。
〔註 62〕《他山的石頭記》，第 227 頁。

國古典文學作為「文學」的價值是否有可能被「故事」的價值所替代。毋庸諱言，宇文所安的漢學研究成就是值得尊敬的，饒是如此，其對故事性的迷戀與宣揚，連同他天馬行空般介乎論文與散文之間的風格，也令人遺憾乃至憂慮。

從宇文所安身上不難洞察到漢學家批評的文體學特徵及其焦點與顯示策略。首先，尋求文明之「同」或「異」，如果說法國漢學家葛蘭言的《詩經》研究強調原始時期的「同」，宇文所安的研究則強調絕對的「異」，無論是同或異，能感受到人類學的比較視野與類同假設的影響；其次，西方理論由顯性的綱舉目張轉化為理論退場或隱身，宇文所安是此中高手；其三，重趣味，將文學故事化，不僅敘事類作品如此，抒情類的詩歌也被宇文所安故事化了，文筆流暢是宇文所安的典型特徵；其四，隱含著反儒學或反中國傳統的傾向，有意尋求個人趣味與社會道德之間的衝突或二元對立，這種思路同顧彬將文學史描繪為個人解放的歷史、葛蘭言將《詩經》解釋為非官方的民俗史或田野史的思路是一致的；最後，對於文學技巧、音節、韻律、篇章結構等「細節」問題的著墨頗多，更加注重文本的深研與細讀，但他的論述中也隱含著模糊歷史與文學界限的危險。

第四節　從闡釋焦慮到理論自信

在籠罩著社會科學氣息的中國研究（主要是關於中國歷史尤其是現代化歷史）背景下，對於中國文學的研究卻出現了像宇文所安這樣天馬行空、縱橫捭闔的「個人化」研究者。宇文所安將漢學家的中國文學觀傳統關注焦點之一的唐代文學研究推向了極致，他所憑藉的一方面是才華橫溢的寫作風格，另一方面則是跳出中西傳統詮釋模式之外，以一種「超然其外」的解讀方式，將詩歌、傳奇等文學還原為一個個問題，再通過妙趣橫生的敘事策略將問題「故事化」和「懸念化」，贏得了中西方的讚譽。然而真正需要關注的問題是：為什麼宇文所安得以在美國漢學研究界以莫扎特式不合時宜的天才形象出現？他的個人化的詩歌詮釋學為什麼被崇尚社會科學研究方法的漢學界廣為接受？換句話說，宇文所安的個性是如何與美國漢學的學風取得了某種「差異的協調」？

一、美國漢學的社會科學特徵

二戰之前的西方漢學界「英、美不如德，德不如法」〔註63〕，而二戰之後美國漢學界所謂的「社會科學」轉向，是以 20 世紀 30 年代前後一批德國漢學家為躲避納粹統治移居美國漢學的歷史背景為基礎的。德國漢學家迥異於法國偏重古典文獻解讀的傳統漢學人文模式，而更為強調實證與現實意義，同時德國哲學的深刻思辨能力，也使得「理論」或「模式」等概念成為漢學研究所必須憑藉的工具。因此，德國漢學家群體的西遷對於美國漢學的壯大意義頗為深遠，而美國漢學所謂「社會科學」轉向也因此至少包含以下四點變化：

其一，研究目的：由比較文學意義上豐富異域古典學、人文學知識，轉變為服務現實的國家利益，更具有經世致用的實用主義色彩。

其二，研究對象：由古典中國的古籍、文獻、語言和四裔問題轉變為近現代中國的現實問題，包括工業、人口、家庭、社會運動、印刷出版、軍事、服裝甚至娼妓等問題都被納入了考察範圍。

其三，研究方法：由一般意義上的文獻學和人文學視角轉變為明確的社會科學研究範式，作為對象的中國與作為方法的西方呈現出鮮明的二元對立，西方的理論、範式、結構、方法等尖端武器是漢學家常用的工具。

其四，敘事策略：從法國漢學家經由文學作品展示異域之美、東方之奇觀，轉變為以對象化的思維幫助中國「診斷」並對症下藥，描述愚昧落後的中國種種劣根性，以西方對於中國的衝擊與示範作用為中心，探尋中國西化（現代化）的可能性與障礙。

從以上四點來看，漢學的「社會科學」轉向不僅沒有拋棄，反而進一步強化了西方漢學家的對象化思維，在觀照中國文學的時候，一種先天的「理論——對象」二分的優越感往往潛藏在這些嚴謹友善的漢學家筆下，甚至他們自己也很少意識到自身寫作所受制的東西文化政治學語境。中國沒有系統的文學批評理論成為漢學界的所謂「常識」，而劉若愚等華裔學者身陷闡釋鏡中，借助西方文論結構介紹中國文學理論，反而強化了這一「常識」。這就導致了兩種結果：一是漢學家以一種或多種西方科學理論（包括社會學統計法、結構主義、精神分析、新批評、意象主義、象徵主義等）來恣意選擇中國文

〔註63〕李思純「與友論新詩書」，載《學衡》1923 年 7 月第 19 期。

學的對象予以觀照，國內比較文學界某些學者甚至稱其爲「中國學派」，認爲
是影響研究與平行研究之外的第三學派；二是如同宇文所安那樣跳出具體某
一派的理論之外，用一種混雜或者曖昧的理論闡釋法，以自己所發現的超越
文化間界限的問題爲依據進行解讀。

　　漢學家的中國文學觀的無限風光掩蓋不了「闡釋焦慮」或「理論焦慮」的
問題，從漢學家身上能發現這種夾心餅乾式的雙重身份尷尬。一方面要以中國
爲研究對象，傾注畢生的熱情與心血，又要運用西方理論，證明西方人理性思
維的優越性；另一方面，漢學家自己不具備理論原創能力，所用的闡釋方法多
是西方專業內部的文學、哲學、美學、社會學、符號學等理論。拿著非原創的
理論對應東方既存對象，「對應」行爲自身的合法性何在？這是令漢學家困擾
無比卻又往往避而不談的問題。下面擬集中考察美國漢學界另一位唐代文學專
家倪豪士（William H. Nienhauser, 1943～）對於跨語境閱讀與批評可能性的論
述，透視漢學家在從事中國文學批評時的方法論依據及其合法性問題。

二、「社會科學化」的文學研究

　　同以靈感與才華見長的宇文所安相比，同治唐代文學的倪豪士採取了一
種更爲「社會科學化」的嚴謹方法來展開自己的研究。倪豪士的文章多以唐
代傳奇、傳記和小說爲研究對象，重視數據、結構、文本細讀，採用了結構
主義或敘事學的視角來審視唐代文學具體文本的特點與意義。同宇文所安相
比，倪豪士更像是標準的漢學家，保持著費正清學派的實證主義，論著採取
嚴格規範的論文形式，題目極小，多爲單篇作品的視角解讀，例如：《文苑英
華》中「傳」的結構研究，《南柯太守傳》的語言、用典和外延意義，略論碑
誌文、史傳文和雜史傳記：以歐陽詹的傳記爲例，唐傳奇中的創造和故事講
述：沈亞之的傳奇作品，對《舊唐書・李白傳》的解讀以及《柳宗元》、《皮
日休》等。在美國唐代文學研究中，宇文所安更像卓爾不凡的盛唐詩人，代
表著創造力與「六經注我」的氣質，而倪豪士則像是唐初孔穎達那樣的儒學
闡釋者，代表著考證與「我注六經」的保守，其文本考證、比較分析的方法，
又受到了法國學派的影響。倪豪士的這種學風可能同其 1961 年一段不成功的
工程學課程學習有關，而美國陸軍語言學校學習期間，柳無忌、羅郁正等中
國教授的言傳身教，也給了倪豪士以很大啓發，倪豪士的代表作《傳記與小
說》是直接用中文寫就，其語言功底可見一斑。

　　柯慶明和程國賦等中國學者都對倪豪士的文學史研究表示肯定與歡迎，柯慶明甚至將《傳記與小說——唐代文學比較論集》視爲繼海峽兩岸學術交流擴大之後，作爲「第三岸」的美國漢學著作代表。中國學者也注意到了倪豪士學術的「理論——對象」特徵，認爲倪豪士對於結構主義、女性主義、現象學、詮釋學、讀者反映理論的應用體現了特殊的文化傳統，「一方面自然而然地反映了西歐北美人文社會學界的特殊興味；一方面也將這類新起的思維角度與探討的方法帶進了中國文史研究的領域」（柯慶明），「在全書之中，運用西方理論研究唐代的傳記與小說，是比較普遍，也是相當成功的」（程國賦）。〔註64〕以上讚譽之語，不僅僅是出於禮貌。從《傳記與小說》中確實能看出倪豪士的嚴謹與謙虛，他的每篇論文研究範圍都較爲狹窄，且文字樸實嚴謹，主要依靠數據與事實說話，宛如一篇篇自然科學論文，進入到某種「無我之境」，更絕少某種抽象的東西方精神氣質論斷或個人情緒的宣泄，有時甚至會讓人忘記了作者的西方身份。

　　恰恰是倪豪士這樣嚴謹的學者，也困擾於「闡釋焦慮」這樣的問題，體現出某種曖昧與含混。一方面，其對於唐代傳奇與小說的研究，熟練且自信地運用了最新最近的西方理論體系，明確地將唐代文學視爲對西方理論的證明或補充。例如：在《中國小說的起源》一文中，倪豪士運用比較文學家 André Jolles（1874～1946）提出的「單純形式」（einfache Formen or simple forms）概念，擴大了文學和小說的指涉範圍，從而將中國小說的起源追隨到周朝的《莊子》《孟子》《戰國策》《國語》《山海經》《楚辭》《穆天子傳》等作品，認爲其具有小說的成分。再如，他採用文本對照細讀的方法（這一點能找到新批評與結構主義的影子）逐字逐句對照了《南柯太守傳》與《永州八記》的相似性，認爲兩篇文章在「文法、內容、用詞風格和比喻」方面都有類似點，結合問世時間，由此論證出柳宗元寫作《永州八記》可能受到的李公佐的影響。〔註65〕倪豪士對於結構主義理論情有獨鍾，他通過結構主義敘事學的手法提煉出《南柯太守傳》和《異夢錄》對於沈亞之傳奇作品《秦夢記》的影響作用，《南柯太守傳》同《秦夢記》就有七個共同事件：

〔註64〕參見〔美〕倪豪士著《傳記與小說——唐代文學比較論集》，北京：商務印書館 2007 年版，序言第 3 頁、柯序第 2 頁。

〔註65〕參見倪豪士《傳記與小說——唐代文學比較論集》，第 4～14 頁、第 86～88 頁。

（1）故事以獨身男子入睡始，他夢到了一個遙遠陌生的國家；

（2）主人公無緣無故地受到這個國家統治者的寵幸，並娶公主為妻；

（3）公主才貌雙全，夫妻恩愛；

（4）年輕的公主婚後不久死去；

（5）然後國王建議主人公返回自己的國度；

（6）主人公夢醒並把故事告訴他的朋友；

（7）他們在附近的地方搜索並發現主人公在睡夢中拜訪過的，並不完全真實的地方。〔註66〕

結構主義方法對於文學研究，尤其是敘事文學的比較閱讀方面，具有許多啓發作用，施特勞斯、托多羅夫、格雷馬斯等人各領風騷；另一方面，結構主義的研究方法在西方經歷了波折，同新批評一樣，在後結構主義與解構主義的打壓顛覆之下，結構主義的整體衰落，其合法性問題在西方文論界飽受質疑。然而倪豪士在運用結構主義觀照中國文學作品時卻體現出某種空前的自信。為什麼倪豪士認為結構主義先天正確？這種高度的理論闡釋自信從何而來？

在這一問題上，倪豪士的一篇略顯零散和隨意的文章《中國詩、美國詩及其讀者》具有啓發色彩和問題意識，其意義甚至超越了其他具體的知識性研究論文。倪豪士思維的起點在於廬山和蘇東坡那首著名的詩《題西林壁》，從而提出了從不同角度進行詮釋的重要性與可能性，開始思考對異域文化文學（以中國詩、美國詩為例）的閱讀、批評與詮釋的合法性問題。倪豪士使用伊瑟爾（Wolfgang Iser）的接受美學以及托多羅夫對於閱讀與評論、劉若愚對於閱讀中的創造性問題的思索，將讀者視為「閱讀活動中主動的參與者」，〔註67〕由此排除了那些認為必須「追本溯源」才能瞭解文學作品的觀念。這一點對於漢學家的中國文學觀而言至關重要：重塑傳統作者文化環境的努力也因此失去了意義，無論對於東方或西方讀者都是如此，漢學家閱讀或評論中國文學作品，就如同從不同角度看廬山那樣，能夠產生新的意見。於是，漢學家的中國文學觀這種中國傳統文學批評之外的另類批評存在的合理性與特殊價值，就有了第一條論據：

自然而然的，現代讀者（我的引導者）和那些西方的讀者，在

〔註66〕倪豪士《傳記與小說——唐代文學比較論集》，第 228 頁。

〔註67〕倪豪士《傳記與小說——唐代文學比較論集》，第 174 頁。

　　　　他們對詩的研究方法上，甚至於對同一首詩，都會產生不同意見。
　　　　雖然他們正仰望同一座高山，但從某一角度看來特別宏偉，就山的
　　　　整體形態而言卻可能失眞。每一位讀者的閱讀活動因植根於不同文
　　　　化背景下，故可做無限寬廣的延伸。

同樣「自然而然」的是第二條論據，倪豪士不同意愛德華・薩義德《東方學》
中認爲西方在心中逐漸積累以「再創」東方的觀念，更同意翻譯學家安德・
雷菲夫（André Lefevre）對薩義德的反駁，強調西方人對於中國文學特別是詩
歌同樣下了很大功夫。那些妨礙理解的鴻溝不僅存在於中西之間，也存在於
傳統與當代之間。這樣，倪豪士就顛覆了所謂「文化經驗」或「系統化知識」，
即使這些東西存在，也沒有多少合理性，更不能因此就阻礙「我們以閱讀美
國（或英國、德國）詩的經驗去讀中國詩」。爲了強調本土「文化經驗」的荒
謬，倪豪士分別舉了愛倫坡的《給海倫》和王維的《西施詠》，表明無論美國
詩還是中國詩，在本土同樣存在「橫看成嶺側成峰」的多樣化讀解與評論。
凡此種種皆是爲了證明中國的傳統解詩方法，過去的文學傳承與文化背景，
至少在今天已經失效。

　　這樣倪豪士就證明了「像身處唐代一般努力教授唐詩」的荒謬，而強調
文學作品的本體意義（這也是新批評的傳統看法，認爲文學作品一經產生就
脫離了作者和時代語境），所以倪豪士甚至批評宇文所安頻繁以「還原傳統閱
讀陳規」的方式進行作品解讀的做法（這種批評在我看來只看到了局部而未
見宇文所安的整體），表示自己要「去驗證某些仍不斷影響中國和西方（或至
少是美國）的閱讀／詮釋活動，以對兩方的偏差都有所認識」。〔註68〕

　　這是漢學家的中國文學觀的意義所在，也爲漢學家的詮釋找到了最後一
個藉口，我們不妨稱其爲「詮釋的藉口」。這一次是讀者反應批評理論的應用，
在喬納森・卡勒所區分的三種閱讀方式中，倪豪士認爲中國傳統批評理論和
閱讀陳規，無論過去或現代都符合投射（projection）理論，也就是將文學作
品視爲經驗的記錄，依據文類不同具有傳記性、歷史性、社會性和主題性；
美國人則依據評論（commentary），注重文本細讀；而當前學院的趨勢則在於
詮釋（interpretation），即對翻譯作品整體性的閱讀方式。西方人尤其是漢學家
能夠承擔起批評中國文學的職責：

　　　　最後，無可諱言的是，中國和西方詮釋者都試著尋求第二層意

〔註68〕倪豪士《傳記與小說──唐代文學比較論集》，第176頁。

義，而這些特定的時空以及讀者都無法複製。事實上當我們以西方人的身份研究中國詩時，往往更像是批評者而非讀者，反之亦然。在現代社會中，我們產生了新的節奏，並且普遍地失去了昔日閱讀的能力。雖然當代中國讀者必定會繼續堅持大部分西方人（或所有的西方人）對引經據典的中國典籍早已失去的「感覺」，而西方的評論者，將會針對中國傳統詩歌中仍十分疏漏且未發展完全的批評理論大加撻伐。借著對於王維（或艾倫坡）的詩多樣化但十分細密的詮釋，我們也只能豐富這些作品的意義。如果以爲廬山之美，只可由某一特定角度窺得，則實爲短淺之見。〔註69〕

倪豪士完成了一次貌似公允客觀的論證。既然這種人文背景已然失效，中國的批評理論又「十分疏漏且未發展完全」，那麼漢學家借助於西方理論來詮釋中國文學無疑就具有了合法性。這篇文章的用意恰在於此，通過漢學家的夫子自道，解釋了「漢學家的中國文學觀」的合法性問題。

廬山之美固然不能只由某一特定角度窺得，但與生俱來的理論優越感卻存在問題，這種解釋與論證的過程也有些勉強。倪豪士的研究方法論中充斥的是諸如現象學、結構主義、解釋學、接受美學、讀者反應批評等西方本土的批評流派，堪稱各領風騷、粉墨登場，對於一位西方漢學家而言無可厚非。遺憾的是，在他的書中看不到對於中國文學批評中諸如「氣」、「境界」、「風骨」、「自然」等傳統概念起碼的尊重。這些根植於中國文學傳統的批評方法爲何在西方理論面前成爲落後、疏漏和不完整的代名詞？雖然中國文學批評的一些概念如詩言志、比興、意境、風骨、神思、妙悟等等，確實會讓來自西方語境的學者頗感不適，季羨林先生也曾經謙虛地說「我們這些名詞……說不清楚。一看就懂，一問就糊塗」；然而西方文學批評中的諸多術語其實也比較曖昧含混，例如理念、隱喻、象徵乃至圖示化觀相、延異、Ｓ／ｓ 等等，中國學者卻屢屢迎難而上，將其視爲人類思維的普遍範式。

漢學家通過運用西方本土理論將中國文學對象化的同時，其實也將中國文學批評傳統邊緣化了。一種「中——西」等同於「古——今」的對應邏輯，潛藏在倪豪士的論證文字深處，正是通過不知不覺地置換了「中西」與「古今」，從而塑造了中國傳統文學批評只是印象式批評、而文本細讀和整體詮釋的希望在西方的形象。中國學者應該打破「非我族類，其心必異」的本土主

〔註69〕倪豪士《傳記與小說——唐代文學比較論集》，第185頁。

義和民族主義迷障，拋棄那種開端、本源的神話，打破以民族血統來判斷文學闡釋合法性的慣性思維，在跨文化交流中承認異國學者的特殊視角與貢獻。另一方面，西方漢學家掌握的理論眞是具有點石成金作用的魔棒嗎？從文學理論、批評與作品之間的本土同源共生關係來看，恐怕未必如此。

三、中西文學理論話語權問題

在漢學家的這種解讀模式下，中國文學成爲西方理論的注腳和實證，於是出現了批評話語權的問題。究竟應該從怎樣的視角來解讀中國文學？宇文所安的隨意與倪豪士的嚴格形成了劇烈反差，後者如同生產流水線一樣按部就班地生產著批評性的話語，也實踐著列文森的預言：中國只是豐富了西方的詞彙，而西方改變的卻是中國的語法。倪豪士對《舊唐書・李白傳》的文體分析儘管充滿了新意，出發點卻是 Peter Olbriche 和 Denise Twitchett 這兩位西方學者對於中國早期傳記的結構分析；對於《舊唐書・李白傳》的讀解，則是爲了論證、補充甚至反駁上述傳記結構理論，倪豪士得出的結論似乎突破了 Peter Olbriche 和 Denise Twitchett 所提出的結構要素和原則，他將這篇傳記視爲將李白塑造爲謫仙的仙人傳，結論依然收束到西方的理論：

> 這一情況很難從歷史編纂的角度加以解釋。如果我們把這篇傳記看成是對李白受歡迎的遺產和他作爲從天上被貶謫的醉仙的角色的鑒賞——或者說聖徒行傳（hagiography）——而不是一篇傳記——那麼這個文本可以被認爲是符合邏輯的。在這個意義上，Paul Douglas Moore 的意見（「Stories and Poems，」故事和詩歌，頁 31）能幫助我們做好準備：

> > 在唐代，人們通常相信那些在天庭犯有過失的仙人會被貶謫到凡間一段時間。在凡間他們成爲與眾不同的人。Waley 指出在一篇附於詩後的短文中，李白自己看重謫仙人的稱號。〔註70〕

倪豪士無意間重現了自己所一直反對的文本歷史語境，和 Moore 一樣以想像中的「唐人意見」作爲自己理論的根據。詮釋的實質不是有沒有歷史語境的問題，而是這種歷史語境掌握在誰的筆下。

〔註70〕倪豪士《傳記與小說——唐代文學比較論集》，第 265 頁。

　　當西方攫取了世界文化話語權之後，就有能力對他者文化進行語法上的改寫，以耶解儒、以西解中或以西解東，當代的文化話語權爭奪在或隱或現的角落已經展開。在德國思想家海德格爾看來，拯救的希望依然是在西方，東方的作用不過是豐富西方的詞彙，或者擴大西方已有詞彙的指義範圍。在《關於語言的對話》一文中，他與日本對話者手家富雄之間不對等的談話就透露出語言一一對應的理想，日本對話者扮演著小學生的角色，字斟句酌忐忑不安，而海德格爾則成了天馬行空的老師，引領著對話的方向。在此前提下，對日語並不熟悉的海德格爾對日語中的「言葉」（Koto ba）大膽「言」（Koto），給出了海德格爾式的存在主義解釋：「優美的澄明著的消息之大道發生」（das Ereignis der lichtenden Botschaft der Anmut）。這段對話被法國漢學家於連和中國學者劉禾等徵引並分析過，於連從中讀到了中西間絕對的「異」，而劉禾則讀到了東西方交流中存在的理論語言話語權問題，「這種理論語言的表達雖然暗示了一種普遍訴求，但實際上卻暴露了歐洲語言本身的局限性。在我看來，將某種分析性的概念或者範疇不加區別地到處套用，好像在一個地方有效的必然在別的地方也同樣有效，這種做法似乎是荒誕不經的。」〔註71〕

　　海德格爾的黑森林並不屬於東方或中國。在中西交流中，重要的不是雙方是否互相重視，問題不在於中國文學能否引發西方學者的研究興趣，而在於中國固有的詮釋模式或理論框架（理論這個詞本身就有些西方化色彩，姑且用之）是否能得到西方的尊重。如果後一點不成立，那麼對於中國文學再多的讚譽都只是西方人的獵奇：主體與客體相比，主體是理性與方法的佔有者，而客體則只是對象或例證的提供者。倘若不能彼此互爲主體，構建出文化的主體間性，中國文學就只能停留在被關注、被窺視、被批評、被讚譽的地位，它的價值只是因爲西方從中「發現」了某些東西才存在。這不是中國文學應有的形象。對象化思維就是「漢學主義」與「東方主義」眞正共通之處，批判「東方主義」並非要指責漢學家的人格或道德，而是指向知識行爲本身——知識應該有種自我反省的態度，任何知識的方法前提之下，都橫亙著某種權力話語權的爭奪。〔註72〕

〔註71〕參見劉禾著《跨語際實踐：文學、民族文化與被譯介的現代性（中國，1900～1937）》，宋偉傑等譯，北京：三聯書店2008年版，第6～7頁、第9頁。
〔註72〕在此前提下，國內如湯一介等學者提出建立中國闡釋學的呼籲是一針見血

的。中國闡釋學不是西方闡釋學的替代品，而應成為世界多種民族文化中讀解文本的流派之一，以平等的姿態參與構成世界闡釋學，這才是中國闡釋學的世界意義。遺憾的是，迄今為止最低的企望——中國闡釋學的合法地位——也依然是個疑問。